Je la dirai au gré du vent qui souffle en moi lorsque je la sens m'envahir et m'obséder comme une aventure oubliée – et non éclaircie.

大方
sight

战时笔记和其他

Cahiers de la guerre et autres textes

Marguerite Duras

［法］玛格丽特·杜拉斯 著

谭立德 译

中信出版集团 | 北京

图书在版编目（CIP）数据

战时笔记和其他 /（法）玛格丽特·杜拉斯著；谭立德译 . —北京：中信出版社，2023.3
ISBN 978-7-5217-4869-7

I. ①战… II. ①玛… ②谭… III. ①文学—作品综合集—法国—现代 IV. ① I565.15

中国版本图书馆 CIP 数据核字（2022）第 196958 号

战时笔记和其他
著者：［法］玛格丽特·杜拉斯
译者：谭立德
出版发行：中信出版集团股份有限公司
（北京市朝阳区东三环北路 27 号嘉铭中心 邮编 100020）
承印者：河北鹏润印刷有限公司

开本：720mm×1000mm 1/32　印张：17.5　字数：222 千字
版次：2023 年 3 月第 1 版　印次：2023 年 3 月第 1 次印刷
京权图字：01–2022–6149　书号：ISBN 978–7–5217–4869–7
定价：69.00 元

对于本书的完成，我们首先要感谢扬·安德烈亚和让·马斯克罗，他们同意并鼓励这部书的出版；感谢让·瓦利埃帮助我们推定文章的日期及与玛格丽特·杜拉斯生平方面的关联；感谢当代出版纪念馆所有帮助我们这项工作的合作者。

前　言

这是一部没有残留的作品：玛格丽特·杜拉斯所撰写的东西无一被抛弃不用。人物、地点、动机，都从一个文本传递到另一个文本，并互相呼应；一份手稿中被舍弃不用的片言只字在下一篇中得以恢复、修改、归并为一个新的作品。总而言之，所有的资料都被纳入作品中。1995年，当玛格丽特·杜拉斯的“稿纸”来到当代出版纪念馆（IMEC）的时候，对发现它们的人和负责将它们加以整理的人产生了同样的影响。有时表面看来那样纷然杂陈的每一部作品的手稿，并不像通常那样好像是毫不相干的篇什的堆积——而是一个连贯的整体，就好像是一个单独的文字流。

《战时笔记》一下子就在这些丰富的资料中突显出来。这四本小小的笔记（它们是最早的篇什中的一部分）保存在一个信封里，玛格丽特·杜拉斯亲自用这个名称把它们汇集在一起，我们决定保留这个名称作为书名。事实上，它们是一个统一的整体：玛格丽特·杜拉斯确定的具体的内在严密性可用它们年代上和主题上的一致来解释，因为它们是在 1943 年至 1949 年间，正是战争期间和战后撰写而成的，而且，所有这些都或多或少让人联想到作家一生中这一至关重要的时期。

第一本笔记，除了一篇描写她在印度支那度过的童年和青少年长长的自传性叙事，还包含了后来成为《抵挡太平洋的堤坝》的底稿，以及玛格丽特·杜拉斯多年后收在《痛苦》[1] 集子里发表的那些叙事的最早版本。后面的两本笔记几乎完全是《痛苦》的最初版本，因 1985 年的序言而闻名，作

1 《痛苦》，巴黎，P. O. L. 出版社，1985 年。——原注

者在序言中提到她差点把它们忘记在诺夫勒城堡的蓝色壁橱里。在最后一本笔记里，未来成为小说（《直布罗陀水手》《道丹太太》……）的草稿是断断续续写下的长篇自传性文本，其中，战后即住在圣伯努瓦街的日常生活融入她虚构性写作的练习中，虚构性写作成为她的重要手段。本书最后呈现的，写于大约与《战时笔记》同一时期的十篇未发表的“其他文本”构成了阐明这一过渡时期的最重要的资料，这一时期见证了玛格丽特·多纳迪厄变成玛格丽特·杜拉斯。

从生平研究方面来看，《战时笔记》的意义重大，两部玛格丽特·杜拉斯的传记[1]对这些笔记给予的特别关注证明了这一点。在这一点上，这个版本使人能读到连贯起来的，曾经只是部分被引述过的文本。并且，尤其能确定这一事实，即虽然这些

1　劳尔·阿德莱尔的《杜拉斯传》，巴黎，伽里玛出版社，1998年；让·瓦利埃的《这就是玛格丽特·杜拉斯》，巴黎，法亚尔出版社，2006年。——原注

文字是紧接在《痛苦》[1]中描述的事件之后写就的，但严格地说，我们并没有觉得它是个人生活日记。

对于玛格丽特·杜拉斯本人来说，这些笔记是一个例外的格式，而它们以一种回返的方式重现在杜拉斯的作品中。1976年，在杂志上发表了其中的若干片段后，1980年，她在《绿眼睛》里也提到了[2]；在《痛苦》的序言里，她甚至表示她"还不知道称这东西为何物，而当［她］重读时，作为［她］一生中最重要的经历之一，这东西［使她］感到惊骇"。

确实，在此发表的许多叙事涉及她生命中的

---

1 尽管玛格丽特·杜拉斯自己在序言中用"日记"这个词来表示她的文本，她也写了"好像难以想象在等待罗贝尔·L.的时候写下了这些文字"。而且，在1985年4月17日的《解放报》上，她告诉玛丽亚娜·阿尔封："依我看，我大概是在我们去关押在集中营的人的休养所时开始撰写《痛苦》的。"也就是说，在罗贝尔·昂泰尔姆回来后的几个月。——原注

2 "我希望您读一读给您的，只给您的，我新近写的那些新的文章，描述新的，我当下生活的绝望。其他的，那些乱放在我房间里的蓝色壁橱里的东西，不管怎样，有朝一日会发表的，也许在我死后，也许之前，如果那一次我又缺钱的话。"《绿眼睛》，巴黎，《电影手册》小丛书，1996年，第10页。——原注

核心事件，很可能是最基本的事件（她第一个孩子的死，她兄长的去世，她在抵抗运动里的活动，罗贝尔·昂泰尔姆被关押在集中营里和他的归来，她的儿子让的诞生……），我们在这些叙事中已经看到在她作品里显示的极其重要的形象（她的母亲、兄长、初恋情人……）。我们很容易就明白这些文本在她的心目中占据着一个独特的、首要的位置。

但是，更为明显的是，从文学角度来看，这些文本非常珍贵。因为，如果说《笔记》的大部分是后来重新采用的草稿，那么这就不是普通的概要，也不是不完整的底稿：这多么惊人地证实了，比如，玛格丽特·杜拉斯为了构建《痛苦》的文本所完成的工作是一项成型的工作，它既不伤害初稿的线状性，也不伤害活跃的，有时是突然的自发性，这项工作构成了叙事的全部能力[1]。因此，我

1 在她与玛丽亚娜·阿尔封的访谈中，玛格丽特·杜拉斯特别提到她的重写工作："书的文本并没有经过推敲、润饰，就是被（转下页）

们在《笔记》里看到一种清新和节奏，这令人想起作者最晚近的文字的清新和节奏。由此，无疑，解释了当《痛苦》出版时，某些人对这些“蓝色壁橱里的笔记”是否真实存在表现出的怀疑，是多么伤害玛格丽特·杜拉斯[1]。

这一令人惊讶的文体上的现代性加上了自传和虚构形成的相互交织，构成杜拉斯最后的写作方式的特点。她在 1940 至 1950 年十年间发表的作品保留着一种相当传统的写作技法，里面采用的虚构手法一目了然，而《战时笔记》则通过某种文学偏见，突出了立即就领会本质的敏感性。这种真实和想象的紧密交错伴随着《情人》达到最高峰——或许，说这部为作者带来了最大量读者认可的小说如同《笔记》一样，把对童年的追忆和战争的回忆混

(接上页）投掷到纸上，以便日后撰写。然后，好，我并没有写下它。为了发表，我的大部分工作就是把涉及宗教、上帝的东西去掉。”《解放报》，1985 年 4 月 17 日。——原注

1 正如 1988 年，法国电视一台制作的《篇章外》的访谈中，她特别对吕思·贝罗吐露的。——原注

合在一起，并不是偶然的。这两个阶段之间密切的亲缘关系是明白无误的：“我看战争的色调和我童年的色调是一样的。”[1]在《情人》的初稿里，这一前后演变的关系更加确定：“战争是对童年回忆的一部分［……］在我人生这个时期，在我的记忆里，它不在它的位置上。童年蔓延到战争。战争是一个在它整个持续期间都必须忍受的事件。同样，童年忍受着它的状态［……］”[2]

在玛格丽特·杜拉斯看来，童年时光和战争时期有着它们共同的强加于人的东西，即屈从的经验，并且生发出一种反抗，而写作则变成这反抗的工具。因此，我们可以理解，在这些文本以及其他作品里，对过去的追忆从来不受充斥于某些自传性作品的迎合于人的魅力所驾驭。往昔，远不同于怀旧，相反，它植根于最现时的当下，使作家的童年

1　《情人》，巴黎，午夜出版社，1984 年，第 78 页。——原注

2　《情人》手稿，当代出版纪念馆里的玛格丽特·杜拉斯遗赠。——原注

变成“一个无穷无尽、闻所未闻的时间，就好像永远无法衡量似的”。这“无限的童年”——根据她用来形容笼罩她家庭的气氛的绝妙措辞——使得这些有着缺陷的《笔记》鲜活灵动，如同它赋予已出版的书籍以活力。

因此，正是与这些具有现实意义和显著力度的文本的相遇造就了这个编订本。《战时笔记》既不是普通的草稿，也不是散乱的片段，而是一部初生状态作品的表达。这个未来作品的母体，令人惊奇地包含整个杜拉斯式想象领域的原始结构。这些文本在熟悉她的读者身上产生一种发现与认识相伴的感觉，因此，不容置疑地成为阅读玛格丽特·杜拉斯作品的主要角度。

确信这一点，但问题尚未解决，还要获知用什么方式使这些有时不连贯或者难以解读的手稿变为可理解的文本。首先一个令人感兴趣的可能性就是展示所有这些文本的复制品，随附上它们的抄本，并配以符合逻辑的注释。但是，显然，这个主意在若干方面可能歪曲文本：它也许会在物质性上使客体—手稿偶像化，可能使阅读集中于笔记的审美意义和直观方面，而不顾及它的内容。此外，这样一部作品必然具有的重要性，以及价值，实际上也许会把它的读者群局限于一小批专家和忠实读者，尽管文本本身极其明快流畅。在审阅中，一个重视可读性的编辑规范是必不可少的。关键在于校勘原文，但又不会让它变得过于平淡，也不能令人忘记它作为文献资料的特征，两帖插图就证实了这一点。

最终保留的“说明”导向一种自由和连续的阅读，同时，在本书最后列出的目录和索引使有心人得以在这些篇章、已发表的作品和玛格丽特·杜拉斯的传记之间建立起交流的桥梁。

这个编订本刻意不编撰注释，对于所有与人名、地名和这些篇章提及的事件有关的细节，读者可以参照现有的传记作品。此外，全部原文均可在当代出版纪念馆里查阅，如有必要，专家、学者可以仔细考查在此介绍的编纂工作[1]。无论如何，我们首先力求尊重《战时笔记》的中间状态，即介于设想的作品和文献资料之间。正是依靠这一脆弱的平衡点，一部作品的雏形保住了。

1 当代出版纪念馆（IMEC），阿尔登修道院，圣日尔曼-拉-布朗什-埃尔伯，14280。查阅方式请看网址 www.imec-archives.com。——原注

关于誊写的注释

仅仅出于对文本的忠实，而没有别的出发点，《战时笔记》的誊写要求必须做出选择，并采用某些惯例。

除了第四本笔记的零乱篇页按主题汇集，所有文本均按它们的连续性誊写；除了极少数几个过于简短或字迹不清的片段被删除，它们也都完整地呈现出来，未完成的句子（通常是紧跟在某一张缺页的后面或之前）也同样被排除了。

方括弧［　］表示我们每一次为了说明问题而做出的介入，也就是说，也许在字词难以辨认时，也许是无法确定这个词时，也许因为这个词从句法来说是必要的，而显然被作者遗忘了。

考虑到可读性，我们最终决定删除涂改的杠杠，必要的话，便选定玛格丽特·杜拉斯的修订，她似乎就是最后修订的人（唯一被保留的那些划杠的词是没有被取代的词，而从意义上讲又是必不可少的）。标点符号有时稍有修改：主要是在最长的句子中添加了逗号，以及明显欠缺的对话的引号和连字符。某些特别密集的段落通过重新分段而变得简明清楚。数字均以文字写出。最后，拼写错误已作修正（词性、单复数、人称的配合，动词时态的一致……）。

目　录

目录中的正文标题是这个版本的负责人拟的。目录里留出的空白则表示玛格丽特·杜拉斯文本中的一个中断。

Cahiers de la guerre

战时笔记

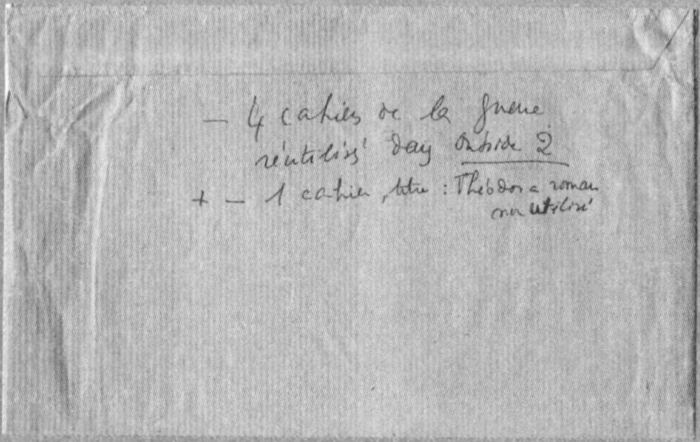

内装有四本《战时笔记》的信封和题名为《泰奥多拉，小说》的笔记（见第 179 页）。

四本《战时笔记》的封面。

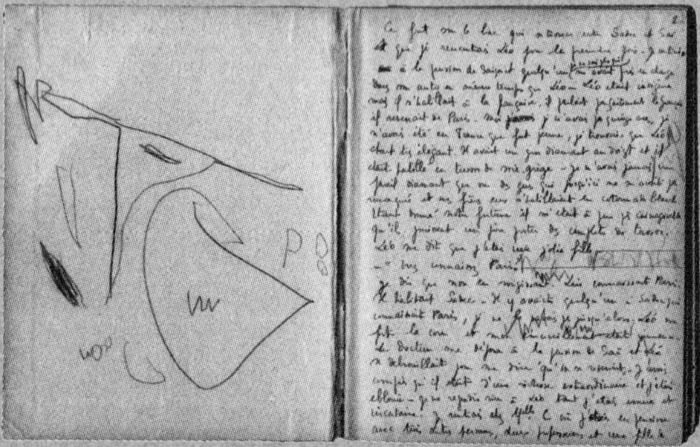

《玫瑰色大理石纹笔记》的第一页和第二页封面（第 11—12 页）。
左图，一幅儿童的图画，很可能是玛格丽
特·杜拉斯的儿子让·马斯克罗所画。

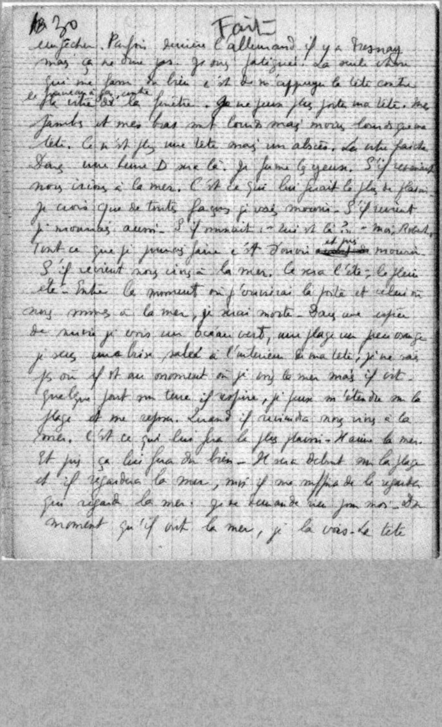

《“二十世纪新闻”笔记》的一页（第 237—238 页）。

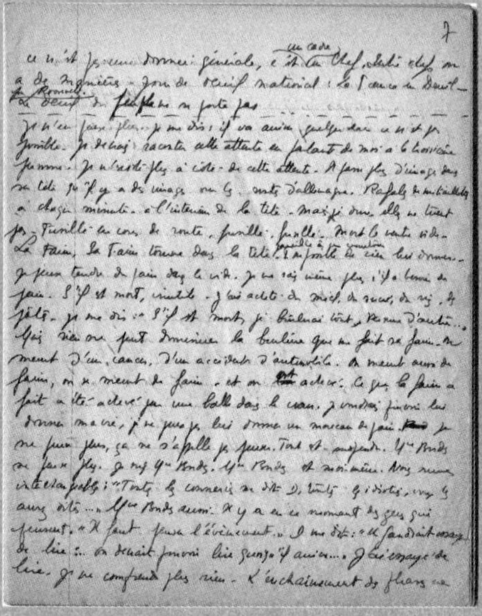

《百页笔记》的一页（第 254—255 页）。

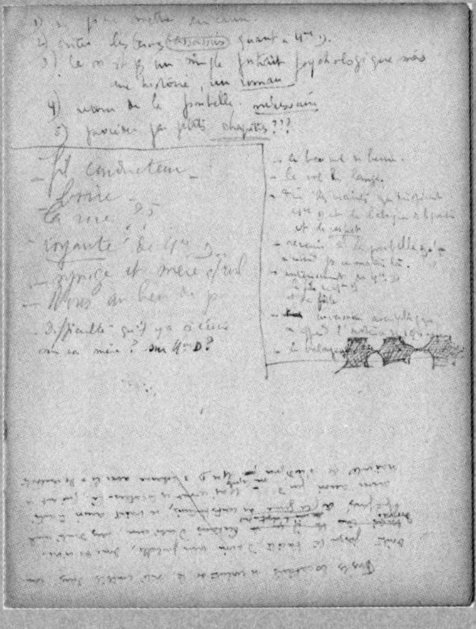

《米色笔记》的一页（第 403—405 页）。

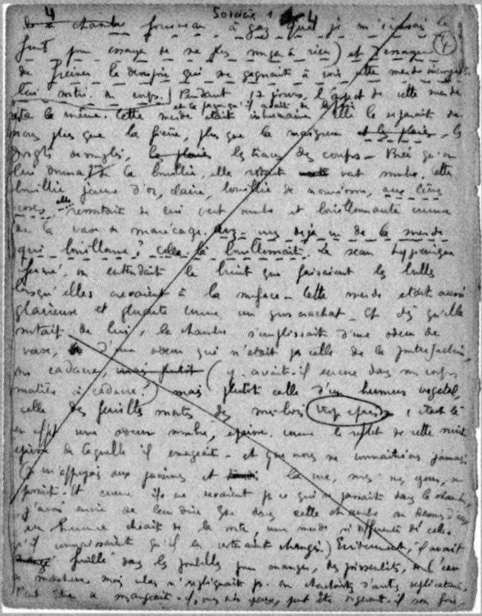

《米色笔记》的一页（第 351—352 页），如手稿页边注释所注，于 1976 年被杂志《女巫》使用。

玫瑰色大理石纹笔记

《战时笔记》的第一部题名为《玫瑰色大理石纹笔记》，是四部中最长的。这本厚纸板作封面的笔记有一百二十三页，其中十五页全是儿童画（多半是后来玛格丽特·杜拉斯的儿子，出生于1947年6月30日的让·马斯克罗添加的）。

文本中的年代标记表明了玛格丽特·杜拉斯是从1943年间开始撰写的。前七十页是一篇长长的自传体叙事，围绕着作者在印度支那半岛上度过的童年和少年时代的事件（特别是众所周知的她与后来成为《情人》的那个人之间关系的最初说法）而展开。这一大段里少有涂改，书写齐整，似乎是比较连贯地写成的。虽然，文本有时提到某个可能的读者的反应，这位读者由一个无人称名词“你们”来指代，但是，写作独有的明确动机则是具有个性的，“任何别的理由都不会让我书写这些［回忆］，除了这发掘的本能。这很简单。如果我不把它们写下来，我将会渐渐忘却”（第67页）。然而，有时，某些片段没做什么修改便重新出现在出版的作品里（短篇小说《勒波》，特别是《抵挡太平洋的堤坝》）。

笔记里之后的内容涂改多些，更不连贯。包括了《抵挡太平洋的堤坝》里的几个不同的片段（在那里，第一人称逐渐让位于虚构人物，苏珊和约瑟夫），还有，一些后来重新撰写的篇什，以《保安队员泰尔》和《中心地的阿尔贝》为题收录在《痛苦》这部集子里。在发表的版本里，特别是人物的名字改变了：主要人物“泰奥多拉”（或“纳诺”）成了“泰雷丝”。在第一篇叙事里，“阿尔贝”以起首字母“D”表示，“让”成了“博潘”；在第二篇叙事里，我们发现“阿尔贝”和“D”，最初被取名为“让”和“阿尔贝”。

我是在沙沥和西贡之间的渡轮上第一次遇见雷奥的。当时，我回到西贡的寄宿学校，某个人，我再也不记得是谁，让我和雷奥同时搭乘了他的车。雷奥是当地人，但是，他穿着法国式服装，讲一口无懈可击的法语，他从巴黎回来。我，我还没满十五岁，我只是很小的时候在法国待过，我觉得雷奥挺优雅的。他手指上戴着一枚大钻戒，身穿米灰色柞丝绸衣服。在那些至今没有注意过我的人身上，我从来没有见过这样的钻戒，而我的兄弟们，他们穿白布衫裤。鉴于我们的资产状况，我几乎难以想象他们有朝一日能够穿上丝绸西服。

雷奥告诉我，我是个漂亮的女孩。

“您熟悉巴黎吗？”

我满脸通红地说不。他熟悉巴黎。他住在沙沥。某个在沙沥的人竟熟知巴黎，直到那时，我还不知道这一点呢。雷奥向我献殷勤，我惊喜不已。医生把我载到了西贡的寄宿学校，雷奥设法告诉我，我们“将再见面”。我很清楚他极其富有，我着迷了。我什么也没有回答雷奥，我是那么激动，那么没有把握。我回到C小姐家里，我和另外三人，两位教师和一位比我小两岁，名叫科莱特的女孩一起寄住在那里。C小姐从我母亲那里拿走了她几乎四分之一的小学教员的薪金，以此为条件，她向母亲保证给予我完善的教育。只有C小姐知道我母亲是小学教员，她和我都小心翼翼地对其他寄宿生隐瞒了这一点，她们也许会对此感到气恼。当地小学教员的薪酬是如此之低，以至于大家都对这一职业的社会地位非常瞧不起。我自己尽我所能地、谨小慎微地对此守口如瓶。那天晚上，回到C小姐家时，我陷入绝望之中，我心想，住在沙沥的雷奥，不会不得知我母亲的情况，他只可能疏远我。我不能对任何人讲这件事——尤其不能跟一位主管的女儿科莱特说——也不能告诉C小姐，她也许会把我从她的学校开除出去，我毫不怀疑，这一招很快就会置我母亲于死地。然而，我安慰自己。虽然雷奥熟悉巴黎，而且家资巨万，但他是土生土长的本地人，而我却是白种人；也许他会将就一个小学教员的女儿。

小学教员的女儿这一身份使我在学校里感到沮丧，在那里，我只跟那些邮局职工和海关职员的女儿们来往，只有他们与当地小学教员身份、地位相同。C小姐愿意接受我，因为她为人豁达，宽宏大量，因为，我母亲还是出了名的正派、诚实。然而，她对我比对科莱特更加严厉，同时又更加亲密。因此，C小姐左乳下长了癌瘤，在整个院里，她只让我一个人看。通常，每星期天下午，我们吃了点心以后，所有人都外出时，她让我看。她第一次给我看的时候，我明白了为什么C小姐身上会散发出这样的臭味，但是，在整所房子里，只给我一个人看她的癌瘤，使我们之间有了一种默契，我认为是由于我的小学教员女儿的身份。这并不令我不快，我把这件事告诉母亲，她因这一信赖的表现而感到某种骄傲。这一幕发生在C小姐的房间里。她露出乳房，走近窗户，让我看。我小心翼翼，屏息敛声地仔细看了足足两三分钟之久。“你瞧见了？”C小姐问我道。“啊，是的，我看见了，就是这儿。”然后，C小姐藏起她的乳房，我重新开始呼吸，她再穿上带黑色花边的连衣裙，叹了口气，于是，我对她说，她已经迈入老年，这种病不要紧的，她同意我所说的，不再难受，然后，我们到种植园去散步。

我母亲作为公务员的遗孀，并以公务员的身份（自1903年起，她就在印度支那半岛任教），从总督府那儿获得一块位于上柬埔寨的种植水稻的租借地。当时，这些租借地每年缴付极少的年金，这些土地只有在若干年后开始耕作了，才属于它的受益人。我母亲不停地奔走，四处活动，得到一片八百五十公顷的宽阔的租借地和森林，位于大象山脉和大海之间，柬埔寨的某个偏远的地方。这片种植园位于离法属第一个关卡六十公里远的小路上，不过，必要时，这一弊病也许是可以忽略不计的。我母亲雇用了五十来名用人，必须把他们从交趾支那迁移过来，并不得不在离大海两公里远的沼泽地中间建造起一个“村子”，然后把这些人安置在那里。对我们全家人来说，这段时期极其快乐。我母亲一辈子都在等待这一时刻。除了建起一座村子，我们还在沿着种植园的小路边建造了一栋吊脚楼房。在1925年，这栋房子花了我们五千皮阿斯特，当时可是很大的一笔钱。考虑到闹水灾的缘故，房子建在桩基上，完全是木制的，木头需要切割、锯开，并就地锯成木板。这些事情可能出现的诸多极其的不便，都没有阻止我母亲。我们在邦代–普热（种植园的名称）连续住了六个月，因为我母亲已经从西贡教育局获得离职批准。在建造我们的房子期间，母亲、我的哥哥和我，我们就在一所茅舍栖身，靠近“上面”来的仆人们住的草屋（村子坐落在离那条小路，即我们的房子四个小时船程的地方）。我母亲和我，夜里睡在一张床垫上，除此之外，我们完全同仆人们共同生活。当时，我十一岁，我的哥哥十三岁。如果我们母亲的健康没有垮掉的话，我们肯定会非常幸福。眼见我们即将摆脱困境而产生的兴奋和快乐，与她格外难受的更年期同时来临。当时，我母亲曾有过两三次癫痫发作，一发作，她便处于一种嗜睡性昏迷状态，这种状态可能延长至一整天。那个时候，在柬埔寨这个地区，不仅不可能找到一位医生，而且连电话也根本不存在，我母亲的发作使那些土著仆人又惊又怕，每次，他们都威胁着要离开。他们害怕得不到报酬。他们围住茅舍，在茅舍周边的斜坡上，静静地坐上这发作持续的一整天。茅舍里，我母亲毫无知觉地躺在床上，轻轻地呻吟着。我哥哥和我时不时地走出茅舍告诉这些仆人，我母亲并没有死去，让他们放心。他们只是很难相信这一说法。我哥哥对他们说，即使我们的母亲死了，他发誓，无论如何，他也会把他们带回交趾支那，而且，他会付钱给他们。我哥哥，我说过，那时，他才十三岁；他已经是我从来未遇见过的最勇敢的人。他同时有能力让我安心，让我相信，不应该在仆人面前哭泣，因为这无济于事，让我相信，我们的母亲会活下去。确实，当太阳从大象山脉后山谷那儿消失的时候，我们的母亲恢复知觉了。这种发作有这样特别的地方，它一点没有给她留下任何痕迹，第二天，我母亲又重新从事她的日常活动。

从第一年起，这片种植园二百公顷土地的耕作便与我们房子的建造、村子的建立、搬运以及仆人们的安排诸项工作齐头并进，耗尽了我母亲二十四年公务员生涯里攒下的积蓄。但是，这一切对我们来说是次要的，因为，我们算定第一次收获就几乎可以完全补偿因安顿而花去的费用。我母亲在一个又一个的不眠之夜不断琢磨的这一计算看来是确凿可靠的。我母亲“知道”，四年后，我们将会成为百万富翁，因此，我们对此更加深信不疑。那时候，她还与我去世多年的父亲保持联系。如果没有征求他的意见，她什么也不会干的，所有这些有关未来的规划都是他授意的。据她说，这些“措辞”只是在将近凌晨一点才形成，这说明我母亲的确度过了辗转不眠的夜晚，而且，这使她在我们眼里拥有一种奇特的威望。第一次收获的结果是几袋稻谷。由总督府拨的八百五十公顷地是盐碱地，而且每年有一部分时间被海水淹没。除了房子周围离大海比较远的那几公顷地，全部收成还没到收获时就在涨潮的一夜间“烧”了。海水一退，沿着我们种植园的河流重新可以通行时，我们就去看我们那二百公顷被盐烧毁的稻田，我们乘坐八个小时的小船，来回走了一趟，察看我们全部被毁坏的东西。但是，当天晚上，我母亲便决定借三十万法郎，修筑堤坝，这些堤坝也许能使我们的稻田永久免遭海啸侵袭。鉴于我们的种植园还不属于我们，我们不能将种植园作抵押，而且，即使有这种可能性，由于这种植园在一片盐碱冲积地内，经常被海水淹没，已经没有任何价值。我母亲去找的所有信贷银行都断然拒绝借给她这笔巨款，我们无法用什么东西来为这笔钱作抵押。总之，我母亲去找了一个“chetty”（泰米尔放债人），也就是说一名放高利贷的印度人，他同意借给她这笔钱，条件是以她小学教员的薪金为抵押。这事情不可能瞒过教育总局，对我们三个人都是非常不光彩的事。于是，我母亲不得不重新工作。她每周五晚上从她任教的沙沥动身，驱车八百公里，然后在周日至周一的夜间再返回。Chetty收取的利息，就是他一个人耗费掉我母亲薪酬的几乎三分之一那么多。在这些交易的整个过程中，我母亲从不气馁。建筑这座可能庞大宏伟的堤坝，使她陷入极度的兴奋中。我们与她关系密切，相依为命，和她一样狂热。我母亲并没有请教任何技术人员，以便获知这堤坝是否有效。她认为就是有效的，她总是按照某种高级的、无法控制的逻辑行事。我们雇来了几百名工人，在我母亲和我们的监督下，堤坝在旱季建成。从chetty那儿借来的大部分钱都用在它上面。不幸的是，堤坝被潮汐期间陷入的大量螃蟹啮咬，于是，下一年，当大海涨潮时，用松散的土壤所建成的，已被螃蟹侵蚀的堤坝几乎全部崩塌。

所有的收成又一次丧失殆尽。显然，没有石块来加固是无法修筑堤坝的。我母亲明白这一点，她无法找到石头块，便说起要在地上坡面部位放置方块状的红树树干。她又一次找到了办法。她有了这类发现并把这些发现告知我们的那些夜晚是我一生中最美好的时刻。她特有的创造性使她陷入一种具有感染力的心醉神迷的状态，以致那几个还留在家里的“上面”的仆人也同她一样狂热。下面的那些与我们分开居住的仆人，他们留下来仅仅是因为我母亲对他们表现出不同寻常的宽厚、慷慨。他们作为佃农来到这里安家，然而，稻田却几乎没有任何收成，我母亲认为自己必须把他们当作工人来对待——这并不适合我们的经济状况。用红树树干的办法耗尽了那个 chetty 出借的钱。情况并不那么糟，一部分坡面挺住了，其他的则将坍塌。妈妈取名为“决定性试验”的四十公顷稻田是她的慰藉和骄傲。庄稼长出来了，我们每星期六都去看。唉，到了收成的时候，我们又一次希望落空。住在村里的仆人不约而同地背着她，出海重返交趾支那——带着我们在三年内能收获到的仅有的稻谷。我母亲又一次打定主意。三年里，堤坝的建筑使她神经紧绷。一部分堤坝没有被冲垮这一事实让她感到很欣慰。我母亲的天真无邪与她的无私是谁也比不上的。她对堤坝感到厌烦，不想知道下一年就是那些得以挺住的堤坝也会坍塌。尽管如此，后来，她继续每年都让人播种几公顷的地作为试验。她认为海水不会迟迟不退出她的稻田，她的努力将会得到回报的。我们获取万贯家财的期限更远了，但按她说，并不是遥遥无期。有时，我们怀疑一块冲积土层的地是否就能在这么短短几年有所改善，但我们的母亲让我们放心。她就这样在感情上确信这一点，我们还是和她一样。

我们彻底破产了。母亲或多或少忽略了种植，绞尽脑汁支付 chetty 的借款。当时她注意到我，决定让我去学习，她发奋实现这个计划，相当于对修筑堤坝和房子所倾注的热情。她不管我的哥哥，说他不聪明，并试图说服我。她认为我比我哥哥更适合学习，不过，这不无某种蔑视。我的哥哥也一样。我哥哥对我说："我不聪明，我留下种地。"不然就说："我没有你那份聪明，我不配母亲为你所做出的牺牲。"他是真诚的。他还对我说："我应该留在沙沥使你有可能上学。"他就待在沙沥。我哥哥的谦卑是我忧郁的真实原因。我母亲确定他缺乏才智，而他就单纯地顺应这一"降低身份"的境遇。同样，我母亲认定我天生是读书的料。我在中学获得的成绩糟透了，一直到高中二年级，我在每门学科上都是最后一名，不过，我时不时地在法语方面获得的成绩还可以——这时，我母亲就高兴地流下眼泪，感到自己的牺牲得到了回报。最初，她经常开着我们的老雪铁龙和我哥哥一起到C小姐这里来看我。然而，由于他们当时靠着我母亲那难以置信的劳作在维持生活，他们的造访很快就变得稀少了。正是在那个时候我要自己设法去沙沥，星期六乘卡车启程，法国人从来也不坐这种卡车，因为，正常情况下走四个小时的路程，它要花八个小时。我有时就利用这便宜的机会回家，后来，在其中某一次返回途中，我遇见了雷奥。

在那次相遇之后，我回到C小姐那儿的第二天，午休时，我听见一声很响的喇叭声。是雷奥。我正同科莱特在一起，我不敢去阳台。雷奥坐在车里连续经过了三十五次。他在房子前放慢速度，但不敢停下。我没有在阳台露面。没有人想起去看看，准是以为我正在等雷奥，我对街上的声音特别敏感。此外，想到雷奥这么费力地讨好我，我感到有点丢脸。尽管如此，我还是尽量穿戴得最好，两点时，我就下楼去学校。雷奥在路上等我，身子靠在车门，总是穿着米灰色柞丝绸西服。他迎着我走来说："真不容易遇见您。"他请我上他的车。雷奥的车真让我入迷。一上车，我就问是什么牌子，价值多少。雷奥告诉我是一辆"莫里斯·雷昂-博莱"，价值七千皮阿斯特。我想到了我们那辆价值四百皮阿斯特的"雪铁龙"，我母亲分三次才付清了车款。雷奥还告诉我说，这并不是他唯一的轿车，他还有一辆跟这辆一样漂亮，但是是敞篷车，也是"莫里斯·雷昂-博莱"牌，这是他最喜欢的牌子。对于我们开始这样无拘无束的谈话，雷奥显得很高兴。他问我想要他把我送到哪里。"去学校，"我说，"我迟到了。"雷奥文雅而殷勤地问我是否愿意兜一圈，我说不。他把我送到学校大门，并请我允许他当天傍晚再来找我。晚上，他来了，第二天又来了，后来几天都来了。我非常以他的车为荣，很想别人能看见它，我故意待在车里，生怕我的同学们没瞧见我就过去了。我当时肯定，有这么一辆车不能不要点心机，那样一来，我也许可以同印度支那的高级官员的女儿们交往。她们中间没有一个人拥有这样一辆由身穿制服的司机驾驶的利穆新轿车[1]，这样一辆特地在巴黎订购的车体大、档次高的墨绿色利穆新轿车。可惜，尽管拥有令人赞叹的汽车，雷奥仍然是安南人。这辆车使我如此心醉神迷，以致我忘记了这一弊端。中学的同学最终都远离了我。仅有的一些直到那时还理解我的也再不敢为了与我做伴而损害自己的名声。我没有朋友，但是，这并没有过分地打击我。有几个星期，我继续同雷奥见面。我总是想方设法让他谈论他的资产。他大约有五千万的不动产，遍布在整个交趾支那，他是独生子，他拥有一大笔钱财。雷奥的财富估价成的数字使我惊愕不已，夜里，我做梦梦见

1　当时流行的司机座无篷，并与客座隔开的小汽车。（本书脚注如无说明，均为译者注。）

这些数字，白天，我则对此不断地浮想联翩。这些数字与我迄今为止在家里所听到的完全搭不上边。就我记忆所及，我知道我母亲总是缺钱。她唯一关心的就是挣钱，虽然她那好冒险的性格使她常常采用转弯抹角的手段获取成功。那有什么关系，我母亲一再向我们灌输一种可以说是神圣的金钱观念。没有钱，是不幸的。没有钱，美德“通不过”，而无辜则受到谴责。我母亲深信，如果她成功地挣到钱，那么由此就会产生一系列幸福的后果。

“有一些本地学校的教员的女儿嫁给了银行家。是有的，真的，我知道她们。但是，这是一些能给她们女儿一笔嫁妆的人。”

在我认识雷奥的时候，我们每个月只能靠变卖还剩有的首饰和家具度日，并支付 chetty 的债款。我们偷偷地这么做。我们极其秘密地把我们的首饰转卖给当地的首饰商。“如果别人知道了，我们就名誉扫地了。”我母亲说。尽管如此，她仍然留用我们的老女管家和厨师，因为，如果在沙沥有人知道我母亲自己下厨，那么，任何人都不会同意见我们的。然而，妈妈必须正式拜访别人，和接待一些正式的来访。此外，我母亲不做出判断，她对这些既无兴趣，也没有闲暇。我从来没有听见她对印度支那殖民世界里金钱优于任何价值的情况表示愤慨。那时候，在印度支那，财富迅速膨胀。橡胶种植园主在殖民地大量涌现，赚取了无数的钱财。西贡是远东最富有、最堕落的城市之一。在那里有着最严格的等级制度，这一制度建立在财富及其外表上。种植园主们率先而来，然后是印度支那高级官员们。盗用公款是被认可的，而且是有组织的，为我们提供进入上流社会的方便——于是，某个海关职员成功地偷运了价值三百万的鸦片，不久，就见到他在海关主管家里受到款待。所有安南高级公务员都以昂贵的价格（规定费率）购买勋章。大家都知道荣誉勋位勋章值一万八千皮阿斯特。

尽管这些论述超出了我叙事的框架，但由于我们从未进入这个社会，由于我母亲原有的卑微地位促使她千方百计、不惜任何代价要重新进入这个社会的这一事实，这些论述还是与叙事有关的。我忘记说了，在殖民地的法国人中间，敌视安南人是个规定。只有很少数的安南人同法国人来往。某个亲安南的公务员原则上被禁止“晋升”。由于我母亲的状况，我们处于公务员等级中最低级别。人们认为我母亲是值得尊敬的，但是任何地方都不接待她。我们唯一拥有的朋友或者是邮局员工，或者是海关职员，或者就是同她一样的小学教员。我母亲从来没有离开过殖民地，她在那里有许多安南朋友，这件事本身使得她在法国人中间丧失了声誉。在这一点上，我母亲特别优柔寡断、犹豫不决。

我并不愿意陷入对一九三〇年印度支那的描绘，但首先要讲讲我的青年时代是什么样的。我母亲生来就优柔寡断，而不是因为那么多的外部条件和习俗。因此，后来，当我和雷奥结婚的问题提出来的时候，我母亲便犹豫再三，因为他是当地人，这就会使得她更加声名扫地，她轻易地就为此而痛苦。关键是她犹豫不决——尽管，她其实知道这件事不论谁都会认为是完全不能容许的。

我们深深地为我们的穷困而痛苦，我们的不幸在于要隐瞒这一贫困状况。在我们居住的与世隔绝的种植园里，这种状况更为严重。在沙沥，必须千方百计地不让六十名任职的法国人了解无论什么有关我们处境的事。于是，我母亲便在每个月第一天的前夕，把自己薪水的三分之一交给 chetty 用以支付利息，她偷偷地在天黑尽时去。有几次，我不知道为什么她无法去还钱。于是，那些高利贷者就来到我们家。他们坐在客厅里等着。好几次，妈妈在他们面前哭泣，哀求他们离去，因为，仆人们可能会瞧见他们。高利贷者们不走。他们默不作声地待着。他们知道，他们只要露面就够了，对于一个白种女人来说，向 chetty 借钱是最可耻的事情。最终，妈妈把钱扔到他们脸上。他们抓起钱，微笑着走了。

在那些情况下，我就把自己关在房间里，闭

门不出，妈妈必定会来找我。通常，接着就是一顿正式的体罚。妈妈经常打我，这一般是在“她的神经控制不住她”的时候，她非这么做不可。因为我是她最小的孩子，是最顺从的，所以妈妈打得最多的是我。她轻松地把我打得团团转，她用一根棍子揍我。她愤怒欲狂，说自己要死于脑中风了。于是，生怕失去她的恐惧总是压倒我的反抗心理。我总是同意促使妈妈揍我的理由，但是我不同意用这种方式。我认为用棍棒绝对是令人恶心的，而且不美观，打在脑袋上是危险的。但是，耳光在脸颊上留下的痕迹简直让我绝望——尤其当我结识了雷奥以后，我不可能对他承认“发生在家里的事情”。我知道，他不会理解，他永远不会赞同妈妈对我的态度，不过，我发自内心同意妈妈这么做，我不能忍受任何人，即使是雷奥，来指责她。

我需要重新讲一讲有关挨打的事。的确我受到无数次的殴打。我十四岁时，遇到雷奥之前不久，我那在法国学习的大哥回到了印度支那。出于某种奇怪的好胜心，他也开始习惯于殴打我。看由谁打我吧。当妈妈以某种令他不满意的方式打我的时候，他就对妈妈说“等着”，然后，接替了她。但是，很快，母亲就后悔了，因为，每次，她都以为我会被打死。她发出恐怖的吼叫，但是，我的大哥却很难住手。一天，他改变了他的手法，把我扔得滚落在钢琴旁，我的太阳穴撞在家具一角上，我很吃力地重新站起来。我母亲害怕极了，后来，这种激烈争吵的场面一直烦扰着他。我大哥那赫拉克勒斯般的力气（更倒霉的是，他的二头肌过分发达）令我母亲敬畏，毫无疑问，相比之下，她更加想殴打我。我非常瘦小，一点儿也不像我两个兄弟有那种运动员漂亮的体态。在我母亲情绪好的时候，她对我说：“你呀，你真是我的小可怜。”这种温情的表示，显露出即使有这些常常使她对我感到不满的理由，我母亲依然爱我，这些温情就更是无比珍贵，何况，这温情的表现十分罕见。与我大哥同时来到家里的还有辱骂和粗俗。直到那时为止，因为不了解，我们总是很有礼貌。我的大哥从法国回来，带回来所有新颖的骂人话（他只有这些，因为在一位神甫教师那里念了四年书，并没有使他在十八岁通过业士学位考试），在一个神经过敏已达到极点的家庭里，这些粗话来得正是时候。我的天真可能显得过分，但仍然是真实的。当我的长兄殴打我，把我称作“肮脏的阴虱”的时候，我对这个词的意思一无所知，确实，在我青年时期，我从未有机会弄清楚，几年后，我才明白过来。但这并不意味着我感觉不到“阴虱”是侮辱人的话，相反，相比我几乎把微生物和阴虱混淆起来的时候，那种受辱的感觉更加强烈，这就使得我更加反感因为自己毫无办法的五短身材而被打。我大哥边打边骂。他惯用的辱骂话，除了“阴虱”，还有“废物”“你甚至都不值得人家吐你唾沫”“垃圾”和“肮脏的妓女”。“肮脏的妓女”对我来说同样是个谜，但我不知为什么心底里接受它（也许因为“妓女”这个词有着猥亵的和音)。我觉得“贱人”特别不能接受——远比我认为是“贱人”的昵称的“龌龊的东西”更不能接受。“败类”这个骂人的话触动了我的内心，而且使我心慌意乱，尤其当我认识了雷奥，因为正是在我同雷奥往来时，我长兄用这句话，连同“不露声色的蛇”和“蛇毒”来骂我，虽然“不露声色的蛇”和“蛇毒”显得更加有知识，但我觉得更恶毒。“小无赖”“讨厌的傻瓜”“邋遢的笨蛋”，或者“母狗”，这些词已经成了日常用语，并不辅以拳打脚踢，随时骂过来。还有其他一些侮辱的话，我太伤心了，记不住了。现在，我不能听见这些词语，一听见，年轻时体会到的滋味便涌上心头，这带有永远逝去的夏日的光轮，带有我十五岁时极其强烈的怒火的光轮。我曾以一种可能令人感到好笑的庄重接受了它们，但是，有可能，我会再也想不起来任何别人可能对我说的话。我曾经相信这些。现在我再也不信了。我受苦受难。甚至雷奥，我向他吐露了有关我长兄的情况，连他也弄不明白我怎么能受那么多的苦。

母亲的打与我哥哥的痛打之间的区别是，后者的殴打让人更疼，我一点儿也受不了。每次，我都会有一瞬间以为我哥哥要杀了我，那时，我不再觉得愤怒，而是害怕我的脑袋离开身体，滚到地上去，或者我就此疯了。当我长兄开始吸鸦片时，他就越发暴躁了，那时，我不能对他说话，一跟他说话，他就揍我。尽管他已经吸得非常多，可他打得很巧妙——慢慢地，每打一下就等一等，以便充分享受其效果。起先，他也殴打我小哥哥，但是，鸦片使他感到有点乏力，他越来越不占上风，他再也不敢打小哥哥了。

你们可能寻思，我的大哥为什么这样对待我。我也这样问自己。我一旦模糊觉得是什么理由时，这些理由就会从我脑海里溜走。他打我，是因为他讨厌我。我母亲也讨厌我，虽然她内心深处爱着我。我发现我在中学里也没有朋友，而且，我引起我班上女孩们的反感，甚至引起大部分男孩的反感。后来，当我母亲让我从C小姐那儿退学，把我送到一所国立寄宿学校时，我成了舍监和大多数学生的眼中钉（我的确在那儿也有一个好朋友艾莱娜，以及另外三位女友，她们对我怀有一种意义含糊的爱慕，但远不是真正的友谊）。那时候，我没有力图去弄懂究竟是怎么回事，我把这当作命中注定的倒霉事儿忍受着。这种情况并没有使我伤心。我是可憎的，就像别人是可爱的。我对大多数同我一样年纪的少女不感兴趣，她们也不是我好奇心的对象，因为，在进入中学之前，在我十五岁之前，我确实从未与法国姑娘们过从甚密。这种反感和冷漠是有确切的道理的。首先，是一种可以理解的孤僻，我试图用高傲，甚至某种恶意来掩饰。我对任何人从来都不是和蔼可亲的。亲切和气，是陌生的世界。当我进入西贡的白人社会时，我在那里发现了亲切和蔼。我相信那是钱财和幸福的专有物。我从来没有心情向人微笑。同我的母亲和兄弟们在一起时，我从来不感到愉快。在家里，我们只知道狂笑，微笑已经被我们之间的关系排除掉了。我们彼此间严厉而有分寸地对待对方，我们跟对方说话就是为了互相辱骂，或者是为了询问某些完全是物质上的事情。闲聊在家里则从未有过，除了某几个像每个家庭都有的那些通常的欢腾之夜。但是，在我家里，这些夜晚有点像酒神节那样饮酒纵乐，无疑，因为这些夜晚是在几个月的宁静之后来临的。实际上，这种闲聊并不适合这些夜晚。主要的事就是开玩笑，因为，再不开开玩笑，我们都要受不了了。于是，我们可以嘲笑一切，我们甚至把我们种植园的故事编成一则滑稽极了的笑话。这是我们处境的需要。“我们堤坝的故事实在是滑稽得让人笑得直不起腰，”我的长兄说，“我没见过更滑稽的了。一切都跟我们作对，甚至连螃蟹都替我们把堤坝吃掉了，只有妈妈有这样的念头。”这些夜晚，我深信我们都真的是欣喜若狂。我们已经失去一切，然而，我们却因为失去一切而纵声大笑，极度地（没有别的词）消遣取乐。

然而，当我到了西贡，我并不想有所改变。我至今还记得，跟我的同学们握手对我来说就是一种令人痛苦的负担。我在中学的三年里，我都不适应那儿。我在那里下意识地表现得冷酷无情，而且，我只会以一种傲慢的方式回答老师的问题。我有一位英语老师非常嫌恶我，甚至一瞧见我就真的感到不舒服，他再也不“能”看见我，于是，他违反当时男女生混合学校的惯例，把我放到教室的最后一排，借口说我对英语一窍不通。在寄宿学校，有时，我只要一出现在自修室和宿舍，就会使一位女学监“病倒”。她跟我说话就可能感到呼吸困难。但是，我并不是不守纪律，对其他大部分学生来说，我无足轻重，或者会引起他们的反感，我不可能会使得他们分散注意力。

我之所以强调我与其他人（不论是与我的家人，还是与班上的同学）的关系这一方面的问题，是因为有其重要性——它在漫长的岁月里对我有着深刻的影响。我几乎经常生活在一种有罪的精神状态里——这只是增加了我的傲慢和冷酷，因为，我为自己从来都不因此觉得伤心而感到自豪。在雷奥之前，只有一个人对我感兴趣，是班上的劣等生之一，一个混血儿。我不允许他碰我，因为他一口烂牙。他受到所有人的蔑视。他的父亲在唐人区开了一家商店。他上三年级的时候已经有二十多岁了，因为他老留级。英语课上，我们俩都坐在教室最后，他经常问我要我戴在手指上的戒指。我把戒指给他，他就紧紧地把戒指握在手心，说它还热乎乎的，带着我的体温，他把戒指放在嘴边，闭着眼睛，亲吻它，他用力地呼吸，每次，我都生怕他会把戒指吞下去。我好奇地注视着他，当他对我说他因为这戒指而非常激动时，我不知道他在说些什么。这家伙只会给人带来烦恼。我可没法看他，因为他就是我要逃避的那类人——我属于的那类贫穷而被鄙视的人；他像厄运一般纠缠了我一年多。在西贡的学校里，有一些种植园主或地方长官的子弟，他们拥有他们的私人汽车，他们腋下夹着一副网球拍，穿过女生住的院子，然后，和他们的“女孩儿”一起走来。其中，有些长得挺英俊的。我躲在一旁，看着他们过来。他们的眼光使我感到痛苦，因为，我早知道他们永远不会把我带到他们的车里。我出神地凝视着他们，就像在观赏玻璃橱窗里陈列的东西，有时，我梦见他们中的一个注意到我，然后，我哭着醒了。

我相信我缺乏最起码的魅力，简直到了难以想象的地步——更何况我母亲以她的方式给我穿那些大概比当时流行的样式落后十年的服装。与其他那些头戴草帽的年轻姑娘不一样，我戴着一顶宽檐的软木太阳帽[1]而显得滑稽可笑，这顶帽子大概可以遮蔽我的颈背和双肩。这是我母亲为了在种植园生活而特地订购的尺寸惊人的一种样式，我一直戴了好几年。当我终于成功地失去了它（在乘渡船

1 旧时的一种遮阳帽，圆顶，四周有宽宽的帽檐，以软木作芯，外面用白色或浅色布料裹包。欧洲各国曾为驻扎在炎热气候地区的殖民地军队发放这种用植物木栓制成的帽子。

时，它掉在了河里），我母亲给我买了一顶男式毡帽，这帽子最初是黄檀木色，后来就变得黄一条绿一条了。当时，大家都穿白色凉鞋。而我母亲，她非要我穿黑色漆皮便鞋，我光着脚穿鞋。我穿的裙子通常是由我们家的安南女佣按照母亲的指示缝制的。与我十一二岁时穿的裙子式样完全一样，随着我一年年长大，把连衣裙的贴边拆开，就这么完事了。这些连衣裙如此肥大（妈妈总说，“咱们首先得讲实用”），直到十五岁我还可以穿。这些裙子一般都是用当地土布或日本布料做的，母亲讲究卫生，让人用碱性的灰汁洗涤，裙子很快就褪色了。我记得有一条鲜艳的蓝色棉布裙（在肩上和两侧缝合。我十六年来一直遵循的模式），上面的图案是一根开满花的樱桃树枝，从我的右肩一直延伸到我的左膝，树枝上，一只摆出飞翔姿态的鲜玫瑰红的大鸟在我的腰部展开——这个图案在背上，以相反方向重复出现。我之所以记得这条连衣裙，是因为我很怀疑它是否有品位，我觉得这块做裙子的面料更适合做个屏风。母亲不容置辩地向我肯定，裙子美极了，我对她深信不疑。的确，她自己几乎以同样的方式穿戴，而且，她以相当怪诞的穿着闻名于整个交趾支那。我相信母亲如同相信上帝。如果她喜欢一条裙子，我深信，我会面对全世界的嘲笑骄傲地穿上它。我忘了说，当我遇见雷奥时，我还戴着我母亲特别喜欢的那顶黄檀木色男式毡帽，她亲自给我戴上帽子，令人想象不到地斜戴在一侧，使人想起一九〇〇年美国电影中的牛仔。雷奥花了足足一个月的时间，试图用越来越直接的暗示（原因就不必说了）让我明白，这顶帽子不适合一名少女。尽管我从未见过有谁戴同样的帽子，尽管雷奥最终干脆对我说，这帽子使他厌恶，然而，我对母亲的鉴赏力如此深信不疑，我还是背着雷奥，在全校人的眼皮下，当着他们的面戴着这顶帽子。

我缺少魅力，我这样穿着的方式让人笑话都难，除此之外，我也并没有因为美貌而与众不同。

我个子矮小，身材不好，瘦削，脸上长满雀斑，被两条红棕色的发辫压着，发辫一直垂到大腿中间（我说发辫，也许更适合的说法是“缆绳”，因为我母亲就是这样拽住，紧紧拉我的头发），我被太阳晒得黑黑的，因为在种植园里，我们几乎总是在室外生活（而那时候，在西贡，时兴的是白皮肤）。我相貌还比较端正，可以算是漂亮的了，但是，我脸上呈现的闷闷不乐、倔强固执，不讨人喜欢的表情，完全扭曲了我的脸部轮廓，别人就注意不到我的长相。我的目光冷淡，我母亲把它称为“狠毒”。总之，当我找到那时候的一些照片时，在我的脸上，我根本找不到一丝温情，一丝柔弱。我母亲少有的那些朋友对她说，我会变得俊俏——我有一双漂亮的眼睛，但是，我应该戴眼镜，因为，我肯定有些什么问题，我的眼神不正常。在我很小的时候，我的眼神就已经引起永隆的行政长官夫人的注意，当时我母亲在那儿教课。做弥撒时，我朝她回过头去，我的目光好像“吓着”了她。出于好意，她告诉我母亲必须留神我的眼睛。我母亲对此从来都不在意，她知道我眼睛里什么也没有，她认为尽管我的眼神狠毒，但也显得机灵——她还告诉我，我很漂亮，她偷偷地这么跟我说道："别担心，你美极了。"我可不担心。我想我的母亲力图相信自己有个漂亮的女儿。相反，我的大哥则断然肯定地说："除了我，你的孩子都不行。"的确，他长得挺出众，相当英俊；我可不是轻率地说这些，他到交趾支那一个月，就被视为殖民地最美的男子。我的大哥有这样一个特点，他说起某个他觉得漂亮的女子就不会不冲我补充一句："你就痴心妄想吧。"或者，就对母亲说："你女儿在想入非非呢。"有时，他在镜子前打量自己，然后，把我叫去："你见过长得像这样的嘴吗？"他指着自己的嘴问我。我谨慎地回答说，也许要好好找才行。"小无赖，"他对我说，"你就做梦吧……"

没有什么比我大哥怀疑我的美貌更使母亲难过的了。确实，我没有嫁妆，我母亲一想到总有一天得把我嫁出去便焦虑万分。我一满十五岁，这就成了家里的问题。“你在痴心妄想吧，要把她嫁出去，”我大哥说，“那你就养她到三十岁……”这是母亲身上的敏感点，于是，她恼火地说：“如果我愿意，明天，我就把她嫁出去，给我愿意的那个……”成为老处女的前景使我不知所措，我觉得死亡本身与之相比只是微乎其微的痛苦。我聆听着。我知道，我母亲说会把我嫁给不论什么人，那是谎话，但是，我还是希望我能顺利找到“对象”。母亲更乐意信赖我的小哥哥，向他吐露心事：“怎么把她嫁出去？……”母亲叹气说。我的小哥哥是理想主义者，而且，他很爱我。“谁能料得定呢，”他回答，“但是，应该让她外出。”是他坚持要送我去寄宿学校。“如果她有教养，如果她有一份职业，即使她没有嫁妆，她也不可能找不到一个丈夫。”我相信，每一个家庭的母亲都有这些担心和忧虑。然而，在我家，大家认为让我了解事实是有益的。“应该让她知道，”我母亲说，“什么是生活。”他们想让我拥有的职业年年各有不同。他们相继考虑的不外是教师、律师、医生、报刊主编或勘探者。我不这么认为，直到十五岁那年，我还一直希望成为空中杂技演员或电影明星。“你以后就做我们跟你说的事。”母亲说。最值得注意的是，我的兄长们根本不操心他们的未来。“他们有种植园。”母亲说，这可不是一个解决办法，在经验证明我们根本不能指望种植园以后，我的母亲还是继续说我的兄长们“有种植园”呢，这仍然使她安心。我的兄长们从来都不上公立学校或随便哪个学校。这从来都不是个问题。他们生活在沙沥，所有的人都觉得这些十七八岁的小伙子无所事事，游手好闲，是不能容许的，除了我们自己想当然。我们也并不力图为此辩护。“这真是不幸。”关于这一点，有人对我母亲这么说，而我母亲经常回答说：“难道我不知道！”然而，底气不足，并没有真正的自信。我的小哥哥早已决定将来当个猎手，他将成为印度支那最伟大的猎手，他不需要种植园。从十四岁起，他就在象山山脉一带打猎，到了二十一岁，在他的狩猎记录上已经有十二头老虎和一头黑豹。“这是一个愚蠢的职业。”我的大哥对他说，而他则回答，这正是唯一适合一个“大胆而不具备学习天赋”的男人的职业。

雷奥突然出现在我们家，改变了所有的计划。他们一得知他财产的总额，便一致决定由雷奥来支付高利贷者，向不同的企业提供资金（一家锯木厂是为我的小哥哥，一家装潢作坊是为我的大哥），有关这些企业的计划都经过我母亲仔细研究，而且，每个家庭成员附带都配备一辆自用的小汽车。我负责把这些规划转告雷奥，为此“试探”他，并不对他做出任何承诺作为交换条件。“如果你能够不嫁给他，”母亲说，“那就更好，他毕竟还是个当地人，以后，你告诉我你想要的……”我感到气愤，表示反对，我说我会嫁给雷奥，我母亲便回答我：“如果你是精明人，如果你有办法，你完全能够避免这样做……”要是我坚持，我就挨一顿痛打。我母亲让我“以她的脑袋”发誓，保证决不委身于雷奥。“你完全可以做你想做的事，但是，别跟他睡觉，拿到一切你所能获取的，你有这个权利，想想你可怜的母亲，但是，别跟他睡觉，否则，其他任何人都不会要你。”我的母亲绝对相信少女的童贞。“少女最大的财富，就是她的纯洁。”如果我同雷奥睡觉，那么任何别的人都永远不会要我，甚至连雷奥都不会要我了。后来，在我遇见雷奥一年以后，他悲痛欲绝地宣告，他只有在被他父亲完全剥夺继承权的情况下，才能娶我，他父亲无论如何都不接受这桩婚事。于是，我母亲打算“控告他”，因为我的名誉受到影响。她曾经那样地指望雷奥，这一拒绝在她看来显然是个灾难，不仅对我，而且，对我那两位曾天真地指望雷奥的兄长来说也是灾难。但是，我母亲生性善良，她仍然允许雷奥与我来往，她自己也经常见他，也许，她对于雷奥娶我这件事还没有完全绝望，在此期间，她和我的兄长们从中获取了一些相对可观的利益，关于这一点，我将回过头来再说。

雷奥怎么注意到我呢？他觉得我很合他的口味。我明白，这只是因为雷奥自己长相也难看。他曾经患过天花，并留下了痕迹，显然，他比一般的安南人更丑，不过，他的穿着无懈可击，他细心、整洁，他始终彬彬有礼，即使在一直充斥着粗野无礼的我的家，即使有人对他态度粗鲁，他也总是温文尔雅。此外，雷奥的确慷慨大方，但也摆明了态度，别人不能“不管什么东西都向他要”。他相当精明，因为，他从一踏进我家就领会到如果他任人摆布可能冒的危险。尽管他具有这天生的戒备心，雷奥仍然几乎可以说是愚蠢的。他追求品位最差的欧洲时髦，然而，尽管如此，他还是让我佩服之至，因为他会跳查尔斯顿舞，在巴黎订购领带，他曾经在“疯狂牧羊女”歌舞厅见过约瑟芬·贝克[1]

1　约瑟芬·贝克（1906—1975），著名的美国黑人歌唱家和舞蹈家。

本人。他因为离开了巴黎而感到惆怅，总是抱有某种不无陶醉的怀旧情绪。将近两年来，他拉着我们，我的家人和我，到西贡各个夜总会去。他开着他的“雷昂-博莱”来找我，车上还带着我的母亲和我的兄长们。我母亲向巴尔贝寄宿学校的女校长请求“特别许可”，我就出来了。这是雷奥所称的“去闯一闯”，或者是“去花天酒地”。我的家人使他腻烦，他很想摆脱他们，但是，我已经斩钉截铁地告诉过他，如果他不和我家人一起去“闯一闯”的话，我就不跟他一起出去。我母亲在这一点上坚定不移地确信：一个年轻姑娘不应该单独同小伙子出去，否则，她的名声将永远受到损害，找不到丈夫。但是，我拒绝单独同雷奥出去，除了我相信我母亲所说的话，主要是，我最真挚、最常有的愿望就是看到我的兄长们和母亲也能得益于我的好运气。我仿佛觉得轮到我“带他们出去”了，因为，没有雷奥，这根本就谈不上，那时候，我母亲不可能购买哪怕十升的汽油开车到西贡来看我。

雷奥这样带着我们逛了多少次呢？不计其数。都混淆在一起了。当时，城里所有的酒吧、茶馆、夜总会，我们都到过。尤其是常到离城二十来公里远的名为“瀑布”的酒店，那儿有一个“夜间”游泳池，游泳池是直接在一条激流的河床上开凿而成，流水已被引入。游泳池内被电灯光照得通亮，显现出流动而灵活的身躯。我的兄长们和我，在用例行的冷餐和跳舞之前，我们就先去洗澡。这些夜晚显得怪怪的，并不感到快活。我的兄长们挺瞧不起雷奥，表现得沉默，威严十足。我的母亲一直在忧郁而亲切地微笑着，她骄傲地凝视着她正在跳舞的孩子们。她总是穿着同样的活像浴衣的连衣裙，在一侧和肩上缝合起来，没有腰带，脚上穿着棉袜子，和一双过时的皮鞋。她坐在离桌子稍远的地方，她那“永不离身”的大包放在膝上，在那个包里，一直放着种植园的地籍图册和高利贷者们的收据。那时，人们议论起她，就说由于她的两个儿子，她成了“殉难者”，尤其因为她的大儿子，她为了这个儿子，负的债一天比一天多，真不知道她以后怎么从中脱身。她自己也说，她是个受尽苦难的人，而我们对此也深信不疑，她每天都说，每当她殴打我的时候，每当她休息和抓紧时间思考的时候，她都这么说，她为了我们不知不觉地陷入了备受折磨的困境，犹如人们在苦难中一步步向前移。她是“殉难者”，就好像我们不是。她说，“我被我的不幸套住了”“我已心力交瘁，我现在最好不过的就是死去”“我得背着我的包袱，直到最后”“有时，我扪心自问，我究竟对老天爷做了什么，要让我受这样的苦”。她这些话说得太多了，大家对此变得麻木不仁了。有人认为她的宽容理应受到谴责，尤其是与雷奥来往的这件事证明她大错特错。有人说：“D 夫人让她的女儿同安南人一块儿出去，这个小姑娘彻底完了，令人遗憾。”别人瞧见我们总是同雷奥或他的朋友在一起，对我的议论，那就是我“跟那些当地人睡觉”。我那时十五岁。雷奥还没有碰过我，我在西贡却被看作“城市的败类”。

真是没有料到，但是，对这些无稽之谈，我们淡然处之。末了，再也没有人同意跟我们来往时，我母亲说："他们是嫉妒，随他们去。"我相信，在那些夜总会里度过的夜晚，我母亲得到了真正的休息。她碰都不碰香槟酒。她那双大手放在她的手提包上，她总是随我们的心意，从来都不提出回家。她时不时地跟雷奥说一句客气话，因为，她认为我的两位兄长对他太冷淡了，她这样来表明感谢之情。（我又看见了我母亲那紧紧拽住手提包的双手，如同抓住她的命运一样。在我看来，上帝的手也并不比她的手更美。当我很小的时候，偶然发现某些困扰我的事情，或者，我突然产生某种令人恐惧的想法，譬如说，我母亲身亡的可能性，五岁时，我发现母亲是会死去的，我便向她走去，告诉了她。我母亲把她的手温柔地放在我的脸颊上，对我说："忘了吧。"于是，我就把这想法忘了，如释重负地又走开了。后来，还是用这双手，她殴打我。还有，她批改作业或在漫漫长夜做账来为我挣面包。

她也投注了同样的宽厚。她用力地打，使劲地干活，内心深处非常善良，她生来就有激烈动荡的命运，生来就是用刀砍斧斫来探索情感世界。她非常不幸，但是，她就在这不幸中得到了幸福，因为她喜爱辛勤劳作，做出牺牲，而她最喜欢的就是忘掉自己，在无穷无尽的幻想中自我陶醉。我母亲总是在幻想，我从未见过有人这么幻想。她甚至想象自己的不幸，她骄傲地谈论自己的不幸，她并不感到真正的忧伤，而只是痛苦而已，因为她生性极其粗莽，不会满足于接受任何忧伤所包含的东西。）

如果说我们跳舞时，她显露出伤心的样子，那也是无意识的，其实，她并不伤心，她只是感到满意而已。她的神情可能使人弄错。雷奥不容许我跟别人跳舞，除非我的兄长们。我的哥哥把他们的时间花在留意察看夜总会里他们中意的姑娘上。每当我的两位兄长发现一名非常合他们口味的女子，结局很少是不坏的。于是，时时留意着的妈妈便提出回去，说自己累了。我并不喜欢跳舞，除了跟我的小哥哥跳华尔兹。雷奥经常不按节拍地跳，却认为跳得非常好。起初，我们引起了其他顾客的嘲笑，但是，最后，所有的人都认识我们了，就没人来注意这些。他个子矮小，身着削肩的西服，并没有使他显得更好看。有一首探戈舞曲，他认为极其诱人，因为，他在巴黎曾经跳过。“我并不好奇，但是，我很想知道为什么金黄色头发的女子有黑色的汗毛。”

雷奥就是个笑话，我为此感到很痛苦。他的样子很滑稽，因为他是如此瘦削、矮小，还长着一对溜肩膀。而且，他还那么自以为了不起。坐在汽车里，他还见得了人，因为，别人看不见他的身材，而只瞧见他的脸，尽管他的脸长得丑，倒也不乏某种优雅。我从来都不同意和他一起在街上步行一百米。如果说一个人的羞愧的能力可能耗尽的话，那么，和雷奥在一起，我大概已经耗尽了。只是令人难以忍受。我只同意跟他跳探戈，因为，强烈的灯光熄灭了，取而代之的是非常柔和的淡红色的光线，这使我们这对舞伴更加不被人注意。我同他谈妥，只跟他跳探戈。因为，那个时候，这种舞十分流行，我只要同雷奥跳得足够让他觉得带我们出来还是值得的就行。我借口除了探戈舞，其他的都不喜欢（不过，打那以后，我就再也无法喜欢上探戈）。我已经本能地不喜欢这种舞，而且，在很短的时间内，我开始讨厌它。因为，对于雷奥来说，这几个月里，探戈舞是唯一靠近我的机会，他跳探戈的样子非常淫荡，紧贴着我，肚子凸出，露出一种痛苦的紧张神情。至于查尔斯顿舞，正风靡于巴黎，而在西贡，则刚开始有人跳。雷奥精通查尔斯顿舞，并发疯般喜爱它。几个月来，他请求我学会这种舞，以便我们可以一起跳。想到要在一个空了一半的舞池里同他一起跳查尔斯顿舞总让我却步。我从来都没学查尔斯顿舞。我生来如此，以至于一想到要同他跳舞，我就感到绝望，糟糕的是雷奥坚持要我们再试试。很少的那么几次，他无法自制，实在太想跳查尔斯顿舞了，他就同大厅里的姑娘跳；因为他是本地人，为了不致遭到拒绝，他只能邀请那些外表显出某种庸俗和社会地位普通的年轻姑娘。他认为这些极端主义的规定（因为，我们不知道，他仍然会遭到拒绝的）对我有影响。的确，对这些规定，我并非无动于衷，但是，首先让我苦恼的是看到一个被视为我的情人，而且我大概要跟他度过一生的男人这样出丑。

雷奥对我说的只是些情话。通常，他总是抱怨我，声称我使他非常痛苦。他的嫉妒心有损于我们的关系。但是，有着十五岁的年龄差距，我很清楚，没有这份嫉妒，我也许不可能同他继续见面。他对我大发雷霆，对“外出”强加一些条件，他明知道我非常喜欢“外出”。他对我说：“现在我把您从贫困中拉出来，您就要欺骗我了。”他沉湎于这一妄想中，挥之不去，这大概是一种天生的好嫉妒心，因为，我从一开始就认真对待我们的关系，从来不给他嫉妒的机会。除查尔斯顿舞，电影也是雷奥喜欢的，他喜欢美国电影。雷奥还对我说：“这很简单，如果你欺骗我，我就把你干掉。”我会怎样欺骗他？和谁一起欺骗他呢？在两年的苦苦哀求之后，我只跟他睡了一次。他称之为“骗他”，也许就是譬如除他以外拥抱了另一个人，或者同某个欧洲人跳舞而已。我对他的所有要求都言听计从，我给了他一份详细的时间表。我的确非常认真地遵守这份时间表。就这样，我生活中的某个部分形成了假设的职责，并极其严格地恪守。我真的相信，面对雷奥，我是有罪的，我为自己不能“做得更多”而倍感苦恼。和他在一起的大部分时间，我就是以我家庭各个成员的脑袋发誓，我是忠于他的。但是，雷奥从来都不完全相信我。我大哥对他说“我的妹妹是野鸡”，于是雷奥［坚持］要我给他一些我无法提供的解释。我记得清清楚楚，我单独同雷奥相处的少有的时间都是正式的盘问。或者，当地方合适，正式面对面的时候，雷奥就试图亲我的嘴。然而，我按照我的方式恋爱，当他为了惩罚我，一个星期都不来看我时，我感到痛苦。我爱上了“在雷昂-博莱车里的雷奥”。他坐在那辆豪华轿车里，会对我产生极大影响，我并不习惯这样。当雷奥支付夜总会的冷餐和香槟酒的费用时，我也爱他。他漫不经心地付账，他从容不迫，潇洒自如的样子深深触动我的心弦。我母亲和兄长们从来没有，确实从来没有提议为什么东西付账，他从未（不，也许两年里有一次，但我也不能肯定）受到邀请来我家吃饭。在去夜总会之前，他常常请我们在堤岸[1]的一家中餐馆用晚餐。当我“乖巧”的时候，就会这样。他不在乎花一百皮阿斯特（1931年时的一千法郎），而这只是个开头。我母亲和兄长们觉得他做得总是不够。他们常常因此而生气，但是，他们不敢直接同他说。

他们是对我说的，或者对我表示他们的不满。“他跟一个白人女孩一块儿出去，应该很高兴了。”我母亲说。我的大哥，当他谈起雷奥时，从来不对他指名道姓，只是称他为“怪胎”，或“你那个怪

1　堤岸（Cholen），西贡最古老的地区，唐人街位于此。

胎”，要么就是“你那得梅毒的败类”。我真心诚意，我就只有好心肠，真的很不聪明：我开始羞怯地向雷奥抱怨手头缺钱。至今我还在寻思我是怎么走到这个地步的。我思索未果，我再也找不到下这个决心的明确的动机。显然，首先，我在为自己寻找某种感觉，我把雷奥，连同坐在他小轿车里的舒适带到了家里，还有他提供给我们的晚间的娱乐和奢侈享受。但是，这不够。雷奥并不言听计从，他做得很多，但并不是别人所要求的“全部”。譬如，他欣然同意把他的一辆小轿车给我们使用，但是，他要求车由他的司机来驾驶，我的兄长们别去触碰。这个条件被他们当成一种非常严重的无礼之举，被我的大哥视为一种挑衅。他一坐上车不由得就想起这一点：“要是看到这样的事情都不感到难受……如果我忍不住的话，我就会打断你那个怪胎的肋骨。”而我的母亲便补充说：“随他去吧，事情不会总是这样下去的。”这样的天真可笑可能显得过分，但是，尽管别人只知道，我们全都已陷于无边的幼稚的深渊，简而言之，我们已不可自拔，这份天真还是无法被人理解。我们甚至一生都在力图摆脱这一状态，不管用什么方法。

当我说寻找一种感觉，我是以特殊的方式来理解的。我在我家里寻找一种感觉，我在那里是如此微不足道，不值一提，每次，我试图表现出自我时，哪怕只是提出我的看法，也被断然要求安分些。当我把雷奥带到我家时，我希望成为一个引人注目的人物，甚至，也许是个必不可少的人物。我的家人很快就习惯了雷奥带来的种种方便和舒适。他们以一种令人困惑的敏捷习惯了一切。当他们缺少某种优势时，他们就直率地对所有的人感到愤慨。当雷奥偶然“南下”西贡，而没有带他们去，他们就会认为这是一种卑劣手段，说明真正的雷奥是什么样的。“很久以前，我就看清他了，这个孬种。”那时，我的大哥就这么说。而且，他还补充道：“总有一天，他要为这一切补偿我的……”我不得不说，人们对最糟糕的不幸如同对有利的变动一样适应。我们已经非常习惯于缺钱花，卖掉我们还剩余的首饰，然后再卖家具，为了能到月底都有吃的，我们习惯那些诽谤谗言（诬蔑，我母亲还说，“他们会恶言中伤我们，因为他们良心上不像我这么坦然”）。同样，我们习惯了雷奥，但不同的是，获得的好处一下子变为最有理由的要求。已经获得的就是永远拥有了，眼睛便转到那还可能得到的。因此，雷奥通过我所提供的种种好处，我没有任何权利为此而自夸。所以，我总是处于良好的竞技状态，总是寻找雷奥能为我家再做些什么。他可是吝啬得很，轻易不肯答应，他对我说我的家人让他感到极其恶心，这既没有惹我生气，也丝毫没有让我发窘。

当他愿意给我钱的时候，我便让他相信是为我自己买各种各样我所需要的东西。这些钱数目并不很大，老是这么些。我得意扬扬地回到家里，我估量自己所起的作用，然后，我宣称：“雷奥给了我五十皮阿斯特。”于是，我母亲走到我跟前，对我说："拿来。"实际上，我没那么老实，我要别人再三恳求，我说："没有这个道理。"我的大哥也走了过来，每当有人说起钱，每当在谈话中，他听见涉及钱，就微微颤抖，激动地走来，仿佛猎人听到了老虎的叫声。"多少？"我的大哥问道。我的小哥哥则声称："我觉得这真让人恶心。"我，我身上还有着钱，只要我有钱，我就感到幸福。这维持不了多久。"把钱给我。"母亲坚持说道，并补充这一命令的理由："你不能把这些钱留在身边，这不合适，给我，我以后会还你的。"可怜的人儿，无论什么东西，她从来都没有还给我，她根本不能还给我——我给她的那点钱立刻就被家里的生活需要所吞噬。我让人再三恳求，是一种复仇方式。片刻间，我体会到权力的感觉。我并不是说，那一刻，我母亲脑海里没有闪现过羞愧，但是，金钱对她具有非比寻常的吸引力。当她知道我有钱，就如鬼迷心窍。她在家里步步紧跟着我，并说："拿来。"我的哥哥上身裸露，穿着丝绸长裤，不怀好意地在我们周围转悠。我故意这么做，大声地把事情说出来，因为，我母亲有一天跟我说："什么也别告诉你的哥哥们，没有必要。"我想知道我母亲究竟会到什么程度，会走到怎样的极端，看到我母亲的不公平的行为一天天越来越离谱，我感到极其高兴。我母亲清楚这一点，但是，她又没有能力不这样做。后来，我挨了打，但是我活该，我也清楚这一点。不应该过于坚持，即使在那种情况下，也要把握好分寸。我不得不给钱的时刻总要来临："你马上就把钱给我。"手已伸到脸上，准备一巴掌打下来。我给了钱。钱便装进那个袋里——再也别去想它——不过，这是一种说法，因为从雷奥给我钱的那一刻起，我哥的辱骂略有变化。从"阴虱"，我转入"野鸡""被包养的女孩"和"同土著睡觉的母狗"。谈到我和雷奥的关系这一方面，我母亲则说："这是很大的不幸。"尽管如此，这五十个皮阿斯特总是值得一拿的。

这些想法完全证明了他们或多或少都清楚地

认识到这事情还是有点耸人听闻，但是，他们总是设法让我独自对此承担责任。更何况我母亲并非不知道这样一种习惯在将来可能出现的某种麻烦（我已经十六岁了）。她这种态度的特殊性完全是源自她言行间所存在的矛盾。我母亲对年轻姑娘有着一成不变的见解，她心目中有一个年轻少女的形象，这也许有点天真，但是，［她］对此坚信不疑，即使当她接受我和雷奥的行为以及他的钱，这份笃信也从来没有一丝变化和动摇，从不。“没有比一个纯洁少女更美好的了”，我母亲对我说，她把这少女描述得如此好，如此富有魅力，使我深感不安，因为，我在这些描绘里找不到我的任何特征。甚至在我的名声到了要尽力让我变为“好嫁出去”都几乎是无用的时候，我到无论什么地方，我母亲都不可能不低声对我说：“微笑，一个年轻姑娘应该微笑。”而她自己则露出一副可怜的苦相，她大概想这就是“微笑少女的幸福的母亲的幸福的微笑”。

我要补充的是，她性格的主要特征是完全不能适应失望。直到我住在印度支那期间的最后一天，她仍希望能把我嫁出去。她性格中这理想主义的一面被一种不可动摇的常识抵消掉了。“向他要求你所想要的一切，”谈起雷奥，她对我说，“你可以接受一切，但别跟他上床。”因此，当我从雷奥那儿套出钱的时候，她为此而感到某种骄傲。她这么说起我：“我对她很放心，她会应付的。”我开始把雷奥给我的钱都交给母亲，但是，很快，我的大哥要我帮助他。在这种情况下，他显得十分亲切，迷人，不可抗拒，而我也顶不住。“我的小 N，你不能给我十个皮阿斯特吗？”我就偷偷地给了他，不止一次，我以为我们永久地和解了。我的轻信和愚蠢真是没人比得上。后来，我们住在巴黎，我又开始跟中学里的男生搞我的那些小名堂，那时，我的哥哥习惯于每天晚上掏我的口袋。之后，他便痛打我，借口“我让人供养，他承担着教我如何生活的责任，他这么做是为我好”。我不做评判，如同当时我不加评判一样。大哥对我来说是头等大事，我希望完整地保持其痕迹。他是不公平的、卑怯的，就像命运和整个人生一样。他对我的凶狠无以复加，实在是完完全全的。他的生活伴随着一系列无情的不幸，他要把这些强加于我们。他给予我的一连串的拳打脚踢和辱骂，就是构成他灵魂的那些东西，如一片经纬严密的织物，没有空白。总是有最大的不公，没有人能超越，最能令人想起命运之神的不公正，这种不公，结果却无法预料地落在你的身上。不管怎样，我不愿意有人以某种道德的名义，无论这道德准则多么宽泛，认为他该受谴责，并评判他。的确，我的哥哥是凶恶的，但是，是出于一种就像我从未觉得可以用人性的尺度来考量的恶意，这是重要之处，正是基于这一点，我要求的并不是宽容，而是暂缓进行纯粹的道德审判。如果别人指责他，正如指责我母亲那样，那么，我认为这些回忆就不是我想要的那样了。任何人都不该对其他人的行为予以说明，在这一点上，大家都同意的。幼小时，我就相信我母亲和我的大哥直接隶属于上帝，他们根据最充分的理由来殴打和判断，这些理由充满着无限的神秘。当我长大些，我感到愤慨，反抗了，这常常有点违心，我从中感受到的快乐与一种亵渎神明的快乐不无关联。轮到我来指责他们了，迫使他们摆脱无比自在地生活于其中的几乎毫无责任感的状态，保持头脑清醒，尽管这种时候很少，我还总是感到有些内疚。

你们有权考虑我为什么写这些回忆，我预见到我不乐意别人对这些行为加以评判，为什么还把它们一一呈现。大概就是为了把它们公之于世，仅此而已；自从我开始撰写这些回忆以来，我仿佛感觉把它们从千年的积沙里发掘出来。这些事发生在将近十三年前，那时，我的家已四分五散，除了我的小哥哥，他从来就没有与我母亲分开过，去年在印度支那谢世。将近十三年了。任何别的理由都不会让我书写这些［回忆］，除了这发掘的本能。这很简单。如果我不把它们写下来，我将会渐渐地忘却。这个想法令我难以忍受。如果我对自己都不忠诚，那么，我还会对谁忠诚呢？我已经不是很清楚我究竟对雷奥说了些什么。这简直难以置信，同时，这又不是很重要。相信童年时代一些没有意义的事情，我想，这是一种本质的——决定性的、完全的——不相信。我能怎样呢？人人都认同童年。所有的女人都为了不管怎样的童年叙事而悲叹，甚至，哪怕是杀手的、暴君的童年叙事。最近我见到希特勒幼年时的照片，穿着绣花男式短裙，站在一把椅子上。自童年起，任何命运都是非常值得怜悯的。也许，我倾向于只相信别人的命运，因为，在我的人生中，我只看见更令我厌恶的早熟。我童年时期的照片令我作呕。当我偶尔阅读一些童年或青少年的故事时，对这些故事所包含的不真实世界，我感到惊讶；甚至在所谓的不幸的孩子的故事里（好像有一些幸福的孩子），我们能发现一些人造的地狱，向梦想绝望的求助，在仙境里神奇的遁逃。这总是使我感到窘困不安，我倾向于认为，不如说这是一种下意识的背叛——或者说仅仅只是一种诗意的移植，有人认为如果童年不具备这些，那是有失体面的。无论我回忆多么久远的时光，我的童年都是在远离梦想的、毫无生气的、生硬的光线中展开。在我青少年时期，梦想是不予考虑的。要证明这样的事情总是很棘手。因此，我可以说，我不记得曾经幻想过什么，哪怕是更好的生活都没有想过。如果我一心想嫁给雷奥，那么，在这个梦里，我的“地狱”尾随着我，而这个梦境，就是现实与人们可能称为幸福的东西的对照。

我马上就要说，这种梦想的缺失，并不意味着我是清醒的。我记得（对此，我记得非常清楚），上学时，在学习上，我不如大部分学生那样有能力。并非因为我特别不聪明，而是我不知道该怎么学习，我根本看不出其中的趣味和用处。我想，尽管我表面上非常专心，其实我完全心不在焉。譬如说我在听老师讲某个题目。使我更感兴趣的是他讲的方式，讲解的方法，甚于他讲解的东西。然而，我把我醉心的数学作为例外。虽然在高中二年级时，我在这门学科的成绩和所有的一样几乎是零分。有时，我在法语上得到所谓出色的成绩，那也要取决于老师。曾有一位法语老师教了我六个月，如同远古时代那样，他把我视为最好的臣民，从来不会给我低于十八分。他走了；他的后任则把我贬到最差的行列，跟着他学，我甚至从未能够及格。我的确讨厌某些古典主义的主题和作者。塞维涅夫人令我厌恶，使我气馁，我一直在徒劳地克制这种恶感。在一份有关她和她女儿之间关系的作业上，我得了满分二十分的三分，我受到了处分。我记不太清楚使我得到这一成绩的因素。相反，莫里哀和莎士比亚令我倾倒，而高乃依和拉辛使我感到极其乏味。有些课，我擅自决定"旷掉"，因为我觉得它们毫无用处。有几个星期，我放弃了英语课；在英语课上，我们每个课时朗读十行《圣诞颂歌》[1]，

1　狄更斯写的故事。——原注

每次都使我有点歇斯底里。后来，我对自然史课也如法炮制，依我看，这门课进展太慢，然后，渐渐地，历史课和地理课，我也旷课了。这些赢得的课时，我全都给了雷奥。显然，副学监发现了这个情况，我被学监召见并受到开除的威胁。我怀着难以形容的恐惧，惴惴不安地到学监那儿去。但是，他接见了我，并随即告诉我，如果我听话的话，他就不会开除我，接着，他试图亲我的嘴，这令人不快的场面以一场争斗告终，［因为］，由于他那浓密的黑胡子，我不愿意亲吻他，而且，也因为雷奥，我曾向他保证始终忠于他。我把这件事告诉了雷奥，而他不信我，他曲解了这些事，他想要我立刻离开学校，我觉得这有些过分。我的母亲，尽管她装出真的很气愤的样子，其实她挺高兴的，她说："就是这么回事，你有了个漂亮女儿，就必须非常当心。"

我待在学校里，完全无所事事，什么也不做。我的成绩册里的分数一塌糊涂。年终时，总的评语是："没有尽她的能力。"我母亲对我取得的成绩几乎无动于衷，只是根据总评语，她得意扬扬地说："我说她很聪明，我知道我说的是什么意思。"在这种情况下，她就更加细心地照料我，请人给我做新裙子，她对我说："吃吧，睡吧，从现在起，养精蓄锐，你在学士学位考试时，就可以精神饱满。"我得的分数，她认为是不公正的。她终于让我相信，老师们是出于个人原因怨恨我，就像所有的人都恨我们一样。"随它去，"她说，"对父亲是公务员的女孩，他们就不会给同样的分数。"不再做任何评论。再说，这并不完全是假的。种植园主和高级公务员的子女们被安排在教室的前几排，接着是待遇低的公务员的子女，然后，是本地出生的学生。在本地学生中，那些父亲有钱的学生则受到关注，紧接在法国人后面就座。

我并不是现在回过头来对这种情况加以谴责，但这使我深感惊讶。我并不是说学生得到的分数与他们的家庭地位有关，但是，的确，人们对此更加密切地关注。从高中起，那些被称作反法国的本地学生就受到注意和监视。我认识其中一个，他是当地医生的儿子，我和他成了很好的朋友，他极其聪明，从三年级起便获得所有一等奖。我非常欣赏他，因为他一贯拒绝与不管哪个法国人交往，他具有一种从来也不放弃的自尊心。譬如说，他总是拒绝坐在教室的前几排，始终待在与他身份相同的同类中间。有人说他“危险”。因此，虽然他远比最好的学生更出色，却从来没有受到过老师们的激励和称赞，他们总是“忽略”他的成绩。不知多少次，我听见那些法国人说：“和那种人在一起，必须小心，不该让他们得意，不然，他们立刻就自以为和我们平起平坐了。”我们偷偷地见面，他不愿意被人瞧见同一个法国女孩在一起。他是学校的寄宿生，他的父亲没有足够的钱供他在校外租借一间房间。我想我们快要相爱了。暑假前夕，就在我即将动身去法国的前几天，我们上完最后一堂课，在一间空教室里见面。我们因为就要分离而心潮澎湃，百感交集。他对我说：“您是法国人，我是安南人，我不能让自己爱上您。我将去河内准备法学学士学位的考试，因为我没有足够的钱去法国，再说，我也不愿意，我不喜欢法国人。”他不相信法国—安南的和睦相处是可能的，他对此感到失望。我没有再见到他，根本不知道他后来怎么样了。他怕自己得了肺结核，我不知道他的恐惧是否有根据。如果他活着的话，我猜想他一定站在印度支那民族运动的最前列，我深情地怀念他和他的伙伴们，在此，我愿意向他表示我全部的好感和钦佩之情。

（注意，在此，也许并不重要，但是，我坚持提请注意：只有作为法国公民的安南人的子弟被西贡学校接受，唯独他们。此外，穿欧式服装是绝对严格的规定。1931 年，当我永久性离开印度支那时，有几位安南姑娘经常出入学校。她们必须打扮成欧洲女子，而一般来说，这对她们很不合适，她们为此而痛苦。同样，在我住的小学高年级的寄宿学校里，穿欧洲式服装是强制规定的。星期天，在西贡的街道上，可以见到安南寄宿生在散步，他们都是法国式穿着，大庭广众之下，显得滑稽可笑。为什么有这种愚蠢到不可原谅的措施呢？我想，那些乍看来可能显得毫无意义的类似的措施，并不是没有罪过的。而且，本地出生的非公民的子女只被允许上小学。我当然同意说，幸亏有了我们，在印度支那半岛，结核病和麻风病大幅度下降，但是，物质的范畴里并不存在精神上的补偿。把孩子们从死亡中解救出来，然后，只允许他们有一种被承认的有限的发展，而这种限制本身又是规范化的，那么，我认为相比起因为从死亡中解救他们而得到赞扬，这更应受到谴责。）

雷奥对政治毫不关心。他的资产经营以及这些资产的巨大数额总是让他避开政治。把他从安南人圈子里拉出来，认真考虑他这个人。我想说，我重新回到了青少年时代。我越想，就越觉得雷奥属于典型的愚蠢，但并不是毫无魅力——至少对我而言。他曾在巴黎度过两年，在此期间，他吃喝玩乐，花天酒地，正如他说的，“学会了生活”。他声称曾见识过许多女子，作为证明，他还给我看了一些照片，其中有一张，我看见他坐在地上，脑袋枕在一个棕色头发，浓妆艳抹的女子的膝盖上，这个女子四十来岁，正在开怀大笑。其他那些女子，各自都有一个安南男子作陪，或散坐在沙发上，或坐在地上，姿势也都一样淫荡。背景大概是晚上在某家旅馆的房间里。这些女人都带有可悲的粗俗的特征。在这张照片里，雷奥的脑袋被夹在这女人的双膝之间，半闭住眼睛，就像一具尸体，我那么清晰地记得这张照片不是没有道理的。对于我来说，这是个启示，我暗自思忖，在雷奥的生活中，我接替了这些女人，而且，我不知道为什么，这一想法引起了我极端的不安，和日后想到死亡时感受到的焦虑差不多。当时，在我看来，雷奥像是个非常可怜的家伙，我将要与他为伴，度过我的一生，在有了我那个家庭之后，又有了雷奥这个人，这是我命中注定的，我永远也摆脱不了。然而，我并没有因为这个缘故而离开雷奥，我甚至没有考虑过。但是，看了这张照片以后，我过了一个月，在这整整一个月里，我尽量习惯于适应被完全遗弃这个想法。我什么都没有对母亲说。我不可能这么做。正是通过这张照片，我明白她已经抛弃了我，如同我的兄长们那样——她让我不知不觉地陷入与雷奥的这种关系，而她大概也明白他不会使我高兴。并非因为我［认为］母亲有意识地抛弃了我，而是由于一种我感到的无限的、无助的软弱，使得我从那一刻起，我以别样的情怀爱她。

雷奥给我看那些过去生活的证明，为的是试图使我爱上他。他对我说的话与那些充斥于三个法郎一本的通俗小说里的话，与美国电影里的对白相差无几。他跟我说，他爱我“爱得要命”，我是“铁石心肠”，我让“他心都碎了”，“我爱他只是为了他的钱，而不是因为他本人”，他“生来就是不幸的”，“金钱并不带来幸福”，他太多愁善感了，而这世界是冷酷的。他还对我说“我所渴望的其实很简单，就是一所茅屋和一颗芳心；在这世界上，我别无所求”，而我“则是生来让男人痛苦的”，为了强调他这一断言，在他意气消沉时，便唱道：“女人使得男人疯狂，他们可怜的心就是玩具……”他的声音是如此哀怨，以致我每次都求他再也别唱这首曲子，我说这已经过时了。这些就是我的初恋情人整整两年间对我说话的腔调——这与我家人的腔调形成奇特的对照。雷奥的话里可能有陈旧和可疑的东西，我不会察觉不到。但是，这些无聊的废话却令我感动，我觉得这些话通常都挺讨人喜欢的，我不再想让雷奥改变什么。他对我说的一些东西大概上千次地向我证明了他愚蠢可笑至极。譬如说雷奥的诡计：“巴黎女子挺可爱的。每当我比规定的约会时间晚到我情妇的家，我就发现我的照片被摆反了。这是一种很迷人的方式，让我明白，因为我迟到，她感到悲伤。我们结婚后，您会常常把我的照片摆反吗？”

我不再想让他改变，因为这太费事。我容忍雷奥的愚蠢。我容忍一切。我的母亲，我的大哥，如雨点般落在身上的拳打脚踢。一切。我觉得摆脱困境的唯一办法还是嫁给雷奥，因为他有钱，我们可以用他的钱全家一起去法国，在那儿，我们会有幸福的时光。我并不打算把我的家人留在印度支那，因为独自与雷奥一起生活在我看来超出了我的能力。因此，我以某种天真接受一切——我不是没有希望的，但是，这一希望，我并不把它同非常可怕的现状分开。我想，有一天，我也许不再挨打，也不再受辱，别人会听我说话，我将会是美丽、富有、引人注目的，我只乘坐小汽车兜风，也许，除了雷奥，另一个人爱上了我。雷奥以外的另一个人……但是，为了这些，必须要有雷奥的万贯家财，我可以去隆鼻（我的大哥给我的忠告，他对新生的整形外科很熟悉），我到名牌的高级时装店买衣服（我的大哥给我的另一个忠告），而且，我知道“怎么跟男人们说话”（母亲给我的忠告）。这是显而易见的。我对此深信不疑。没有这些，就没有未来的任何可能性。当我认为自己生来极其愚蠢，而且青春逝去的同时，我以前做的那一大堆蠢事也不复存在的时候，我至少明白自己说了些什么。当我成功地激怒雷奥，而他对我很生气时，我就陷入绝望之中，因为，失去了雷奥，我就失去了一切，我重新回到我的家，在它的阴影下，我渐渐变老。想到这些是很可怕的。要从中摆脱，我需要雷奥。

我怎样成功地克服雷奥使我内心产生的那种本能的厌恶呢？他第一次亲我的嘴是在一个傍晚，在他的雷翁-博莱车上。我放学后，他来找我，带我到沙沥过周末。这种我独自一人面对他的情况，是很罕见的，这甚至可能是第一次出现。一路上，雷奥搂着我，我感到对他怀有欲望。我想，这就是欲望。这是一种使我感到非常满足的安宁。我在雷奥的怀里感觉很好。我想也许不管是谁，都会是一样的。雷奥是个无关紧要的人，在我那如同黑夜一般的青年时代，不管是谁，都可能会对我说雷奥对我说的话，不管是谁，在昏暗的汽车里都可能会有雷奥那样的双臂和体贴。当他的面颊碰触到我的面颊时，那是令人愉快的。我看不见他的脸。就是一个想要我的面颊的脸颊，是雷奥的面颊，而不是别的什么。我感觉到他渴望着我，因为他的双手在颤抖，有时，他的手碰到我的胸脯，但我更喜欢他的手围着我的腰，我就把他的手又放在我腰上，这样才好。雷奥很激动，他对我说："你的胸脯很美。"我一言不发。雷奥的欲望渐渐缓缓地渗入我的身上，勾起了我的欲望。我并不是直接想要雷奥，我渴望雷奥是因为他渴望我。他的欲望不知怎么的使我的欲望冒了出来。我觉得欲望还是值得体验一下的，我感到它就像是各类事情的一种解决办法。雷奥搂抱住我的时候，我想起我的家人们，突然，我可怜他们不能像我一样幸福，我认为这是该想想的。我与这个世界重归于好，只有当我同我的小哥哥打猎归来，当暴风雨已经过去，当我们光着脚回到水稻田那柔软的泥土里，我才感受到这充分的满足。“让我摸摸你的乳房。”雷奥说道。我不愿意让他摸我的乳房，我觉得没有这个必要，这不会增加些什么东西。我要的只是感觉到他的欲望，就这些。“我爱你。”雷奥低声地说。他并没有粗暴地对待我，他知道我是处女，他对“第一次”是有原则的，他不再碰我的乳房，满足于抚摸我的腰、我的头发和我的面颊。当他说他爱我的时候，我感到一种强烈的宽容渗入我的全身，我不得不闭上眼睛。不论什么别的人都可能对我这么说。在同样的境遇下，这都会对我产生同样的作用。

我读了一部小说，德里[1]的《玛嘎利》，这本书在我的青年时代起了重要的作用。这是我读过的最美的也是唯一的书，“我爱你”这几个词在两个情

1　亚娜·帕蒂让·德·拉罗兹埃尔（1875—1947）和弗雷德里克·帕蒂让·德·拉罗兹埃尔（1875—1949）的化名，他们俩合作撰写了许多通俗小说。

人间的谈话过程中仅仅说了一次，他们的交谈持续了不到几分钟，却说明了数个月的等待、痛苦、令人震惊的分离。我在电影里听到过这句话，每次，都使我心旌摇曳。我认为，这句话，我们一生中只说一次，就像小说《玛嘎利》和有关卡萨诺瓦的影片里那样。人们只能对唯一的一个人说一次这句话，此后，就不能对任何别的人再说，如同死亡一般，只有一次。我对此确信不疑。那天晚上，当雷奥对我说他爱我的时候，我感到头晕目眩。他在说出这句话的同时，就再也不会说了——他是对我一个人说这句话。我是如此年轻，如此天真，我设想，我们不可能毫不感觉羞耻和丢脸地重复说这几个已经说过的字，以至于，还以为只有自杀是这样一种绝望的唯一救赎。后来，雷奥把这句话对我又说了好几次，虽然我不像第一次那样感动，我仍然为之有所触动。这几个字对我产生一种神奇的影响。后来，我常常要求雷奥跟我说这几个字：“对我说这句话”，然后，我就像迎着风那样，双眼紧闭，全神贯注地接受这几个字。后来，雷奥之后很久，有其他的男人对我说这句话，可我觉得它的内涵极为可疑。然而，他们却总是强迫我认真地倾听这几个字——即使只是在情欲的欢乐中说的。我对雷奥说："即便不是真的，跟我说这句话。"这是关键字，甚至在我感到自己与雷奥最为疏离、隔阂最深的时候，这几个字会使我开朗起来，我对他便变得和蔼可亲。

就是那天傍晚，雷奥亲吻我的嘴。他出其不意地亲吻我。突然，我觉得嘴唇上有一种湿漉漉、凉飕飕的接触。我感受到的厌恶确实难以描述。我推开了雷奥，吐吐沫，我想跳下汽车。雷奥手足无措，不知道怎么办才好。一瞬间，我感到自己像一张弓那样紧绷，我永远完了。我反复地说："完了，完了。"雷奥问我："你想说什么呀？"他不明白。过了一会儿，他笑了起来，向我解释，并不是被人亲过嘴就不再是处女了。"我知道这个，"我叫喊起来，"但还是完了。"他试图让我安静下来，重又把我抱在怀里，但是，我又叫又喊，我求他停下车，让我下去。那时正是深夜，而且在一片田野间，可是，我根本想不到这些。如今，我如其所是地重新勾勒它的发生；我无法解释它。我厌恶自己。至于要解释我说的“完了”是什么意思，我无法做到，我不知道了。不过，我渐渐平静了下来，我挤到后排座位的最边上，尽可能离雷奥远些。我坐在那儿，往手帕里吐吐沫，我不停地吐，我吐了一整夜，第二天，当我再次想起那情景时，我又吐了。雷奥显得很沮丧，他不再试图触摸我，他见我吐吐沫，便问我道：“我让你讨厌了吗？”我无法回答。我又瞧见了他那在黑暗中的脸，他那长满麻子的脸，他那松弛的大嘴，我又看到了那张照片，照片里他是那么可怜，我想起这个卑劣的家伙的嘴、唾液、舌头曾经接触了我的嘴唇。的确，我感到自己仿佛被强奸了似的。没有什么能抹除他已经用他那碰过那么多人的嘴接触了我的嘴，他那只是为了对我说些下流或可笑的事情才张开的嘴，我觉得卑微、自负、可笑的那张嘴，那个如雷奥一样堕落的嘴碰触了我的嘴。“我看得出你讨厌我，你不必掩饰。”我无言以对。我想起我的哥哥形容雷奥时所用的词，“怪胎”。我已经被一个“怪胎”亲吻过；丑陋已进入我的嘴，我与可怕的东西已融为一体。我全身心，直至灵魂都被强奸了。

我之所以要跳下车，是为了终止这令人憎恶的事。我发现自己的存在处于一种可怕的、苍白而赤裸裸的状况。从今以后，我再也不抱幻想了，我“知道”我在沙沥将找到什么。沉醉于鸦片的我的大哥，愤怒至极的我的母亲，拳足交加，一下一下，没完没了，不可告人的殴打，不光彩的殴打。仿佛有一架制造清醒的机器在我身上开动着。我看得很清楚。我同雷奥这丑陋的家伙一起上了生活之舟，我无法摆脱，我什么都不能摆脱，这可能就是“完了”的意思，我一无所有。而我不知道，片刻前我还有我的嘴，现在这张嘴已经不属于我了，我再也认不出它了，我忍受着它被强奸，被污染，如同我忍受着我所认为的生活：我的生活。我用吐在手帕里的口水清洗嘴巴，我用手帕擦我的嘴唇。但是，这不够——永远都不够，我总是认为在我的嘴里还残存着雷奥的一点口水，于是我吐了又吐，不停地吐口水。我觉察到这样必然会使雷奥难受，但是，我后来想起来，我不能不这么做。我忙着给自己清洗嘴巴。我张开嘴，迎着大风，使嘴巴干燥。但是，当我合上嘴巴，我的吐沫重又润湿了它，然后，这一幕重又开始，我感到自己的吐沫永远都与雷奥的吐沫混合在一起了。一时，我哭了起来，于是，我靠近雷奥，对他说道："我真傻，因为这是第一次。"他用双臂怀抱着我的腰，对我说道："你使我太痛苦了。"我依偎在他身上，脑袋靠在他的胸前，躲起来，我试着一点点地吞咽吐沫，让自己慢慢习惯。当我做不成时，我就偷偷地往手帕里吐吐沫。"主要是你可别恨我。"我对雷奥说。我希望他来安慰我；他做不到。但是，他围住我的胳膊让我得到安慰。我只能依靠雷奥的胳膊，那天晚上，我尽我所能地利用这一点。我觉得这胳膊是无害的，宽容的，它对我没有丝毫恶意，它对我怀有善意，我自己设法以此安慰自己。

我的大哥有一只猴子，一头狨猴，他狂热地喜爱这只猴子。在我一会儿会说到的那件发生的事件之后，他不得不把猴子留在种植园里，他会为这猴子而悲叹，他有时对此真的很担心："我在想这些坏蛋把我的猴子怎么样了。"那时候，他清晨六点回家，渐渐地，他大半夜都在吸烟，一回到家就睡觉，午饭时才起床，然后，又睡，随后，他就与猴子玩乐，一直到下午五点吃点心的时候，然后，他又同猴子玩耍，用晚餐，出去抽烟。我们把猴子关在笼子里，放在小院子。这是个异常聪明、滑稽的畜生。它最终在我大哥的生活中占据着重要地位。它不睡觉的时候，我的哥哥就放它出来，把它扛在肩上，给它弹钢琴，让它吞咽小铜钱（当地使用的铜币），那么多，以致它的腮帮子都满得几乎要爆裂，变得笨重，只能低着脑袋挪动身子。然后，它吐出铜币，一枚一枚再给我哥。我哥因此而狂喜不已，他大笑，我从未见过像他那样的笑。他喊我们，我的小哥哥和我，要我们跟着看这一场面。必须待在那儿，不然就会冒着惹恼他的危险。必须在一旁观看。有时，这要持续一个小时。我不笑的时候，我的大哥就勃然大怒。有时，我母亲过来对他说："我求你了，做点什么事情吧，不管什么，做些事吧，别把你一天天的时间都浪费了……"我大哥就会严厉地让我母亲安分些，要看情况而定，但是，他继续同猴子玩耍。我们还养了只公鸡，有时大哥就把鸡放进猴子的笼子里，猴子就欢乐地大声叫喊着拔它的羽毛，而公鸡则尖厉地号叫，这一幕把所有人都逗乐了，甚至我的母亲，于是，就有了把我们重新聚集一起的东西。这也许很残酷，但我们并没考虑这一点。有一天，这猴子逃了出来，在我母亲管理的当地女子学校里引起了一片恐慌。一瞬间，全校的人都跑到室外，所有的女孩都大声号叫。我的哥哥们和我觉得挺开心，尽管我的母亲认为这事儿太糟糕了，并说自己会被撤职，要我大哥同意把猴子送到种植园去。从那时起，他关心起种植园了，他去种植园看他那在种植园因无聊而日渐虚弱的猴子。有一天，那头畜生开始掉牙了，因为没有给它足够喝的东西。我哥哥忍不住便把它带到沙沥，在那儿，猴子变得邪气十足，成天在手淫，令所有的人都厌恶极了，除了我的大哥。有一阵，他又同样地迷恋上某些人，然后又完全把他们弃之不顾，就像他们从来都没有存在过一样。

为什么突然涌起这关于电影的回忆呢？刻不容缓地要写下来。当我还是十四岁姑娘时，这就发生了。星期天，我不愿意同巴尔贝寄宿学校的年轻姑娘们一块儿出去，排成队走过城里的大街小巷。我为排队外出而感到羞愧。这的确是不可能考虑的——不可能。我告诉了母亲。我母亲明白这是不可能的。她知道不该对抗某些我所感受到的不可能性。或者，我最终会克服这一点？我不信。如同我母亲曾经放弃要我向她请求原谅的希望那样，同样，她不抱希望能看到我同巴尔贝寄宿学校的学生排成队去散步。我曾对她说："这不可能。"并不说明缘由。我又补充了一句："这很可笑。"

我也许没有能力表达自己的思想，我没有这个习惯。我从来不对任何事做说明，不管什么事情。在我家里，大家都是这样。在任何场合，任何地方，我从未见识到粗鄙之语如此尖锐的含义。它从来不用于别的东西，而只是用于指出要采取的行动，指出被表明的状况；辱骂是肆意而为的，完全是无偿的，本来用不着互相谩骂，之所以相互谩骂，这是因为诗性发作。在我家里，词语从来不是用于描述内心状态，申诉苦衷的。"你让我讨厌。"我大哥的这句话，对于我们来说，意味着一切都令他厌烦，他正处于一种在别的阶层通常称为绝望的境地。因此，在这种时候，我们不无尊重和认真地避免同他讲话。辱骂，是我们性情使然。辱骂是我们最为真实、最不可否认的性格特征。首先，这种肆无忌惮不是毫无根据的，总是十分准确，点燃起我们内心的怒火，向我们显露出各种各样意想不到的事物。“你的房子简直是乱糟糟，”我哥哥对我母亲说，“真是令人作呕，在这儿烦透了。”这些话在我们身上体现出圣十字若望[1]所谈到的那种“总是空洞的”形式，给予我们充分的明显的事实和启示。在这种情况下，我的确觉得这个家让人讨厌，我陷入一堆讨厌的事物中，我猜想一切如乱麻一团，而且无法从中摆脱。有说的这些话，有伴随着这些话语的眼神，还有语气，简短、平淡，最恰当、最直率的语气，消除了这些话语的委婉表达。

在我的一生中，我没有感受到这样强烈的顿悟，我大哥的某些辱骂的话与阅读兰波和陀思妥耶

1 Saint Jean de la Croix（1542—1591），西班牙加尔默罗会修士、神秘主义者。

夫斯基的作品所给予的启示一样强烈，一样极其具有说服力。也许他是第一个对我反复灌输这种我依然还有的倾向，我更喜爱凭灵感而创作的作品，甚于任何其他作品，我并不看重人的智力。说到智力，我几乎只对某些动物的智力有感觉，这些动物智力如此之差，以致它们少有的表现好像是突如其来的灵感。譬如说，比起聪明的猫，我更喜欢愚笨的猫。对此，我毫无办法。我喜爱那些认不出我的猫，甚于那些认得出我的猫。当我的大哥得了梅毒，他说："生活的坏疽，我被腐烂了。"从那时起，我就感到自己无比可怜和友善。我觉得自己无法得到安慰——获知生活中发生这样的事情，的确是无法得到抚慰的，但是，事实上，我知道存在这种事，而且，后来，没有人比他更清楚地告诉我这一点。

当我坚持对母亲说我不可能同巴尔贝寄宿学校的女生一块儿去散步，这时，我母亲想必感到我对此实在没有办法。她非常习惯于对"无能为力"

的事情让步。她去找巴尔贝学校的女校长。我就在办公室门外等候。请求这件事是很棘手的。谈话持续了很长时间。我母亲满脸通红，神色尴尬地走了出来，告诉我已经说妥了。我不知道我母亲求助于怎样的理由，但是，她对办成这件事不无骄傲。女校长非常重视星期天的散步。她真心愿意人们能看到她的学生具有完美的仪表。至今，我依然在寻思校长怎么会让步的，更何况我母亲请求她让我独自出去，她本来应该认为这是不能容许的。那时候，我还不认识雷奥，我母亲当然对我的外出没有想到歪处，说真的，她根本什么也没想到，她并没考虑我在十四岁的年龄，每个星期日的下午，独自一人穿过市区能干些什么。

到了下一个星期日，面对这我所期待的日子，我确实不知道自己该怎么办。然而，一到四点我就穿好衣服，然后出门。我有一顶翠绿色的草帽，是我母亲在按规定削价出售时给我买的，供外出时戴。我穿着一件米灰色底带蓝花的连衣裙。只是一到了外面，我对自己那可笑透顶的穿戴实在无可奈何。我的衣着简直是毁灭性的。我甚至没想到我也许可以换上不管什么别的衣服。如同我有着一副“阴虱”的面相，一副“痴心妄想”的女子的表情一样，我母亲强加于我的这套衣着同样组成我这个人的一部分。我怀着和我脸上一样的忧伤，就这么穿戴着。我在城里溜达。正如我所以为的，世界所有城市的人星期天下午都会做的那样，我当时就是这么做的。他人总是在教导着我，并全面地向我灌输约定俗成的意义。我可以绝对肯定地说我年轻时代的大部分时间，我都在专心于“和其他人一样”，专心于“过得去”，这给我带来极大的痛苦以及很久以后才消除的潜在的绝望。一走出巴尔贝寄宿学校，我便竭力像一个对自己的去向胸有成竹的人那样，神情自然地走在街上。然而，一旦走到外面，僵硬麻木的感觉便穿透了我的全身，我走路的样子那么异乎寻常，以致别人都在注意我。我想我应该以坚信不疑的神态行走——更何况我不知道我要去哪里。我回顾一下这次散步前的事情：拒绝与巴尔贝的学生排成一排，我要独自一人外出。在那个时期，所有的移殖民都有自己的小汽车。不大会见到，或者说，一个步行的法国人非常罕见。尤其不会见到年轻姑娘独自一人——年轻女子都是同她们的双亲一起外出——由于当地人的混杂，街上从来没有这样的情况。大家都“管住”年轻女孩。我，我在高大的罗望子树的树荫下走着——随着我的步伐，越来越显而易见的是我的位置并不在我身处的地方。那些人在看着我，他们回过头来，他们惊讶地、怜悯地微笑着。不，很难想象这些。我芳龄十四，穿着过膝的连衣裙，发育的胸脯，一顶青苹果绿的帽子，蓝色花卉的裙子，漆皮鞋，小小的手提包，我目光朝下地行走，谁也不看，只瞧着自己的脚，处于一种从未感到的极其尴尬的状态。我觉得自己是乔装改扮的人，我是化妆了的。我与一群群去网球场的年轻姑娘交错而过，她们头上什么也没戴，身着白色衣服，运动员的装束，她们步履轻盈地行走。我呢，别人也可能会把我当成小妓女或小姑娘。我本身就是这两者含糊不清的混合体。我不知道，别人也不知道，当他们瞧着我的时候，他们在思忖，他们从未见过的这个家伙是什么情况，要不是这副紧张僵直的神态，这副因多年的羞愧和痛苦使其涂脂抹粉的脸显得苍老的神情，人们可能会相信她正值青春年少。我没有想过要回去。这不可能。不能退却——况且，我脑子里根本没有这退却的念头。这是星期日的下午，我外出了。没有什么人要去看望，在城里，我谁也不认识。我走啊，走啊，我渐渐地离开大街道，选取小马路。我只能七点回家。我等待着黄昏，等待着能遮掩我的暮色的降临，在等待的时候，我便尽可能地躲在市郊那些镶嵌着别墅的小街小巷里——那儿，我知道没有法国人，那儿只有本地人会为此感到奇怪，我觉得这没那么要紧，而且更可以忍受，因为那儿的本地人比法国人多得多，我这举动并没有什么大不了的，这也让人不那么难受，凡事都是相对而言。本地人没有办法衡量我的可笑，就不会那么惊讶。我浑身是汗，汗水从我的头发流向脸庞。然而，我不会回巴尔贝寄宿学校去。我很固执，我决定午后去电影院。就在我体力不支时，这突然做出的决定在我脑海中冒了出来。我回过头，向市中心走去。我将遇见许多法国人。在我那苹果绿的草帽上，缀有一朵红玫瑰。“玫瑰慕斯”，我母亲这么说。我的小手提包使我显得老气，“正式的穿着”，结果让我看上去很严肃。我简直在受苦受难，我快速地行走，以便自己淹没于［“亚当”电影院里］。

我到了那儿，走到售票处。我根本没有想到这一点。我身上只有刚够买一张“前排加座”位置的钱。加座位置常常只有城里的“下等人”光顾。混血儿，安南人，都拥挤地坐在藤条椅子上，这三排与正厅前座之间由一大片空地隔开。这就是：差异。

我并没有走开，却凑上零钱，尽我所有买了票。当我走到放映厅门口时，我发现里面灯火通明。时间还太早，影片还没开始放映。在正厅前座最靠里的位置已经坐了三排法国人。加座那儿一帮小流氓在吹口哨，嬉笑着。我必须在正厅前座那些人的眼皮底下穿过整个影院。独自一人。因为领票员不会送加座的顾客到位置上去的。没有一个白人坐在加座。我并不退却。我走了过去。在由于我这个角色的进入而出现的一片寂静中，我终于穿过了放映厅。我现在回忆起来，当时却并不记得是怎样走过去的。全人类都在盯着我。我是白种人，当然，不容置疑。从来没见过白种人坐在加座。一切，我知道别人在想的一切，而我，同时也在想着这些。一切都在我的眼下晃动，我觉得自己正处于一种很先进的非现实状态中。我与羞耻有着内在的联系。我就是正在行走的耻辱。我只是滑稽可笑而已。在这个影院里，我没什么要做的，而我的衣着怪怪的，它即使不是引起鄙视，至少也是嘲笑。一切都碎裂了。我又感到自己全身撕裂似的坐在藤条椅子上，我的手提包放在膝盖上，汗流浃背。我无法说出是过了十分钟还是一个小时才熄灯的。突然，一下子黑了，有人在弹奏钢琴。我摆脱了迷迷糊糊的状态。在放映《卡萨诺瓦》。我觉得这部影片棒极了。我欣慰地走出影院。我已经看见了卡萨诺瓦亲吻女子的嘴，并向她表白爱情。

***　***

傍晚，通往拉梅的路上传来一下噼啪的响声。我母亲说，“是保尔回来了”，过了一会儿，就瞧见他坐在马车上出现在通往拉梅的那条平坦道路上。我们是那样缺钱，以致他想从事公共交通的营生。为此，他买了一匹老马和一辆车，整个下午就走邦泰—拉梅的路线，这样，他最多不过赚到买烟的钱。我母亲也已赞同。

我们远远地瞧见三名当地人跳下车，把该付的钱给了保尔，然后，保尔走上我们的路，来到房前。

“真是苦差事。”保尔说道。

母亲让人沿着房子周围种了一些棕树和花儿。下午开始时，她就监督一名仆人干活。很久以前，我们就已经知道别指望种植会有什么收获。母亲不能忍受无所事事，她让人种上花卉，这样，仆人们就不会闲着没事干了。尽管好几次严酷的旱灾使她劳而无功。但是母亲总是坚持不渝。

那天，我已经在房子的阁楼里消磨了下午的一部分时光，阁楼里存放着我哥打来的猎物。四头牝鹿和一头公鹿用铁钩挂着吊在那儿。我经常瞒着母亲把自己关在这里。阁楼里很凉快，里面挺安静的。牝鹿一滴一滴地流光了血，血滴落在地板上那沉闷的声音——噗，噗——在我心头晃动着一股我自己都不知道的多久远的忧愁。我哥的狩猎扰乱了我的生活——却是我母亲的骄傲。一到傍晚，我哥就走到阳台，吸口气，“今天晚上，我要去那儿。”他说道。我把视察阁楼里的死牝鹿当作一种责任。我也为我哥的战绩而自豪，但是我特别为此而感到万分心痛。由于天气很热，那些猎获物很快就腐烂变质了，在那种情况下，就把它们从钩子上取下来，扔到河里去——它们随着河水流向大海。我们吃了那么多的母鹿肉，以致对它已经倒胃口了，最终，我们不吃鹿肉，宁愿吃别的东西，譬如我哥在沿海的红树树林里猎杀的黑肉涉禽，我们只是把肉放在柴火上烤一烤，几乎生吃。有一阵，我们享用盐渍的小鳄鱼肉，但是，久而久之，我们对一切都腻烦了。这一带供应的肉类资源很少，仅有的猪则都是［字迹无法辨认］，而且以村里的垃圾为食。我们可不敢吃。这地方很穷。没什么肉可吃，当地人就吃狗肉——我们一个仆人拿着斧子追逐野狗，在奔跑中砍下它们的头。狗却继续奔跑，它们没有脑袋又跑了十来米，这可完全把我吓坏了。我们不可能同意吃狗肉，我母亲一直反对这一点，因为她喜爱狗。可惜的是，我们无法留下哪怕一只狗，无一不是眼看它以这可悲的方式结束生命。

当我听见马车的辘辘声响时，我走出阁楼，朝我哥那儿走去。他汗流浃背，很快卸了车。马变得更消瘦了。

“我不知道它怎么了，”我哥说，“它快完了。它大概得了肺结核。”

他放它到草地上。这牲口却再也不吃了。我们盯着它看了一会儿。

“它活不长了。”我哥说，“来，去游泳吧。”

我迅速地登上吊脚楼，穿上游泳衣，我哥也在他那边换上了泳衣。我们下了楼，在母亲面前走过。

“你们还要去那儿。”母亲说道。

我们没有回答，我们穿过水稻田，往小木桥走去，那儿的河水比较深。我哥先跳下水，他游泳游得非常出色。河湾处的水不太深，水面宽阔，他在那儿像条鱼儿在鱼缸里那样拐弯。我总是踟蹰不前——因为在水里遇见的那些东西。这条河从几百米远的森林流到此地，经常有死去的鸟儿、松鼠（甚至生育时期的老虎）随着河水而下。从水中出来很少身上不带有蚂蟥的。我哥哥坚持要我下水，我最终总是让步。他教我游泳。我们在河里一直待到暮色来临，一直待到我们听见母亲的吼叫声，她威胁说要揍我们。我们上了岸，在积雨水的水坛里洗掉身上泥泞的河水。

我们弄掉脚趾间的蚂蟥。母亲总是会发现这一点。

“你们到头来会把自己搞得全身血淋淋的。”她说道。

*** ***

这是在三天前开始的。马克西姆回家时说他们把这些东西放在勒瓦卢瓦的一个谷仓里，在新鲜的干草里，说他们戏称之为“卡普特”。马克西姆在开玩笑。那是在食堂。其他人一边听马克西姆说，一边在打趣。泰奥多拉辱骂了他们，然后就哭了起来。打那以后，她就变得不可接近了。中心里的其他女人说起泰奥多拉：“她很吓人，是个野蛮人。”马克西姆和泰奥多拉相互谩骂，大吵大闹。所有的人都站在马克西姆这一边，除了两个人。三天来，马克西姆避免同泰奥多拉说话。女人们远离她。显然，她们讨厌泰奥多拉。只有阿尔贝跟其他人的意见不同。他对其他女人说："你们让她安静些，不行吗？"对于他们应该做的事情，他赞同马克西姆的意见，但最后，他不准别人在这问题上去烦扰泰奥多拉。

"我走了。"女孩说，"你告诉阿尔贝我来过了。"

"全完蛋了。"泰奥多拉说道。

天气很热。总是冲锋枪。女人们照管食堂或互助中心。泰奥多拉什么也不干。因为一些电话号码的缘故，她基本上都是待在酒吧那儿。远处一直传来机枪声，枪声好像越来越近了。天热了。十一名保安队员[1]待在三楼的一间房间里，一定感到很热；也许他们缺少水。三天前，这已经结束了。在一个小房间里，就在酒吧对面，有六名法奸在打扑克牌，他们聚集在一起，因为他们觉得大厅里那些人是粗俗的。"俘虏够多的了。"泰奥多拉想道。她认识一名当时可能已被枪决的俘虏。被德国人枪

1　第二次世界大战期间，与德国合作的法奸组织的武装队伍。

决的。距今三周前，他在弗雷内，现在，她一无所知。昨天在另一个隶属于黎世留中心的中心里，也枪毙了人，那是个盖世太保的密探。这事发生在肖塞-当丹街上的一个院子里。她、娜诺同阿尔贝以及保安队员泰尔一起到了肖塞-当丹街。泰尔必须接受审讯。

回到设有当丹街司令部的大房间时，他们与一个担架交错而过，扑通、扑通，还是软乎乎的。“两分钟前的事儿，”让说，“你们没赶上。”他解释说那是埃尔南德兹小组干的事情。院子里，三枪击中颈背。阿尔贝和泰奥多拉走过去看看院子，在一块石头上，一摊血已经凝结了。在大厅里，人们几乎没有听见声响，因为那些西班牙人说话太大声。院子里，只有血。这家伙曾经哭泣和哀求，西班牙人则在争吵，由谁来杀。让和阿尔贝正在谈论此事，让就像晕船的人那样脸色苍白。“我不喜欢这样……”他对阿尔贝说。

背靠壁炉的保安队员瞧见了盖世太保密探的

尸体，而且透过门看见了鲜血。他面如死灰。这是在许多人中，在中心所有的俘虏中，阿尔贝和泰奥多拉最有好感的一个。他低声地对阿尔贝说道：“如果您带我来是为了枪毙我，我希望能知道这一点，我想给我父母写封信。”他们在同让说话期间，他们突然明白，保安队员已经瞧见了盖世太保密探的尸体。他脸色的这种惨白大概一生中只有一次。阿尔贝面带微笑地回答他：“不，我们带您来不是要枪毙您。”“啊！好吧，”保安队员说，“因为我很想知道。”然后，他再也不说什么了。阿尔贝沉思了一会儿。

在相邻的两个房间里，一些人正在细心地给他们的枪上油。让，大汗淋漓，在下达有关晚上各个小组的住宿的指令。西班牙人在空空如也的房间里大声说话。阿尔贝微笑着递给保安队员一支烟。阿尔贝是保安队员和泰奥多拉的朋友。他同样递给泰奥多拉一支烟。他挺喜欢泰奥多拉。他几乎到处都带着她，女人们使他感到厌烦，但泰奥多拉则不。

当他把烟递给保安队员时，保安队员也向他微笑着。泰奥多拉也微笑了，当然。这是美好的时刻。保安队员在拼命地吸他的烟，喷出大口大口的烟雾。他二十三岁。人们看得见他前臂的肌肉，长长的，富有青春特征。如果他的脸色不是如此苍白，如果他不是这副样子在吸烟，别人也许不大好把他同那些来来往往和给枪上油的其他人区别开来。但是，他有了一个肮脏的过去，如果人们的过去可以被忘却，那就可能永远都不会有战争。当他在吸烟的时候，他或许会相信，他正重新开始生活，相信这个过去已烟消云散，不复存在，然而并不。那些人正散在各个角落给自己的枪上油，准备其他的处决。阿尔贝或许可以对无论什么人，做出这样的微笑并递给他一支烟，既然这个人还活着，从本来确定会死的，转为保住了性命。但是，无论是谁都不会对不管什么人以这样的方式微笑。阿尔贝是聪明人。泰奥多拉想——这微笑同保安队员达成了默契，在这个意义上来说，这甚至是智者阿尔贝的成功。他并不是善人，但他那么善解人意，以致可以说什么都逃不过他的眼睛，他全都明白。阿尔贝站在壁炉旁等着让：“喂，等你有时间……”“马上。”让说道。保安队员并没有考虑他在那儿做什么。他抽他的烟。从他没有被枪毙那时起，别的什么事他都不操心。他大概猜测到这事与他有关，但是是隐隐约约的。他们两人交换的微笑并不寻常。阿尔贝和他，某种心照不宣的微笑。不会给他找神甫，因为宗教曲解了死亡，这一点是它最微小的罪孽。无论保安队员还是阿尔贝都不相信上帝。不可能不。

让有片刻时间。他们在同阿尔贝说话。泰奥多拉待在壁炉旁，同保安队员在一起。就在昨天，他们已经审问过他。她跟他的兄弟一样了解他。这是博尼和拉封的一个朋友。他和他们一起花天酒地，寻欢作乐。他坐上拉封的那辆加固的小车。“您为什么当保安队员？”“因为我想有一把枪。”“为什么要有一把枪呢？”“因为有一支枪很棒。”他们没完没了地问了他一个小时，想要知道他怎么处置这把枪，他有没有用这把枪杀抵抗运动成员。他说道："我是世上最无能的人，我不可能杀害抵抗运动成员。"他没有说即便他能够，他也不打算这么做。阿尔贝小组在FFI[1]的另一个小组里抓住他的，他们不羁押俘虏，于是就把他交给阿尔贝小组。"您在那个FFI的小组里干什么？""我要战斗。""用什么武器？""用我的枪。""那是为了隐蔽起来吗？""不，总有一天，我知道……就是为了战斗。""您为什么不佩戴臂章？"——那时，他微笑着说："不，还是不了……"正是因为这个回答，阿尔贝和泰奥多拉对这名保安队员产生了某种友情。他曾经在一家德国的采购部门挣了六百万，然后全都花光。"那事儿让您赚了多少？""一九四三年，六百万。"一秒钟都没犹豫。泰奥多拉发现他有一副纵欲和放荡的嘴脸。他肯定会被枪决。在审讯期间，他曾以某种方式凝视着泰奥多拉。从那时

1　法国国内武装部队：第二次世界大战时法国国内的抗德民众武装。

起，她就知道这大概是个纵欲的人。也是个傻瓜蛋，不过，现在不是说这个的时候。阿尔贝又回到保安队员和泰奥多拉那儿，说道："咱们走。"他们径直往门那儿走去。出发时，阿尔贝向埃尔南德兹做了个友好的手势。泰奥多拉也一样示意。

埃尔南德兹是国际航空联盟（FAI）里一位西班牙彪形大汉，他说他正为了重返西班牙而进行训练。是他的小组枪决了那密探，他们共十七人，被所有法国人视为经验丰富的长辈。杀死密探这一举动向阿尔贝进一步肯定了他的友谊，他刚才对他表示友好的姿态表明了这一点。埃尔南德兹为了西班牙共和国或许片刻间就死去，他有处决的权利。处死密探的荣誉属于他的小组，这是合乎规定的。不过，密探是法国方面逮的，但是，法国人并没有争议：他们对这次处决的合法化不太确定，埃尔南德兹则不。现在，埃尔南德兹和以前一样开怀大笑。他的职业曾是理发师，他生存的意义就是做一名西班牙共和主义者。为了推动国内战争，他可能会轻而易举地朝自己脑袋开一枪。当他们不再争论时，那些西班牙人就给收缴的枪上油。巴黎的动乱使他们萌生了思乡之情，他们想念西班牙。他们相信他们可以在下个月动身。“轮到佛朗哥了。”埃尔南德兹说道。他们对此深信不疑，他们担忧的是重新整编，社会主义者为FAI的那些人加上了一些不能接受的条件。FAI和共产主义者希望立刻出发去边境，而社会主义者则要等待，并谈论起组织一支远征部队。所有的人都已经为了重新出发而舍弃了他们的职业。

与埃尔南德兹交错而过时，泰奥多拉想到也许过几天是他处决保安队员。她宁愿是埃尔南德兹。她冲他微笑。只有埃尔南德兹才知道处死他是多么必要。插手这事儿是不行的，阻碍埃尔南德兹枪决可能是对人民的犯罪。这是一次名副其实的处决，和枪决盖世太保的密探一样，埃尔南德兹对此毫不怀疑。泰奥多拉比前几天更不怀疑这一点，她也许曾希望处死德国俘虏。泰奥多拉不知道让和阿尔贝说了些什么。为什么把保安队员从黎世留中心带到当丹中心呢？对泰奥多拉来说，阿尔贝的意图莫测高深。但这并不重要。当他们登上汽车时，泰拉耶周到地为泰奥多拉打开车门。当然，他对离开当丹中心感到高兴，但是，同样也因为泰奥多拉驾驶车而高兴，大概驾车的女人让他显得有风度。保安队员坐在泰奥多拉身旁。后面阿尔贝拿着一把小手枪，很小的手枪。这把枪是不能用的，这是阿尔贝剩下的全部，他其他的所有手枪都被同伴们偷走了。保安队员并不知道这把枪不好使，他保持着安静，拐弯处，他就“放下胳膊”，他专注于小车的驾驶状况。有一阵，阿尔贝和泰奥多拉四目相视，拿那把枪开着玩笑。“要是他知道的话。”只有保安队员一本正经，非常严肃，每到拐弯处便伸长手臂。这名保安队员属于某一类人，他们即使知道这是最后一次，也能享受驾车漫游的快乐，能到手这么一点快乐也好，对他们来说，在巴黎驾着小汽车本身就是一件令人着迷的事情。因为同样的原因，他曾藏起武器。

街上，没有警察。FFI 的大批车辆在各个方向的街道上行驶。特别是单行线被相反方向许许多多的汽车穿梭而过，尤其是泰奥多拉为了从肖塞-当丹返回而取道的奥斯曼街。依然没有警察。很多事故。从几乎所有的汽车里，伸出了被那些无产者模样的人拿着的冲锋枪或步枪的枪筒。不时地传来机关枪的咕咕声：屋顶上的射击手。每天晚上，有一些人到中心来，他们说他们瞧见毗邻的屋顶上有黑影走过。正因此，泰奥多拉曾经差一点让人杀死那些美国兵，他们登上一家银行屋顶架设对空防御的装置。在所有的吉普车，以及 FFI 的车里，都有女人，也有小妓女。牢骚发得最多的是秘密部队（法国抵抗运动地下部队）。在勒克莱尔[1]进城的第二

1 勒克莱尔（Leclerc de Hauteclocque，1902—1947），法国将军和战斗英雄，曾获巴黎解放者的荣誉。出身于贵族家庭，1939 年任步兵上尉，受伤后为德军所俘，潜逃英国。后投奔戴高乐。多年后被提升为将军。1944 年参加诺曼底登陆。同年和戴高乐将军一起胜利进入巴黎。1947 年飞机失事殒命，死后被追授法国元帅。

天，他们作为随从人员穿着军服到达黎世留中心。他们对于“发生系列凶杀的夜晚”被这样处理感到遗憾。他们来“占领大楼”。昨天，回来时，泰奥多拉在大厅遇见了他们，将军说：“我本以为可以留下他们，但是他们人数太多，过于臃肿。这办不到。”他们在说 FFI。

泰奥多拉很遗憾动乱没有继续下去，不满意他们竟没有权利杀死那些散发卫生球气味的蛰伏者[1]。她有着许多郁闷的原因，而蛰伏者还不是最微不足道的。这是她所见到的最令人扫兴的场面之一。对那些半个月来既没有洗澡也没有躺下睡觉的小伙子，他们说：“小朋友们，你们得把这些垫子收拾好，现在，结束了。”蛰伏的将军只同另外六名蛰伏者一起行动——甚至只是为了说一声必须打扫大厅——而燃料瓶的“使命”则由两个人组成。

1　原文 les naphtalines：第二次世界大战末在法国使用的词。形容某些“二战”期间隐蔽起来的人，在大战快结束，国家要把各自分散的力量联合起来之际，他们纷纷出示久藏在壁橱里表示他们过去职位的标志。

阿尔贝为蛰伏者们感到羞愧。勒瓦卢瓦的蛰伏者大发牢骚。尚佩雷门的那些蛰伏者，只要他们在那里，他们就想要放火烧房子。只有俘虏们心安理得，因为他们就要由军事法庭裁决。在这半个月期间，蛰伏者们专心致志地在清查 FFI 从法奸那儿窃取的东西。他们拿了那么多，最后，不再想把东西全都收回，他们就管自己的工作。他们只受到俘虏的敬畏，勒瓦卢瓦的人在大楼里与他们交错而过时，甚至都不挪动一下。在这半个月里，FFI 的人常常错过午餐，而蛰伏者们在中午却像国王一样铺上桌布用餐。FFI 的人则在一点半才吃些残羹剩饭。

在枪决盖世太保密探的当天晚上，泰奥多拉去战俘部让申请的面包券生效。她在那儿遇见许许多多被征召者来要求付款。在部长秘书办公室里有一个男人说道："我这儿有一具尸体，我不知道该放哪里，我搁在急救站里已经三个小时了，停尸间不肯收，我简直受够了。"秘书告诉他，她自己有别的事情要做。“我从肖塞-当丹街那儿给所有的医院都打了电话，现在就在下面车里，我在想该怎么办？”泰奥多拉一声不吭。这涉及钱的问题。秘书不耐烦了，那家伙也不耐烦了，最后，他走了，在秘书的办公桌上留下一块小小的金牌和一条项链。“在他身上找到的……我，我拿它毫无办法。”于是，他就走了。泰奥多拉认识这位秘书，就上前去看那条项链。那是初领圣体的项链。她寻思那家伙为什么把它摘下来，这样使得事情变得复杂起来。“哎，我说，您要我拿它怎么办？”秘书说道，然后耸耸肩。那家伙已经溜走了。在她签署申请单的时候，项链就在桌子上，就像另一件东西那样。泰奥多拉有个想法：摸摸它，想知道它是否还是热乎的。这可真傻。那家伙说尸体身上没有任何证件，他一点儿都不知道这可能是谁。泰奥多拉也不知道，但是她打电话给让，也许可以知道这是谁。她一时没有想到这个。她笑了。然后，她走了。她笑了，她在项链面前也感觉到某种厌恶：像这样就够了。

***　***

我是社会最底层的，我是马塞尔的女人。马塞尔在邻近的工厂里。战前，他做飞机马达，现在做搅乳器。这是个专门人才，收入不错。是的，他挣的钱足够了，我没什么可抱怨的。这是个工人。我们有三个孩子，两个死了，第三个孩子也是工人，已经成家了。他有一个四岁的孩子。我，我是马塞尔的女人。我没有任何特长，我好好地持家。马塞尔的伙伴们，他们晚上来的时候问道："马塞尔在哪儿？"我就说："他在工会。"于是，他们说："我明天再来……行吗？""行。"他们走了。为什么要待着呢？我没有什么可跟他们说的。我是马塞尔的女人，除此之外，我看不出什么。儿子每星期天来。“你好，妈。”然后，他就同他父亲说话。我，我就做家务。媳妇同他们一起说话，当然，她帮我干活，但是我们互相之间没什么重要的事要说。我从来就没有什么要紧的事要说。

*** ***

一段时间后，他们都腻烦了审讯犯人。最初，所有的人都在审问，后来就只有几个人，再后来，就是阿尔贝和让。然后，甚至连阿尔贝和让，这事儿也让他们感到厌恶。第一个犯人是由泰奥多拉审问，有人在下午五点把他带来。他去的一家小饭馆的老板跑来说：“我那儿有个坏蛋，一个告密者，你们应该去把他找来。”三个人去找他。这是他们抓到中心的第一个，是个五十来岁的小老头。所有的人都跑来看他，为此，他们就把他放在酒吧间里。让他在酒吧间中央待了一个小时。他们还不能相信这件事。一个告密者，他们居然抓住了一个告密者。男人们围着他，渐渐走近他，紧张地注视着他，嗅他。下流坯。婊子养的。猪。一个五十来岁的小老头，他斜着眼，戴着眼镜、活动硬折领、领带。男人们凑近他的脸并喊叫道：“下流胚！”告密者避开拳头，他心惊胆战，大汗淋漓，他说，不，先生，是，先生，不，女士。他的声音文绉绉的，别人也许会以为，他是个，譬如，退休的市政府职员。他说道：“先生，我向您保证，您弄错了。”泰奥多拉大为恼火，她希望有人马上来管管这件事，但是，阿尔贝却说要等晚餐，过后会有人来“照管”的。大家一致同意：泰奥多拉应该来管这事。泰奥多拉的丈夫被盖世太保抓走了，她不知道他是否还活着，为此，她悲痛欲绝，她本该管盖世太保密探那件事的。男人们感到很遗憾，但这是合乎规定的。他们去吃饭了。泰奥多拉吃得不多。然后，晚餐后，她要求找两个男人。所有的人都正在大楼六层的食堂大厅吃晚饭。“谁跟我来？”有二十个人站了起来，满嘴食物，围在泰奥多拉身边。他们都是有正当理由的，但是，泰奥多拉从中选了两个人，他们从蒙吕克监狱来，这是规矩，在蒙吕克待过，而且被狠狠地毒打过。没什么好多说的。这两个年轻人去找了两个风雨灯，泰奥多拉找来了纸和一支铅笔，为审讯记录用。她曾听说审讯都要记录在案。没有电灯。泰奥多拉和那两个男子一起从报社的大楼梯下去。外面，可听见冲锋枪声从卢浮宫那儿传来。战事在继续。远处，坦克的隆隆声。时不时有大炮声。巴黎解放了——几乎。泰奥多拉并不是特别凶恶，她很伤心。

其中一个小伙去把那“告密者”找来了，然后，他们把自己关在一间空房间里，里面有一张桌子和两把椅子，他们四个人。一个小伙说道：“怎么样？”“来吧，把他衣服脱了。”两个小伙就对他说道：“把衣服脱了！快点。”在蒙吕克，有人对他们做过同样的事情，开始先把他们衣服脱了，最后，拔掉了他们三个脚趾的指甲，他们咬紧了牙关，其中一个是红棕色头发的男子，三十岁，一名汽车修理工，另一个，二十五岁，勤杂工——都是勇敢的好小伙。那家伙在脱衣服时，泰奥多拉暗想自己正在干什么，她也许不会说什么，但这是必要的。四年来，她听见有人说："有朝一日逮住一个，他会遭什么罪！"这就是一个。告密者先脱掉外套。他脱下长裤。他觉察到将会发生什么，因此，他慢慢地褪下衣服。他把外套放在椅子上。"快点。"一小伙说道。也许，他们要杀了他。他除下领带。她记得，十五万人被枪毙。他衣领下的衬衫很脏。在苏塞街上，有成百名妇女等候着，要把包裹捎给她们的丈夫或儿子，自登陆以来，他们被清理了。泰奥多拉曾经在队列里等了两天，排了二十二个小时的队，就为了他有个一公斤的包裹。在白领子下面，他的衬衫是脏的，这是个告密者。他，他在苏塞街不用排队。"你快点，行吗？"泰奥多拉说道。她猛地站了起来。两名男子瞅着她，然后说："坏蛋，跟你说了，赶快！"他们扯掉了他的衬裤。他在任何地方都不用等，他在苏塞街不用排队。他出示一张卡，然后就进去了，接着，他敲一下，接着，他说他有体貌特征、地址、时间。有人给他一个信封。现在，他脱下鞋子。他所有的衣物都在椅子上，他浑身颤抖。在队列里，有一个穿着丧服的年轻女人，她正怀孕，他被枪决了，她来排队，因为她收到一份通知，她排了二十二个小时的队，就为了来取一包衣物，半个月后，她就要分娩了。现在，脱袜子了。她要取她的东西，要再看看他的衣物，她高声地读他写来的最后一封信，她把这封信读了又读，“告诉我们的孩子，我是勇敢的”，然后，她大声哭泣，她大概二十岁，她说，“这不可能，这不可能”；所有女人都哭了，有人递给她一个帆布折凳，她什么都不要，她只能勉强支撑自己站着。现在他一丝不挂，他摘下眼镜，把它放在衣物上。小伙们等着泰奥多拉的命令。他赤身裸体，他有着衰老的阴茎和干瘪的睾丸，没有腰身，他肥胖，龌龊。他脑满肥肠。

“喂，这四年里，你可没有穷得没饭吃啊？”

“按人头给你多少钱？”泰奥多拉说。

他哀告。

“我不是跟您说了，我是个可怜的老实人。”

“我们要的就是你给我们讲真话。你不承认？”

“我不是告诉你们……”

现在，房间里挤满了人。女人们在前排。男人们在后面。泰奥多拉，这使她感到尴尬，好像她在做某些带有色情意味的事情。

然而，她不能要求他们走开，似乎没有理由。她只是站在风雨灯后，别人只瞧见她的黑色短发——但看不见她的脸。

“干吧。”泰奥多拉说道。

第一下。声音在房间里奇特地回响。第二下。老头儿试图躲避。他乱喊乱叫：“哎哟！哎哟！”在风雨灯的灯光下，人们把他看得一清二楚。小伙子们使劲地打。后面的人一声不吭。他们一拳拳地打在胸部，慢慢地，但是用力地打。然后，他们停下手：“现在，你明白了吗？”他摸着自己的胸口，没有眼镜，他看不见拳头从何而来。

“你怎么进盖世太保里面的？”

“好吧，跟所有的人一样……”

他用手掌擦着自己的胸口。他一边说一边哭。他的声音就是那种哭泣的腔调。

他说和所有的人一样。苏塞街来了戴着手铐的囚犯和盖世太保的密探。其他人从不进去，从不。泰奥多拉曾经申请了领取包裹的许可，三个星期后，他们回答她，她必须来拿个号，在盖世太保入口处的门房里，有人给了她号码，然后，她等了二十二个小时，她出示在出口处就被撕掉的一张特别的纸。他说跟所有的人一样，因为，他在撒谎，然后，他希望泰奥多拉相信人们可以很容易走进去。他在撒谎。他的胸口上出现了大块大块的紫斑。他在撒谎。

“你说了‘和所有的人一样’？所有的人都能到盖世太保里面去？”

后面，听见有人在说：坏蛋，下流坯，卑鄙

的家伙，他害怕了。

“嗯，是的，必须出示身份证。”

“你肯定这就行了？”

“嗯，是的。”

在他胸部上，出现了少量的血。他继续在撒谎。

人们曾听见有人说起告密者。也说起过德国人。还有严刑拷打。说起一切。说起敌人。他们把他，她的丈夫，杀死了，因为他是共产党人，他二十五岁。他告发共产党人，因为每个共产党人给他带来五百法郎。这是个撒谎的人。他的领带，他的皮鞋，他就是用这别人按每个共产党人付给他的五百法郎买的。“先生，谢谢。”房间最靠里的那儿传来：坏蛋，猪猡，他妈的，混蛋，臭大粪。是的，是的。他们，他们不会告发别人，他们有缺点，但是，他们不告发。这两个小伙子，他们在蒙吕克就没说。

“干吧，小伙子！”

很奇怪，泰奥多拉想，如果我不跟他们说，他们就不打，我并不比他们有更多的权。也许，因为他们认为我会审讯，而他们不会，但是，他们有拳头，在蒙吕克那儿，他们紧握着拳头，但是，他们不说话，几天前，他们把汽油瓶扔在德国人的坦克里，正常情况下，他们在工厂工作。

“来吧！”

这使他们感到高兴。让他们高兴使我很开心。他们想念他们的同志。靠着墙那儿，有一名男子靠着一堵墙站着，在这个男子前是一些德国人。一连串射击声，这男子紧紧捂住心口，他喊着法兰西万岁，共产党万岁，他鼻子陷在污泥里。这给他带来五百法郎，他用这笔钱给自己买了新皮鞋和香烟。真想不到，没有找到他，由他继续自由自在，这居然可能是正常的事情。两小伙子停下手，瞅着泰奥多拉。

“你的身份证是什么颜色的？”

这两位年轻人笑了起来。他们知道。泰奥多

拉点子可多了，有办法让他们高兴。他们用力地打。他的眼睛可能破裂了，鲜血在脸上流淌。他哭哭啼啼，带血的鼻涕从鼻孔流出，他呻吟：“哦，哦哟，哦哟，哦哟，哎呀，哎呀，哎呀……”他用手掌在胸口擦来擦去，那儿好多地方已裂开，并流着血。他双手白净。他所干的不需要任何体力。现在，他因此而死，或者，他把这对付过去，都已无关紧要。地上有血。

“老混蛋，你听着，问你的身份证的颜色！”

他们很凶，而且，他们凑近他的脸，冲着他说话。后面，有一个女人说：“这样也许够了……”其他女人也附和着说。两名小伙子停下手，眼睛扫视着寻找说话的人，她们站在风雨灯的后面。泰奥多拉转过身来。“够了？”其中一小伙子说。“怎么？”另一名小伙子说。“对我们来说，这够吗？”“这不是理由。”一名女子说。

“最后一次问你，你出示的身份证是什么颜色？”

“回答！”

“回答！你快回答！”

后面传来：“这又开始了……我，我走了……”还是一名妇女在说，声音含有愤怒。泰奥多拉转过身来。

“对这事儿反感的人不必非要待在这儿。我们不需要她们，如果她们滚开的话，倒是帮了我们的忙。小伙子，干吧。”

人们听见一声“哦！”但是，她们还是留了下来，交头接耳地说一些诋毁泰奥多拉的事。别人只瞧见泰奥多拉的头发，当她审问时，能瞧见她白皙的额头，她那半闭的眼睛好像失明似的。男人们什么也不说，除了一声：“闭嘴！”但她们还是待在那儿。

“怎么，快说，什么颜色？”

他们笑了。他们知道。他们重新开始击打那些已经被打过的地方。告密者试图避开。他浑身是血。他呻吟地说道：

“好吧，跟所有的人一样……”

“小伙子们，打。”

他们猛烈地击打。他们不会疲倦。一个男人靠着墙，抓住心口倒了下去，他死了，因为他相信某种对所有人都有益的东西。五百法郎可以让他用来买些小礼物。朝着男人开枪的那些人认为那是他们的职责。他，他却用这五百法郎让自己独自享用一些小奢侈品。他并不是反共分子，他在为自己增加月薪。他一直在撒谎。一个漫天撒谎的男人。用这五百法郎，他为自己挑选一根领带。

泰奥多拉伸长双腿。毋庸置疑，毫无疑问，没什么可选择的。

“小伙子们，动手吧，来吧，狠狠地打！”

于是，他们开始了，他们当然开始打了。后面传来：坏蛋。垃圾，猪猡。女人们出去了。他高声地叫痛，他哀求着：“我求求你们了，我恳求你们了，我不是坏蛋。”但是，他还是怕死，因为他一直在撒谎。

还不够。泰奥多拉站起身。有一个人，一个

靠着墙的人，她认识的一个靠墙站着的人，他没有说话，永远，靠着这堵墙，见鬼，他妈的，靠着这堵墙的这个男人。他妈的。“您这样对抗让我们觉得很好笑……”说这句话的人，如果他们在这儿，如果他们开玩笑，只要在这儿……一个男人独自靠着一堵砖墙，这堵墙以外，什么也没有。泰奥多拉，她再也不看了。她听见被判死刑的人唱的《马赛曲》，在囚犯车厢里如叫喊似的《国际歌》歌声，在关闭的百叶窗后面那些资产者的眼神："这是一些恐怖分子……"

“干吧，小伙子们，干吧！”

在风雨灯的灯光下，他在挣扎。每一下拳头的声音在空荡荡的大厅里回响，每打一下，他就叫喊“噢噢！”久久地呜咽着。女人们不再待在那儿了。在殴打时，男人们则一声不吭。他们默默地在风雨灯后面，就在他们听到他的声音的时候，房间深处辱骂的声音才更响，咬牙切齿，捏紧拳头，只是有力的字眼，没有句子。正是在他说话的时候，辱骂才脱口而出，因为他还在撒谎，因为他还有力气，因为他还没有到不再撒谎的地步。泰奥多拉瞧着拳头落下，她听着如铜锣般的拳击声，她想在这个人的身体里有难以击破的厚度。当最靠里的地方响起谩骂声时，这对她有好处，给予了她勇气，她对这些辱骂非常敏感。在无法理解的沉默中，只有一次，她暗暗地自忖，为什么会说出这些辱骂的话；她，她感受不到自己的心。当他们击打他胃部时，他尖叫起来，用双手护着胃，其中一名小伙子便利用这个机会，朝他的睾丸处给了一脚。他出了很多血，尤其是脸上。这不是同其他人一样的男人。可以把他杀死。对于其他人来说，这是个堕落的人，是告密的人。他为了五百法郎一个人而告发别人，丝毫不想知道敌人为什么理由付这个钱。一头猪，更有价值，至少可以食用。而他，如果他们杀了他，他会堵塞过厅呢。

“够了！”泰奥多拉说。

她站起身，朝告密者走去——她的声音在拳

头如鼓的沉闷声后显得略微高些。尽里面的人让她去做，他们信任她，没有给她出任何主意，然而，她没有犯任何的“错误”，每次，散发着兄弟般情谊的一长串辱骂都使她充满热情。房间里面静悄悄的，两名小伙子注视着泰奥多拉，全神贯注。大家等着。

“最后一次，”泰奥多拉说，“我们要知道你身份证是什么颜色……最后一次。”

这个人盯着她。她靠近他，他个子不高，她几乎同他一样个头。她身材苗条，她年轻，冷酷无情。她说了：最后一次。

“你们要我告诉你们什么，我……”

他哭哭啼啼。不久前，她也曾哭泣。但是，因为这是个女人。靠墙站着的男人们是不哭的。从告密者身上散发出更浓的怪味，带点甜味的令人作呕的气味：血腥味。

“要你告诉我们你进入盖世太保时用的身份证的颜色。”

“我不知道，我不知道，我跟您说我是无辜的……”

行了，辱骂声又响了起来。下流坯。臭大粪。垃圾。脏货。猪猡。泰奥多拉重又坐下。她再也不说什么了。片刻间都停下。辱骂声起，一阵高过一阵。

第一次，他们听见房间尽头传来一位年轻人的声音：“只有把他灭了……”告密者抬起了头。寂静一片。间歇。告密者心生恐惧，他高声地唉声叹气，让人觉得他想要用这样的高声来劈开石头呢。

“我要是知道你们想要的……”

两名小伙子满头大汗，他们用自己血迹斑斑的双手擦着前额，他们瞧着泰奥多拉，等候着。泰奥多拉显得漫不经心，神色疲惫。突然：

“这还不够。”泰奥多拉说。

两个小伙子转身向告密者，伸出了拳头。

“不。”泰奥多拉说。

她跳了起来，吼叫起来。

“小伙子们，来吧，同我一起干。”

雨点般的拳头。最后的一阵拳打脚踢。房间里又一次沉默。

“混蛋，你的身份证是红色的吗？”

“哦，哦，哎哟，哎哟，你们把我弄伤了！”

“好极了，”小伙子们［叫喊起来］，“我们就是要这样，你可知道。”

鲜血流淌。

“哦哟，哦哟！”

“红色的？喂，红色的吗？”

他睁开一只眼睛。他就要明白了。

“红的？”

泰奥多拉吼叫了。两名小伙子事先就知道。告密者试图好好思索一下自己该怎么回答。

“红的？”

他始终不回答。

“使劲地打，更用力地打，不用怕。”

“红的？红的？红的？”

“不，不……”告密者呻吟道。

他们笑了。小伙子们笑了。

“我！我曾经带着我的黄色的身份证等了二十二个小时。二十二个小时，混蛋！二十二个小时。你怎么解释这个事。我身份证是黄色的。然而，你说你的也一样！身份证通常都是黄色的。”

泰奥多拉喊叫似的说。房间里充斥着说话声，情绪热烈而饱满。

“二十二小时，我们，我们用黄色身份证等二十二个小时。你的也许也是黄色的？”

告密者不断地呻吟。现在，他不断地试图躲进角落里。两小伙把他拉了出来。

“黄的？”

小伙子们把他从角落拉出来，重新把他丢在那儿。那把椅子倒下了，告密者的所有衣物都掉在地上。

“黄的吗？”

他张开嘴，又闭上嘴。他想回答。他心慌意

乱。他哼哼唧唧。他想说些什么。他第一次感到无法应付。

“黄的？”

泰奥多拉一直站着。他们知道只有当他承认了，她才会再坐下。

“不，不，不……不是黄色的”告密者叫喊着。

男人们继续下去。他说不出话来。现在，他明白了。他们不会放弃的。泰奥多拉继续问。

“怎么的？什么颜色？”

她一直吼叫着。现在，拳头和提问的节奏是同步的，快速起落。

“什么颜色？”

泰奥多拉暗自思量，他也许选择死。不。他不会决定去死，以什么名义呢？他会说出来的。

“什么颜色？”

他缄口不语。他装作没有听见。他装成是一个痛苦不堪的人。泰奥多拉就像他肚子里的蛔虫一样知道这一点。

“快说，什么颜色？”

泰奥多拉心想，这事儿会怎样了结，如果他不说，他们甚至不能杀他。他们将一切都落空。

“再使劲！”泰奥多拉说。

他们把他像个球似的扔，而且拳打脚踢交替着。他们浑身是汗。

泰奥多拉向告密者走去。

“够了！”

她越走越近，孤零零的，深藏不露。告密者朝后退。他看见了她。重又一片寂静。

“如果你说了，我们就让你安静。要是你不说，我们就打死你。打吧，小伙子们，打。”

告密者不知道该怎么办是好。他就要说话了。他试图抬起头，就像一个溺水的人竭力想要呼吸那样。他快要说话了。行了。他想要表明某些事情。拳打脚踢阻碍了他说话。但是如果停止击打，他就不开口了。一切都取决于这艰苦的创作。但是，他始终不说话。

“我来告诉你，”泰奥多拉说，“我，我来告诉你，你进门用的身份证的颜色。”

告密者开始嚎叫起来。他仍然十分清醒。击打让他保持非常清醒的状态。

“绿色的！”告密者喊叫似的说。

小伙子们停下手。告密者瞧着泰奥多拉。他不再呻吟叫痛。他的好奇心挺强。他自忖自己怎么说了。

“是的。”泰奥多拉说。

肃静。泰奥多拉拿出一支香烟，点上烟。然后，用一种疲倦的声音说：

“再穿上你的衣服。”

她站起身。走出去之前，她毫不夸张地只是说：

“SD，德国秘密警察局的密探的身份证就是绿色的。这不可能有疑问。”

在他穿衣服的时候，两个年轻人又骂他了。

“明天再来？”其中一人说。

“得知道他告发了谁。”另一人说。

“走着瞧吧。”泰奥多拉说。

她走了出去。所有的男人都和她一起走了。他们去酒吧那儿。

所有的女人都躲在那儿。她们各自坐在安乐椅上，座椅上。

“他招了。”泰奥多拉说。

谁也不搭腔。泰奥多拉明白。她们不在乎他已经招认。和她们在一起的还有一个男人。他也不在乎他已经招认。首先，他们都不满泰奥多拉。泰奥多拉坐下，并好奇地打量着他们。她，她还不清楚自己刚才做了些什么。她也许做了一些糟糕的事情。她料到了，她让人拷打了一个男人。就是这么说的。德国人施行酷刑。她也一样。当她在那个房间的时候，他们在那儿干什么？什么？泰奥多拉怀着极大的蔑视微笑着：他们在说她坏话，他们大概在说一些有关她的令人作呕的事情，并从中获取乐趣。他们对她比对告密者想得更多。他们比泰奥多拉更清楚地知道刚才发生了什么。

“我讨厌你们。”泰奥多拉说。

一名妇女气得脸色发白，叫喊起来：

“哦！喔唷，嘿，你，得了，你不可能懂得……”

她停了下来，愤怒得说不出话来。阿尔贝向那女人走来。

“你让她安静点，行吗？”

让瞅着她，耸耸肩。那女人不作声了。阿尔贝向泰奥多拉和让那儿走去。他因为刚才发生的事情显得很激动。

“喝酒。”阿尔贝说，“泰奥多拉，你和我们一起喝。我的小泰奥多拉，你跟我们一起喝酒。”

泰奥多拉微笑着。让和阿尔贝揽住她。他们三人都在柜台前。让和阿尔贝是中心的头儿。在他背后，女人们默不作声。恨意中的一点安静。

“然后你就像个乖女孩那样去睡一觉。”让说。

“是，”泰奥多拉说，“天晚了。”

她说话很费劲。她想哭。阿尔贝递给她一杯酒。

“多么混蛋，这……”泰奥多拉抬起双眼看着让和阿尔贝，声音含糊地说。

“是的，”阿尔贝说，“一个十足的坏蛋，喏，喝。”

“我的小泰奥多拉，喝。”让说。

泰奥多拉喝酒。她不知道究竟发生了什么。为什么会有这样的柔情。她费力地喝着。她想哭。男人们在那儿喝着酒。他们在谈论告密者，认为应该把他杀了。

女人们又一次没有告别就走了。

“我讨厌她们。”泰奥多拉说。

阿尔贝瞧着她，莞尔一笑。

“这没什么，就是有点嫉妒，去吧，去睡吧……”

“嫉妒？”泰奥多拉说，“嫉妒什么？”

“是的，”让说，“你不明白也没什么关系。”

他笑了。阿尔贝笑了。他们揽着泰奥多拉走了。那时，泰奥多拉想起来，他们对告密者没有骂过一句话。

其中有一位名叫玛丽的身材高高的金发女子，善良而忠诚。其他女子也都是善良的，甚至那位名叫科莱特，向来不大考虑战争的女子也是。那位二十岁的年轻人，对战争想得很多，但还是善良而勇敢的。这时，所有的人都恨泰奥多拉。

有一次，泰奥多拉暗想，自己怎么能够承受这样看着鲜血，闻着血腥味的。我是个恶毒的人，一直以来，我都觉察到这一点。最终，她表现出内心所有恶毒的东西。她小时候，曾挨过许多次的殴打，她从未能够以牙还牙，她一直渴望揍她的大哥。

平淡无奇——这些家伙最后时刻的冲动——

其中之一怀有恶意（泰西埃），表现出这两个小伙子有细微的差别——风雨灯的灯光——审讯的起点：我在德国人那儿买东西——[对] 泰奥多拉不够客观。

人们把他们安顿在五层楼的一个房间里。这是会计科以前的办公室，朝向院子。门被加固了。窗户装上了铁栅栏。只有一个小窗口与外界相通。随着新来的人越来越多，根据各个案子的严重性，要么把他们安顿在厅堂，要么在加固了的房间。最终，他们共有十一人，四名保安队员，一对上了年纪的俄国夫妇和其他三对夫妇，关于这三对夫妇，除了知道他们是法奸，并不知道其他什么重要的。

***　***

星期天下午，欢乐大街。人们朝着太阳的方向，往南走。所有商店都敞开：大家直接沟通，直接接触商店里的东西。女孩们迈着沉重的双腿。男孩们穿着紧身服装。往南。在我乘坐的公共汽车里，有一位启用这条线路的查票员：“先生们，请上车，女士们，请上车，请选好座位。格伦皮埃！雷恩！蒙帕纳斯！到了，全都下车了。”他挺高兴的。当然，他刚在地铁熬过了四年，然而，他并不属于地铁，他，他可是巴黎公共交通协会的人。由于这个该死的战争，没有了石油，公共汽车路线被取消了。有人把他派到地铁，这并不是他的本行。

已经腻烦地铁了，只有专门造就的人才能在那儿待下去。在公共汽车上所有的人都对他很满意。除了两个不了解内情的美国人。

***　***

“他妈的！”保尔说道，它不再往前了。

保尔和玛丽瞅着那匹马。这是一匹得了肺结核的灰色老马，他花了一百法郎买下它。它低垂着脑袋，它的两肋是如此消瘦，简直可以说它吞下了一个使它像一匹马的柳条笼子。

由于她，他们受到参加舞会的邀请。因为面粉厂厂主的儿子爱上了她。正常情况下，在这个社会环境里，他们不可能参加的。这是一个盛大的社交舞会。城里所有的要人——行政人员和商界人士，还有公众人物——都参加这个舞会。市长出席。举行舞会的萨勒先生拥有这个地区的所有面粉厂，他已成了巨富。

它悲伤地垂下脑袋，半闭着眼睛。它的呼吸短促而带有嘘声。真的是行将就木。

“他妈的。”男孩说道。

母亲前来看马，打量着它。她光着脚站在沙地上，戴着一顶大草帽，草帽裹着了她的耳朵，一直落到她的眉际。她的连衣裙是石榴红色棉布做的，乳房处已磨损，她仍然有着丰腴的乳房，她曾经有过许多孩子。她开始叱责她的儿子。

“我告诉过你别买，一百法郎买一匹半死的马，你们只知道干蠢事，懒惰的人，你真是懒死了。”

“他妈的，”儿子说，“真他妈该死，还有那辆车，我才不在乎呢，既然这样，我全都不管了。我走，你爱干吗就干吗吧。”

女孩也过来打量着这匹马。是一位芳龄十七的少女。她梳着两条红褐色的发辫，发辫一直垂到腰际，她也光着脚踩在滚烫的沙地上。她身着一条长及膝盖以下的黑裤子和一件蓝色的棉布短上衣。她也戴着一顶大帽子，帽子完全把她遮住了，像戴上了盔形帽。在她满是雀斑的脸上，她那双蓝色的眼睛如闪闪发光的两个亮点。

“如果你走，你就对喽。”女孩说道。

那是晚餐后的一个夜晚。白天已经很热。那个人在一张长椅子上休息。

*** ***

就在髋部和胸侧部之间，在我们称为胁部处，出问题了。在这隐秘而又非常柔软的地方，既不包裹着骨头，也不包含肌肉，但是掩盖着娇嫩的器官。一朵花在那里长出来。要我的命。

***　***

一天，从拉梅镇回来，母亲对苏珊说：

“我遇见一个女乞丐想把她的小女儿给我。如果你想要的话，就告诉约瑟夫去找她。”

（1）洗澡。（2）平原。（3）与若先生相遇。（4）同若先生争吵。（5）约瑟夫。

“您之所以不去游泳，是因为您难看，”苏珊说，“约瑟夫是对的，他说……”

若先生停止敲门。现在苏珊在洗淋浴。

“约瑟夫说……”苏珊又说道。

苏珊住口不语。她知道若先生正在门后。她等着若先生询问约瑟夫说了些什么。既然他不问，苏珊就开始哼哼曲子。过了一分钟，若先生重又敲起门来。

“一秒钟，我求您了，苏珊，一秒钟嘛。”

“您对约瑟夫说您的话不感兴趣吗？”

“我不在乎，”若先生说，“我不在乎约瑟夫，开门……”

苏珊绷紧了身子。她来到门旁。

“约瑟夫说您就像个胎儿。”苏珊说道。

拍门声停止了。苏珊重又开始淋浴。她感觉得到若先生现在感到受了侮辱，而这却给她带来了极大的满足，一种令人狂喜的报复。

“我想我从来没有见过像您这么坏的人了。”若先生说道。

苏珊笑了。清脆的笑声混合着水声从浴室传

了出来。

“我甚至不能听见您笑，”若先生说，“您把我放在怎样的处境……让我看一秒钟……给人看裸体不是坏事，我不会碰您的。”

“去看看他们是否一直在那另一头。”苏珊说道。

“马上就去。”若先生说。

若先生穿过饭厅，点上一支烟。然后，他神色自然，傲气十足地站在门口。在灼热、白晃晃的斜阳下，母亲和约瑟夫正瞧着在把桥竖起来的两名工人。下午五点。阴凉处渐渐拉长了。好多农民穿过了平原，朝河流走去，披着色彩鲜艳的缠腰布。若先生走了回来。

“他们一直在那儿。苏珊，快点，快。”

苏珊微微打开了门，向若先生展示了她那白皙的酮体。若先生盯着这酮体，目不转睛地朝它走去。苏珊关上门。若先生待在门外。苏珊擦干身子，重新穿上衣服。

“现在，到客厅去。”

“是。”若先生说。

苏珊打开了门，开始化妆。然后，她梳头，重新梳上辫子。

她走了出来，重又找到眼睛盯着地板在抽烟的若先生。

“我光着身子怎么样？”苏珊问道。

“您很美。”若先生说。他的声音低沉而忧伤。

苏珊坐下，望着远处。他们一直在桥上干活。太阳已经西斜，一部分山峦沉入阴影中。传来河流那边孩子们的喊声。

“您美丽而又性感。”

“我只有十五岁，”苏珊说，“我还会变得更美的。”

“是的。”若先生说道。

苏珊微笑起来。她已经忘记了若先生。

母亲和约瑟夫来了，上了楼。约瑟夫用一块手帕擦额头。母亲摘下草帽。一道红印划在额头上。那是草帽的印子。

“多热啊……”约瑟夫说。“你在这儿。”约瑟夫对苏珊说，“你不会化妆，你像个野鸡似的。”

“她就像她是的样子。”母亲说道。

约瑟夫显出厌恶的神色，回他自己的房间去了。

“你们干了些什么，你们俩，”母亲说，“万一我发现了什么，我就要逼你一星期内娶她。”

“夫人，我非常尊重您的女儿。”若先生说。

他站起身，摆出一副被冒犯的样子。

“好吧，”母亲说，“我可知道你们，狗东西，你们就是那样，我可不总是你们以为的那么老。”

“我们什么也没做，”苏珊说，“妈妈，我向你发誓，我们什么也没做，我们甚至互相碰都没碰过。”苏珊说。

“闭嘴，懒鬼，讨厌的懒鬼。”

母亲倒在椅子上。

“什么样的生活呀！”母亲说，然后就没完没了地说。

“没强迫你。”苏珊说。

母亲把两只脚伸在一把椅子上。

在茅草屋里，下士的妻子正在做烤鱼，她的女儿则在唱歌。夜幕降临时，就听见了平原边沿的某个村子的鼓声。人们听着这鼓声从平原响起。的确，几乎每天晚上，老虎都会下来到家禽饲养场，各个村子便用湿木燃起大火，出现一个老虎，鼓声就响了起来，邻近村子里的男人们带着毛瑟枪出发，去那个受到威胁的村庄。

约瑟夫总是躺在他的长椅子上，听着鼓声的召唤。他扔掉香烟，站起身，聆听鼓声可能从何处而来。母亲也不动弹了，她从敞开的窗户凝望着那边黑黝黝的森林。鼓声不响时，约瑟夫还顶得住，然而，面对这样的召唤声，他从来不能抗拒。

“今天夜里，我要去那儿。”约瑟夫宣称道。

母亲走到约瑟夫身旁。这又要开始了。

“你不能去，”她说，“得由我来跟你说去不去，你不能去。”

“他妈的，”约瑟夫说，“咱们走着瞧。我就去那儿。”

“带我一起去。”苏珊说道。

母亲又习惯性地叫嚷起来。

“如果我发作起来，那就是你的错，这一星期已经三次了……要是我死了，你可以说你杀了我。”

“带我去吧。”苏珊说。

“他妈的，”约瑟夫说，“我不带女人去，白天还行，夜里可不行，而你，你要是大叫大嚷，我立刻就走。”

约瑟夫站起身，向下士走去，要他去找猎人，然后，他就把自己关在房间里准备毛瑟枪。母亲一直在哼哼唧唧，但是，她已经在用晚餐了。这一局已经输在前头，她继续这样是为了做做样子。苏珊待在阳台间。约瑟夫去打猎的夜晚可不像其他的夜晚，因为大家会睡得很晚。

这几天夜里，母亲没有入眠。她关注森林里所有的声音，她站起身，目光追随着夜间那乙炔灯的灯光。每天晚上，苏珊希望约瑟夫去打猎，而同时，她又希望他不杀害任何动物。

“吃饭了。”母亲叫喊道。

还有涉禽类的东西。下士的妻子端上来一些鱼和米饭。

“过一阵你该下海了，”母亲说，“涉禽肉挺有营养的。”

在灯光下，她显得脸色通红，神色疲惫。药丸开始发挥作用了。母亲打着哈欠，并发出呻吟声。

“又是一个不眠之夜，我，我是那么的疲倦。”

“这是更年期的缘故，妈妈，不用担心，我会早回来的。”约瑟夫乖乖地说道。

“这不是为了我。”母亲说，“我总是为你们感到害怕，”

她站起身，去拿了一罐咸黄油和一盒雀巢牛

奶。苏珊把一大杯雀巢牛奶放入米饭。母亲给自己用黄油涂了面包片，并把面包片浸在咖啡里。约瑟夫吃涉禽肉，是一块上好的深色带血的肉。

“这闻起来像鱼味，”约瑟夫说，“不过，挺有营养的。”

“这就应该是……”母亲说，“约瑟夫，你向我发誓，你会小心的。”

“妈妈，别担心，我会小心的。”

“今天晚上还是不去拉梅镇啰。”苏珊说。

“咱们明天去，”约瑟夫说，“再说，他妈的，又不是在拉梅镇你能找到丈夫，邮局那儿，他们都结婚了，只有阿戈斯蒂家的儿子。”

“我永远也不会把她给阿戈斯蒂家儿子那个流氓。”母亲说。

“尽管如此，”苏珊说，“也不是在这儿能找到的。”

“这是挺难的，”约瑟夫说，“必须得有钱，有人没钱也结婚了，但她们必须特别漂亮，但是，甚至这也很罕见。”

“不过，”苏珊说，“我说到拉梅镇，可不仅仅是为了这个，拉梅镇那儿人来人往，餐厅里有电灯和一台棒极了的唱机。”

“你是个一事无成的倒霉鬼，”约瑟夫说，“别拿拉梅镇来烦我们了。”

“何况这也不是一个适合年轻姑娘去的地方。”母亲说道。

母亲把吃的放在她的孩子们面前，就是每天卡车送来的面包和她不可思议地储备着的那些瑞士和美国的罐头食品。

第二天，按照许诺的那样，约瑟夫宣布要去拉梅镇，母亲跟往常一样嚷嚷起来，但是，她也不能抗拒孩子们的愿望。去拉梅镇的那天，她重新梳理了头发，穿上皮鞋，并抹了口红。约瑟夫也穿戴好。这是邮班到达的一天。去拉梅镇也就是去邮局那儿的餐厅喝上一杯啤酒。约瑟夫要下士清洗好汽车。那是一辆老旧的 B12 车，已经没有蓄电池了，而约瑟夫把他那盏乙炔灯戴在额头上照明开车；满月之夜的日子里，他就在没有灯光的情况下开车。B12 的无消声排气管唤醒了村子里所有的狗，在汽车途经时汪汪吠叫。从吊脚楼到拉梅镇这六十公里的路程需要一个半小时。

约瑟夫在餐厅前停下车。一辆非常漂亮的加长豪华轿车停在那儿。“他妈的”，约瑟夫说……然后，他们登上吊脚楼。

这是邮班邮轮到达的一天，在餐厅前，船只的灯光照亮了大海。在那也是一座吊脚楼的餐厅里，有一些海军军官和几位旅客。在一个角落里，餐厅老板身旁，小阿戈斯蒂正在喝茴香酒。这是一个科西嘉人，矮小而瘦弱，看上去体弱多病，他每天晚上都在拉梅镇，抽鸦片，喝茴香酒。他冲他们点头示意，继续说他的。老板瞧见他们便朝他们走来。二十年前，他来到拉梅镇，然后就再也没有走。这是个胖胖的、中过风的男子，他娶了一个当地女子为妻，收养了一个平原的男孩，男孩给顾客端走私的茴香酒和开胃酒，而且，在他午休时给他打扇。他总是汗流浃背。他过来握住了母亲的手。

“您的生意怎么样？”他问母亲，“孩子们呢？”

“还好，”母亲说，“还好。感谢上帝，身体都健康。”

“您有挺好的顾客啊，”约瑟夫说，“他妈的，这辆利穆新轿车。”

“是一个北方来的地主的，”老板说，“他们可是比我们有钱得多。”

“您可没什么可抱怨的，”母亲说，“您有茴香酒呐。”

“大家都以为这样，”老板说，“那是有风险的。现在，他们每个星期都来，搞得乱糟糟的。简直不是人过的日子。”

“把那个橡胶种植园主指给我们看。”母亲说道。

“就是在角落的那个家伙，在阿戈斯蒂旁边。”

是个混血儿。他在桌子上放着他的软帽。他

身穿柞丝绸西服，手指上戴着一枚华美的钻戒。

“他妈的，这枚钻戒”，约瑟夫说道，至于其他的言外之意，就是一个手势。

他们注视着钻戒，柞丝绸西服。那张脸上出过天花，还保留着痕迹。其他部分看上去瘦削而孱弱。他独自一人，讨好地瞧着苏珊。母亲看见他盯着苏珊。

“笑一笑，”母亲说，“你老是愁眉苦脸的。”

苏珊朝那北方种植园主嫣然而笑。母亲打量着女儿，发现她尽管有雀斑，但还是挺俏丽。当留声机开始旋转时，北方种植园主走向苏珊，并邀请她跳舞。一站起身，很明显，他长得挺难看。所有的人都瞧着他的钻戒，尤其是平原上的人，母亲和约瑟夫，老板和小阿戈斯蒂。这枚钻戒，就它，比平原上全部盐碱地加起来都更值钱。

“夫人，可以吗？”他问母亲。

母亲说她同意。邮轮上的一名官员已经在同拉梅镇海关职员的年轻妻子跳舞。

"我可以被介绍给令堂大人吗？"种植园主说，"您住在这一带吗？"

"当然，"苏珊说，"我们就住在这一地区，我们在平原有稻田。下面的那辆车是您的吗？"

"是我的其中一辆。我们跳完舞，您把我介绍给她，说我是若先生。"

"是一辆漂亮的车："苏珊说。

"您喜欢车？"若先生说。

"非常喜欢。"苏珊说，"这是一辆利穆新轿车。这里没有的。"

"一位像你这样美丽的姑娘待在平原想必会厌烦的。"若先生说。

苏珊没有搭腔。她在想那辆车。她想，她，苏珊，正在同拥有这样一辆车的人跳舞。她的右手，正握着那戴着钻戒的手。

"这是什么牌子？"苏珊说。

"这是一辆莫里斯·雷昂-博莱，"若先生说，"是我最喜欢的牌子。如果您高兴的话，我们可以去兜一圈。别忘了把我介绍给令堂大人。”

“一言为定，”苏珊说，“一辆莫里斯·雷昂-博莱值多少钱？”

“这是一种特别的型号，”若先生说，“专门在巴黎订购的。我花了五万法郎买下来的。”

苏珊则在想那辆价值四千法郎的B12。母亲还没有付清车款。她从来没有料到一辆车能值那么一大笔钱。

“要是有一辆这样的车，我们每天晚上都可以到拉梅镇来，”苏珊说，“这会改变我们的生活。”

“财富并不带来幸福。”若先生愁绪满怀地说。

苏珊心想她曾在什么地方听到过这个话。母亲有时说这样的话。她也说过与此相反的话，这得看她的情绪。苏珊则肯定金钱就是幸福。约瑟夫也是这么认为。

“我会继续这样跳舞。”若先生说。

他一直跟随苏珊到了母亲和约瑟夫坐的桌旁。

“我向你介绍若先生。”苏珊说。

母亲站起身向若先生问好。她朝他微笑着。约瑟夫也一样，但没有向他微笑。

“就坐在我们这一桌吧，”母亲说，“和我们一起喝点什么吧。”

“我来请客，”若先生说。他转身朝老板吩咐。“冰镇好的香槟，”他叫喊道，“我从巴黎回来后，还没有喝到上好的香槟呢。”

他粲然而笑。约瑟夫偷偷看着他。

“您从巴黎来？”母亲说。

“是的，我在这儿下了船。”若先生说。显然，他很乐意看到这番话对他们产生的效果。

“那是一辆莫里斯·雷昂-博莱。”苏珊对约瑟夫说。

约瑟夫显得振作起来了。

“有多少马力？”

“二十四。”若先生漫不经心地说。

“他妈的，”约瑟夫说，“二十四马力。毫无疑问，有四挡速度啦？”

“是的，四档，”若先生说，“可以极其快速地启动。你们开的是什么车？”

“他妈的。”约瑟夫说。他笑了起来。“我们的车，那可不值得一提。”

“那还是一辆好车。”母亲说，“一辆对我们很有用的性能挺好的老车，不应该说它不好。在这些道路上走，这辆车足够了。”

约瑟夫神色不悦。

“他妈的，”他说，“我看也不是你在开这辆车。您的车一百公里耗多少油？”

“在公路上，十五升。”若先生说，这场对话开始使他感到厌烦。“我想雪铁龙耗油少些。”

苏珊的眼睛闪闪发亮，她非常满意若先生的回答在约瑟夫和母亲身上产生的效果。更何况香槟酒对母亲、约瑟夫和苏珊起作用了。约瑟夫使劲大笑。

“我们的车，它可是一百公里耗油二十四升。不过，油箱破了，所以，这是可以解释的。”

约瑟夫的笑声是富有感染力的。母亲变得满脸通红，纵声大笑。

“哈！哈！”母亲说，“只是油箱，要是只是油箱问题倒好了。”

苏珊无法抑制地狂笑。约瑟夫和母亲笑得人都摇晃起来了。

“还有蒸发器。”苏珊说。

“要是只有油箱和蒸发器的话也好。”约瑟夫说道。

若先生试图笑笑。他觉得他们已经把他忘了。母亲那粗野的笑声使她的乳房抖动起来。

“要是仅此而已也就罢了，”约瑟夫说，“可是，还有这，我们的轮胎，我们放了……放了……我们就是带着有窟窿的轮胎上路。”

每次，都是一阵大笑把他们仨笑得身子摇晃。若先生显得愉快而又窘迫。

“猜猜看我们轮胎里放了什么开车上路的。”苏珊说道。

“猜猜，”母亲说，“哈！这真是好笑。”

老板已经又拿来一瓶香槟酒。小阿戈斯蒂听见他们的对话，狂笑起来。老板也笑了。母亲、约瑟夫和苏珊笑得喘不过气来。所有的人都注视着他们。别人听不清他们在说什么。

“是自行车轮胎吧。”若先生一边说，一边倒香槟酒。

“哈，哈，”母亲说，“根本不是，根本不是……”

“是香蕉叶子。”苏珊说。

“我们把香蕉叶塞满轮胎……”

“只有我们……”母亲说，“只有，只有约瑟夫想得出这个主意。”

若先生开始笑开了。约瑟夫笑得喘不过气来。他们三人这样哄笑是很少见的，然而，一旦发生，他们很少能停下来。若先生显然已不再想邀请苏珊跳舞。他等着这一切过去。

“这真是别出心裁，”若先生说，“就像在巴黎人们说的那样，不可思议。”

但是，他们并没听他讲。

“我们旅行的时候，”约瑟夫说，“我们就把下士绑在挡泥板上，拿着水壶。”

“别说了，别说了。”母亲说，“啊哈哈。啊！这可真棒。”

“然后，我们用铁丝把门拴住，”苏珊说，“因为，因为……”

“因为没有把手。”

“我们甚至再也不记得是怎么样的了。”母亲说。

“我们不需要把手，”约瑟夫说，“完全没有用的。”

“住嘴，约瑟夫，”母亲说，“别说了，我喘不过气了。”

“碰巧能碰到像你们那样快活的人真令人高兴。”

他们又笑了起来。

“像我们这样快活。”母亲说，装出窘迫的样子。

“他说我们快活。”苏珊说，“看得出他不明白，他不明白。”

“要是他知道的话。”约瑟夫说道。

约瑟夫现在可打开了话匣子。

“如果仅仅是蒸发器、油箱、轮胎，”约瑟夫说，“如果仅此而已……”

母亲和苏珊盯着约瑟夫。她们不知道他将说出什么。甚至在说出来之前，他已经想笑了。

“如果仅此而已，那也没什么。”

“怎么？约瑟夫，快说。”

“还有堤坝，”约瑟夫［说］，“螃蟹把我们的堤坝凿穿。”

苏珊和母亲又大笑起来。

“这是真的，”母亲说，“甚至连螃蟹……”

“甚至连螃蟹也跟我们作对。”苏珊说。

“我们堤坝的故事，很值得说说，”约瑟夫说，“这么说吧，这故事有意思。大家都信赖我们，然后，当海水涨潮时，堤坝就成了一个漏勺。”

“啊，真是的，”母亲说，“甚至连螃蟹。啊，是的，连螃蟹。”

约瑟夫用手指做成螃蟹状。他们一直因为大笑而身子摇晃。约瑟夫，用两个手指模仿螃蟹行走的样子，向若先生那儿挪。

“螃蟹把我们全部财产都吞噬了。”苏珊说道。

“啊，你们真逗。”若先生说，“你们可真是太有趣了。”

他笑了，但是他宁愿同苏珊跳舞。

“我们堤坝的故事妙不可言，”约瑟夫说，“我们什么都想到了，但就是没有想到螃蟹。我们挡住了它们的路。”

笑声停了一会儿。

“是些小螃蟹，”苏珊说，“是黑色的，像稻田的颜色，它们生来就是为我们的，只有我们……”

笑声又响了起来。

“就这点来说，还真是。只有我们。”

“这堤坝是用来……”若先生说道。

“用来抵挡海水，”苏珊说，“应该告诉你，我们买下了海水，这是任何人都不会有的主意，不是吗？这是我母亲的主意。”

母亲变得神色严肃起来。

“闭嘴，要不我扇你耳刮子。”

若先生吓了一跳。但是约瑟夫则表示同意。

“完全是水，”约瑟夫说，“我们稻田的故事简直滑稽得令人捧腹大笑，我们就在那儿像傻瓜似的等着水退去，我们被拖垮了。就是盐碱土上的水。我们买下时……”

约瑟夫点起一支烟，并没有给若先生。若先生拿出一盒美国烟，并请母亲和苏珊抽。母亲和苏珊热切地聆听约瑟夫说话。

“我们买下这块地的时候，以为一年内就会成为百万富翁呢，”约瑟夫说，“这想必能行。我们建造了一所房子，然后，我们等着秧苗生长，然后，海水涨了，然后一切都完了，然后，现在我们就在这儿，在那甚至还没有完工的房子里等待救世主。”

“房子里面也下雨，而且，没有栏杆。”苏珊说。

母亲又笑了，她已经忘记了刚才对苏珊发脾气。

“若先生，别听他们说的。”她说，“这房子或许是没有栏杆，但还是一所好房子，如果我把它卖掉的话，我可以卖个好价钱，我肯定可以卖三万法郎。”

“你尽管可以这么说。”约瑟夫说，“谁会买这个破房子？除非像我们这样的疯子。”约瑟夫说道。

苏珊开始紧张地微笑，望着远处。

“的确，我们疯了。”苏珊精神恍惚地说道。

“完全疯了。”约瑟夫说。

“二十世纪新闻”笔记

根据出现在封面上的亲笔批注，四本《战时笔记》里的第二本名为《“二十世纪新闻”笔记》。（我们可以猜测这是玛格丽特·杜拉斯为她同丈夫罗贝尔·昂泰尔姆一起创建于1947年，最后被命名为“万国城出版社”的那家出版社所做的名称的研究。）这是玛格丽特·杜拉斯在《痛苦》的序言里提及的“在诺夫勒城堡的蓝色壁橱里两本笔记”中的一本。很可能撰写于1946年至1948年间。

在蓝灰色硬纸封面的这部薄薄的划了线的四十四页笔记里，前十二页用于撰写玛格丽特·杜拉斯唯一的一本未完成的小说《泰奥多拉》。尽管它在年代顺序上是《战时笔记》里最晚的作品，但出版时并没有被考虑作为第五本题名为《〈泰奥多拉，小说〉笔记》。确实，这部作品的草稿写于1947年，构成一个完整的整体——不仅包括这部笔记的内容，而且有一百来张打字页，上面有好几层先后修改的痕迹。此外，同《战时笔记》不一样，玛格丽特·杜拉斯明确表示拒绝以她认为的这种根本不完善的形式发表作品。然而，于1979年，她还是在《文学新闻》发表了其中的一个片段，并加上如下这段引言重新收在集子《外面的世界》[1]里。“我以为已经烧了小说《泰奥多拉》。我却在蓝色壁橱里又找到了它，没有完成，也完成不了。《文学新闻》要求我写一篇有关旅馆的文章，我就给了《泰奥多拉》的一个片段。”

然而，泰奥多拉这个人物，一个显然不同寻

1 《外面的世界》，P. O. L. 出版社，. 巴黎，1984年，第293页。——原注常地爱着自由的年轻女子，隐隐地贯穿着她已发表作品中的一个部分。阿莉萨，《毁灭，她说》[1]里的中心人物，可以被视为泰奥多拉的化身；特别是，这个以同样的名字出现在作品《杨·安德烈亚·斯泰奈》[2]里的人物证实了与《战时笔记》清晰的前后演变关系。从那以后，被取名为泰奥多拉·卡茨，她又借用了在《笔记》里提及的卡茨夫人的女儿的主要特征。就是这同一名年轻姑娘，在《痛苦》[3]里名叫让妮娜，作为叙述者的"女友"，可能"与罗贝尔的姐姐玛丽-路易丝一起被关进拉文斯布吕克[4]"。在《杨·安德烈亚·斯泰奈》里，同名人物与叙述者的对话避开了这最初的断言，并赋予

1 子夜出版社，巴黎，1969年。——原注

2 P. O. L. 出版社，巴黎，1992年。——原注

3 《痛苦》，伽里马出版社，"Folio"本书，1993年，第57页。——原注

4 拉文斯布吕克：纳粹德国时期集中营，主要关押女人、儿童和青少年。位于柏林以北80公里菲尔斯滕堡附近的沼泽地中央，靠近拉文斯布吕克村。1934年起建立。生活环境极其恶劣，数万被关押的犯人死于该营。

泰奥多拉以相互矛盾的生平经历，这些生平经历被置于回忆同时又是虚构的氛围中。

以下由玛格丽特·杜拉斯编号的笔记中的篇页包含了后来成为《痛苦》开头的部分。出版期间，这些用纤细而密密麻麻的字体写就的篇页的主要部分被作者保留（除了——主要是——反对天主教教会和戴高乐将军政府的那些最辛辣尖刻的段落）。页边空白出现的玛格丽特·杜拉斯用红色毡笔书写的批注，证明她数十年之后重读了自己的手稿。这部当时被她以“日记”这样的词语定义的文本是在它所叙述的事件发生之后撰写的；手稿显示，标明的日期很可能是初稿后添加上去的。大幅度删节和修改的第224页至226页成为1976年在《女巫》杂志上匿名发表的《关押期间没有死》的第二个片段的一个组成部分。

就在进入旅馆餐厅后不久，我们看到了贝尔纳在受处罚。由于女管家和她照看的其他孩子所占的桌子与我们的桌子最邻近，我们不可能不格外注意到这一点。泰奥多拉是在我来后三个星期到旅馆的，对于女管家及她与孩子们相处的方式，她没有我那样全面的经验。由于实际情况，虽然我同她谈起过，泰奥多拉对女管家给予贝尔纳的惩罚不可能和我一样敏感。其实，我们对彼此都有某种看法，如果我们装作完全互不相识，我们这么做的意愿，可能只向她一人证明，我们远不是无动于衷的。这种情况是因为（至少最初是）我们找不到互相攀谈的任何借口。三个星期后，这找不到借口的借口成了互不攀谈的又一个借口。不再有什么理由。我们互相成了我们缺乏机敏的活生生的证明。但是，这样彻底的缺乏交流并不能妨碍我注意到，譬如孩子们的完善的教育。至少，用餐时，他们的行为是规范的。对贝尔纳的惩处如命中注定似的每周四次，这比他在用餐时的举止是否无懈可击更使我感兴趣。我觉得如此完美的举止令人生疑，而且与这男孩经受惩罚的原因不无关系。

然而，我有看法。女管家想必知道我有看法。她并不知道是哪一种。我也不知道惩罚的理由。但是，我们仍然有我们的看法，而且我们不可能摆脱这些看法。

惩罚以一种令人瞩目的规律性落在贝尔纳的身上。他把惩罚当作义务那样承受，而且，一点也不显得为此而痛苦。当女仆热尔梅娜给他拿来盘子时，是他自己把盘子推开。这些惩罚的方式从来没有差别，但看来没什么用，因为在三个星期期间，这些惩罚的节奏始终如一，如同它们的性质，如同女管家滥用惩罚时的冷漠，以及贝尔纳承受这些惩罚时的无所谓。

但是，不管怎样，看到，并再一次察看到贝尔纳又一次被惩罚时，我感受到一种快乐。看到这一切在继续而从中得到的乐趣无疑是微小的，但却是确切的，因为这越是继续着，那么很可能还会继续下去。的确，这总是令人愉快的，而且这类观察有某种好处，也许，因为，通常结果都不好。我几乎可以肯定，贝尔纳总是为了唯一而同样的原因受惩罚，于是，我寻思，这个原因大概值得一罚。这个原因也许只是要看看女管家什么时候停止惩罚他，看看她什么时候开始厌烦，这不是不可能的。这个原因并没使我不高兴。如同我曾经希望在我生活中可能继续的事物具有无限性，其中就有，我一边经历战争，一边希望战争不会结束。同样，我有一只老猫，它已经超过猫的平均死亡年龄两年，这使我很高兴，人们也许忘记了这只猫，我暗想，它，这只猫不会像寻常那样死去，我无微不至地照料它，比对一只猫的照料要仔细得多。我很清楚它总有一天会死的，当然，但是，我知道这一点正如别人知道那些事情一样，同时希望着也许……虽然对贝尔纳的惩罚是另一范畴，实际上，那些惩罚只取决于他的女管家（而战争的结束、我的老猫的去世当然取决于别的东西），完全属于另一种性质，但它给我带来了一点同样的乐趣，就是不知道这一切会怎样结束的乐趣。我知道我会感到失望。因为，如同战争结束了，我的老猫死了，同样，这些惩罚也将结束。而且，不管以什么样的方式结束，我都将感到失望。不过，在此期间，多么快乐啊！（终于，直到泰奥多拉的到来。）当我发现贝尔纳碰都不碰他的苹果挞或巧克力蛋糕时，我以某种方式向他微笑，尽可能不被人看见，因为，虽然女管家越来越避免注视我，尤其在贝尔纳受罚的时候，但我怕她看见我微笑。她清楚地知道我笑了，因为贝尔纳无疑以几乎觉察不出的微笑回应我了，而不是为了熟识他的她而笑。如果说他向我微笑，既然他有教养，既然她曾教导贝尔纳，一个男孩不应该主动对大人微笑的，那么如果说他对我笑了，她就知道这是因为我对贝尔纳笑了。但是，还不够明显到让她可以提醒我举止不得体。对她来说，最好就是假装不知道我和贝尔纳之间的默契。因为，如果她盯着我，那么只能是严厉的。显然，她不情愿这样，这样就表明她是对的，也使我相信她在违心地扮演她的角色，最终，相信她并不是不怀疑她给贝尔纳惩罚的有效性。

同样，我按我的方法来鼓励贝尔纳，赞同他，劝告他重新开始，向他表示我的赞赏，并相信他尝试的成功。

这天晚上，我们的默契终止了，以一种我们俩都没有料到的方式结束了。

这天晚上，当泰奥多拉和我到餐厅时，我注意到女管家异常固执地盯着摩尔太太的背。的确，摩尔太太直接处于女管家的视野里，而且，她坐在那儿，而摩尔太太正背向着她，这事儿就更方便了。这种故意显得好奇的眼光，在我初到旅馆期间也许会使我相信，女管家在寻思摩尔太太为谁戴孝。但是，很快，我就暗自思量，她不可能不知道摩尔太太在为她丈夫服丧，陪伴她的泰奥先生是她丈夫的兄弟，因为热尔梅娜为人宽厚，懂得人们对吃饭时的邻座的好奇心会变得过分，如果这好奇心持续下去，甚至会令人难受，那么，女仆的职责就需要谨慎地应付这类事情的发生，热尔梅娜应该已经把情况告诉她了，她是知道这些的，因而，如果她和旅馆里的其他人一样，知道摩尔太太正在戴重孝，而且，她并不与泰奥先生同住一室，尽管有人可能巴不得这样，如果她知道了这一点，却仍然如此固执地盯着摩尔太太的背，是因为贝尔纳又一次受了罚，因为她又一次知道我瞧见了男孩盘子里那原封未动的苹果挞。

我就顺便跟泰奥多拉谈起这些。这天晚上，我高兴地看着贝尔纳受罚，还高兴地得知泰奥多拉对此会有什么看法，因为像我那样了解泰奥多拉，深知她对贝尔纳的这种强烈的企图心不可能无动于衷。我预料到她从中会得到那种乐趣，而且必然会改变我的乐趣的性质。随着泰奥多拉的到来，某一个时期，那个我们也许可以叫作我与贝尔纳的完美默契时期结束了。我乐意地提前看到泰奥多拉经历着和我一样的阶段。从此以后，我的乐趣就是观察一个泰奥多拉面对贝尔纳受到的那些不可思议的惩罚，会有怎样的态度，必然同我的态度不一样，但是，不管怎样，她的态度也许会使我感到快乐。因为，很久以前，泰奥多拉就已经是我的乐趣所在；不管她做什么，不管她对我做什么，她任何一句话，任何一个行为，即使（通俗地说）一言一行都是针对我的，都只能给我带来乐趣，没有别的。

玛丽也不吃苹果挞。事情是最近发生的，她仿佛从我一直把她安放的次要位置上再现了活力。玛丽不吃的时候，女管家就特别认真地吃，跟奥蒂尔一样。泰奥多拉还什么都没有注意到，这倒使我便于观察这个场景。玛丽不吃东西。她似乎不知道在她的盘子里有什么东西，然而女管家像平常一样给她端上来，但是，她现在就好像是完全不把吃放在心上的人。在她面前，贝尔纳也不吃东西。我第一次没有对贝尔纳微笑，他则瞧都不瞧我一眼。显然，他嫉妒了，他觉得自己被抛弃了，因为他不再使我感兴趣了。

玛丽一动不动，盯着餐厅的分枝吊灯看。她很美，至少有十八岁了。她大概很会接吻。她的眼睛是绿色的，闪闪发亮，连衣裙是红色的，就是那样。在她的红裙子和绿眼睛之间，有一种固定的、静止的和谐，如同一个被提出的问题，而寻求这个问题的答案则落在我身上。玛丽是那么美，我寻思她是否不如正在展开的场景那么美，她是否同那场景的美不相上下。现在，泰奥多拉已经注意到玛丽使我感兴趣。我忘不了泰奥多拉，永远不会。但是，对我来说，玛丽是美丽的。“并不是只有泰奥多拉，我也是美丽的。”确实如此，这个晚上之前，没有注意到玛丽，我是有责任的。尽管泰奥多拉的在场同玛丽新近的态度不无关系，但她与此毫不相干。泰奥多拉是存在的。像平常一样，她不跟我说话。很久以来，我们之间没什么可说的了，除了有那么几次，而且总是同一个话题。我正注视着玛丽的眼睛。泰奥多拉只能随我意，她总是随我的意，没有任何东西会使得她不同意。玛丽不赞同。

“玛丽，您不吃吗？”女管家沉着而高声地说道。

玛丽绿色的眼睛从分枝吊灯移到女管家的脸上。她说：

“不吃。”

女管家脸色有点发白，但是，依我看，还不够。

“玛丽，您这是第一次不吃东西，您病了吗？”

玛丽向女管家莞尔一笑。我几乎可以肯定，为了讨我喜欢，她在使自己同贝尔纳的受罚关联起来，因为，她注意到了某些事情：有人拒绝惩罚，这让我高兴。她的笑容是真实的。

“不，小姐，我感觉很好。”

现在，泰奥多拉和我一样关注这一场景，如同我忘记了她一样，她忘记了我。女管家怒形于色。

她的双手颤抖不已。她紧盯着，但是，我们已经那么习惯被人盯着，这根本不会使我们低垂下眼睛。

“玛丽，晚餐后，您就上楼睡觉。”

玛丽笑得更欢了。她的眼光又返回到分枝吊灯上。玛丽说道：

“不。”

如同她的美貌对我的冲击一样，我觉得玛丽的拒绝也是冲着我来的。不一定所有的人都听见这个“不”，因为说得很低声，而且，正值我无法把眼睛从玛丽的嘴移开之际——这就让我看见了这个“不”，而不是听见了这个字。如果玛丽声音清晰地说出这个字，那性质可能也不一样，我不会去想她是否只是对我说的，我也不会把这个拒绝当作对我的挑衅。如果这个字是说给大家听的，玛丽就不会突然把自己的全部展现出来，像她刚才那样用乳房、嘴、眼睛、头发，各种各样、丰富多彩的形态融化成唯一一个适合我的女人。也许，在说这个“不”字时，她已经怀疑自己是否有这个权利，然而，一旦说出了这个字，她大概就为此而感到自豪，仿佛立了功似的。一瞬间，我不知道我在内心给这个人留了一个位置，我觉得仿佛骤雨过后凉丝丝的。她青春年少，她还相信这值得拒绝，她就像一株正在寻找阳光的植物。她对我很适合。

玛丽回答了女管家后不一会儿，摩尔太太匆匆地从餐厅走出去。没有人注意到她的离去，甚至连一直在面无表情地瞧着玛丽的贝尔纳也没有注意到。我之所以注意到，是因为玛丽的面部表情。在我身边，我不看也猜到是泰奥多拉的影子，泰奥多拉那冷冰冰的影子。

现在，女管家脸色苍白得变了样。

“玛丽，你马上出去。”

玛丽看着女管家，目不转睛地盯着她。女管家顶住她的目光，但嘴唇在颤抖。

“不。”玛丽说道。

某人在对她的孙女说：“别看。”是布瓦太太。

这是该说的，完全应该说的。但徒然而已，因为布瓦太太继续在看，那么，她孙女也继续瞧着这一幕。不过，这是该说的。

女管家笑开了颜，表露出像一个女性受到性侵时一样的无所适从。当着我们的面，她的脸变了样，同时，她的失败已成定局，而且变得极其彻底。玛丽身上充满神秘。她拒绝并不屑于做出解释。她拒绝一切。她不仅拒绝了吃苹果挞，拒绝服从女管家，而且拒绝所有别人可能向她提出的一切。既然她开始拒绝，她就会拒绝一切。泰奥多拉知道这一点。我看着她的时候，我知道，她知道这一点；她静静地、不停地笑着，没完没了，没完没了。

女管家走了。她站起身，慢慢地推开椅子，走了，身后跟着奥蒂尔。贝尔纳好像在犹豫不决。我觉得他在玛丽身上寻求自己应该采取何种态度的建议。但是，玛丽似乎并没有觉察到贝尔纳还在那儿。她开始耍弄套餐巾用的小环。

于是，贝尔纳站起身，对于自己不是游戏中真正的赌注感到有些失望。玛丽目不转睛地瞧着在要弄套餐巾小环的双手，我们看不见她的眼睛。她独自一人坐在桌旁。

“现在，吃吧，”泰奥多拉说，“我要是您的话，我还是会把它吃了。”

玛丽惊跳起来。谁在说话？

“为什么？……”玛丽说，“我不想吃，不然，我刚才就会吃了。”

“对不起。”泰奥多拉说道。

玛丽走出餐厅。她满脸通红，好像就要哭了。她步履蹒跚地走了出去。

“去安慰安慰她吧。”泰奥多拉说。

我走了出去，我寻找玛丽。因为我有些事儿要告诉她。马上要说。过一会儿，就会太迟了。我发现她坐在院子里一条长椅子上。她在哭泣。

“请原谅泰奥多拉，她并不想让您不开心。也许她无意中让您伤心了？”

“我之所以拒绝这挞饼，”玛丽说，“是因为我有充分的理由这么做，这与任何人无关……我不明白她怎么可以……”

“请相信，她完全知道这一点……她并不想说她刚说了的那些话，而没有说些别的……”

“我不认识您。她知不知道，这都毫不相干，对我来说，想必也无关紧要。我们彼此并不认识……”

“那么我该替您对她说些什么呢？”

“我不明白。”玛丽说。

“我是应她的要求前来请您原谅她。我不知道回到餐厅后对她说什么。”

“得了，”玛丽说，“您很奇怪，我根本不认识她嘛。”

“您不能理解……”

“确实，她是那么美。”玛丽语气迷惘地说。

“告诉我，这一切好像让她挺开心的，是吗？”

“这一切都使她高兴……我该替您跟她说些什么呢？”

“这个小姑娘，她挺滑稽的。”泰奥多拉说了。

她想马上就上楼到卧室去。她直躺在床上。她伸伸懒腰。她好像挺困的。

“我知道，这一切都很傻。”我说道。

“永远也没个完。”泰奥多拉说，“你认为我让她伤心了？”

我们的房间一片寂静。我们的生活一片寂静。百叶窗敞开着。天色已黑。黑夜。黑夜。

“别想这些了，”我说，“我知道这一切都很傻……你大概使她感到某种不愉快，但是，那有什么要紧的……”

我叫泰奥多拉脱下衣服，睡觉。她没有回答我。泰奥多拉一动不动，眼睛紧闭，躺在床上。外面，沉沉黑夜。镜子里，我的脸惨白惨白的。

“永远没个完。”泰奥多拉重复说道。

第一部分：餐厅——庭园——T［送给］M 的鲜花——主人公和玛丽。

***　***

面对壁炉。电话机在我身边。右侧，客厅的门和走廊，走廊尽头是大门。他也许会直接回来。他会按响门铃："谁在那儿？""是我。"他也可能一到接待中心就打电话来："我回来了，我正在吕苔西亚旅馆办手续。"不会有前兆。他一到就会打电话。这是可能的事情。他还是死里逃生了。他并不是特殊情况，他没有什么特殊的理由不回来。他也没有理由一定回来。他可能回来。他会按门铃："谁在那儿？""是我。"在这同样的情况下，发生了不少别的事情。他们终于渡过了莱茵河。阿夫朗什[1]

1　法国西北部芒什省城镇和港口。

的防御工事连接点终于炸毁了。我终于活到战争结束。如果他回来，这不会是什么离奇的事情。要注意：这并不奇怪。“喂？”“谁呀？”“是我，罗贝尔。”这很正常，并不奇怪。得好好注意别把这变成一桩异乎寻常的事件。奇特的事情是出乎意料的。要保持理智。我是明白事理的。我正在等待应该回来的罗贝尔。

电话响了：“喂？”“喂，您有消息吗？”两个时段。第一时段：电话铃响了，等待铃声响起不是没用的，电话就是用来响的。第二时段：该死的。简直想杀人。“没有任何消息。”“什么也没有吗？没有任何迹象吗？”

“没有。”“您知道昨天下午贝尔森[1]被解放了吗？”“我知道。”沉默。我是否要再问一问？好了，太迟了，我已经脱口问道：“您对此有什么想法？我开始感到担心了。”沉默。“必须等待，尤

1　德国下萨克森州地名。

其不要气馁，挺住，唉，您不是唯一的……我认识一位有四个孩子的母亲，她……”必须打断这话头：“我知道，请原谅，我得出门了。再见。”完了。我放下电话。我原地不动。不应该动得太多，这是浪费精力。要养精蓄锐准备经受痛苦。她说：“您知道贝尔森已经解放了？”我并不知晓。又一个集中营被解放了。她说了：“［字迹不清］昨天下午。”她没有说起这件事，但我知道名单明天即到。下楼，买报纸，付钱买报，读名单。不。我仿佛听见两边太阳穴跳动声越来越强了。不。我不会读这份名单的。我将要求别人读名单，要求别人通知我，万一……首先，读名单的方式，我已经试了三个星期，没有恰当的方式。而且，名单越多……不，没有名单，看得越多，就越少……名单将不断公布，直到……直到最后。他不会在那上面……是时候该挪动一下了。站起身，跨三步，走到窗前。医学院依然在那儿，即使……路上的行人，他们依然在行走……就在我将获知之际，依然有行人……这就发生了。死亡通知书。已经通知了……“谁呀？”“区政府的社会福利员。”三个孩子的母亲已经得到通知了。太阳穴继续跳动得如此厉害。第一，要制止太阳穴的跳动，我会因此而死掉。死神就在我身上——它在我太阳穴那儿跳动——他们不可能弄错——让太阳穴的跳动停止下来——让心脏跳动停下来——让心平静下来——它不会自己静下来的，必须要帮助它平静下来——要制止理智的出轨，它正在逃逸，在离去——我穿上大衣。楼梯平台。楼梯。“您好，昂泰尔姆太太。”女门房。她并无异常神情。街道也无异常情况。外面，还是四月，仿佛什么也没有发生。我心不在焉地在大街上走着，双手舒服地插在口袋里，双腿向前迈。避开报亭。避开接待中心。盟军在所有战线上全面挺进。这在几天前还很了不起。现在则已无关紧要。我再也不看公报。完全没用。他们将挺进到底。纳粹的秘密要充分公之于世。四月，这将在四月发生。盟军在德国势如破竹。柏林在燃烧。苏联红军在南部节节取胜。德累斯顿[1]被攻克。每条战线上，盟军都在向前挺进——渡过莱茵河，这是意料中的。战争的重大日子：雷马根[2]。是从那儿开始了以后的事情。自从艾森豪威尔[3]在布痕瓦尔德[4]晕过去以后，三百万妇女和我一样对战争的结局已经不在乎了。在某个壕沟里，脑袋向着地面，双腿蜷曲，两臂伸直，他快要死去。我看见了。一切。他饿死了。他的骸骨在布痕瓦尔德成堆的尸骨中。天热了。也许他已经开始腐烂。在旁边的大路上，盟军正在各条战线全面挺进。他已经死了三个星期。好了。我坚信着。双腿继续在向前迈步。更快。他的嘴微微张开。那是夜晚。死前，他曾想起了我。苦中之乐。街上有太多的人。我希望在广阔的原野

---

1 德国城市。在莱比锡东南，跨易北河。

2 德国城市。位于莱茵兰-法尔茨州。

3 艾森豪威尔（1890—1969），第二次世界大战时盟军最高司令，1953—1961 年任美国第 34 位总统。

4 纳粹德国设置的最早和最大的集中营之一，在魏玛西北 7 公里的山林中。

上向前行走，并能自由地思想。那整条大路，从头至尾，沿着德国的所有大路，尸横遍地，姿势几乎都同他相似。许许多多。成千成万的人和他。包含在那成万成千的其他人的他，他，在这世上，唯有对我来说，远远超过成千上万的其他人，他是独特的，完全不同于其他成千成万的人。在人们什么也不知道的时候可能知道的一切，我都知道。德国人把他们疏散，然后，在最后一分钟，杀死他们。就这样。一般的数据。战争，就是一般的数据。战争。战争的需要。死亡，就是战争的需要，是一般的数据。

他叫着我的名字死去的。他会叫唤别的什么名字呢？战争：一般的数据。我并不沉浸于一般的数据中。那些沉湎于一般的数据中的人与我没有丝毫共同之处。没有人与我有共同之处。街道。街上有人在笑，尤其是年轻人。我只有敌人。已是夜晚，我该回去了。另一边，也是夜晚。黑暗弥漫在壕沟里，他的嘴在黑暗中。红红的太阳在巴黎的上空。六年的战争结束了。重大的事件，厚重的历史，我们将谈论二十年之久。德国纳粹已被挫败。刽子手们已被击溃。他也一样，就在壕沟里。我被打碎了。犹如某样被撕毁的东西。我无法停止行走。我像干沙那样干枯。壕沟旁边，是艺术桥的栏杆。塞纳河。确切地说，在壕沟的右侧。某种东西把它们分开了：黑夜。艺术桥。我的胜利。在这世界上，没有什么东西是属于我的，除了壕沟里的这具尸体。曾有过童年。曾有过幼年。这是夜晚。这是我的世界末日。所有的人我都不放在眼里。我并不死在什么人的怀里。我的死非常简单。我将有丰富的阅历——这引不起我的兴趣——我将死去的时刻也引不起我的兴趣。在生命走到尽头时，我并不与他重聚，我不再等待他。安安静静的。我将先告知D："还是死了好，您会怎么处置我？"我将巧妙地使他觉得，我就是个活死人，生不如死；然后，死亡只是减轻痛苦。我就这么盘算着。没有力气为D而活着。该回去了。D在等我。已经八点半了。

“没有任何消息？”“没有。”他不再问我身体怎样，也不再向我问好，他说：“没有任何消息？”我说：“没有。”我去坐在靠近电话机的长沙发上。我沉默不语。我知道D惴惴不安。当他不看着我的时候，就显得心事重重。已经一个星期了。我发现他在自我排解。我对D说：“跟我说点什么吧。”还是上个星期，他笑嘻嘻地对我说：“您有点精神失常了，您不应该这样担忧。”现在，他则对我说：“没有任何理由……理智些……”他不再笑容可掬，而是微笑着，他的脸是紧绷绷的。然而，没有D在我身旁，我感觉自己也许无法坚持下去。我们打开了客厅的灯。D在那儿已经有一个小时。大概是晚上九点钟了。我们还没有用晚餐。我们彼此什么也不说。D坐在离我不远的地方，我始终坐在沙发那同一位置。我望着黑色的窗户外一个固定点。D看着我。有时，他说：“行了。”于是，我看着他。他就对我微笑。然后，我看着窗户。上个星期，他还拉着我的手，拥抱我，他发自内心地对我说："罗贝尔会回来的，我向您发誓。"现在我知道，他在寻思是否还值得抱有希望。有时，我说："对不起。"他就微微一笑。一小时后，我说："怎么会没有一点儿消息呢？"他对我说："还有成千成万的人在那些盟军还没有到达的集中营里。""盟军已经到了所有的集中营，到处是美国人和英国人。""您要怎么通知您呢？""可以写信。贝尔纳家收到了他们女儿的消息了。"这样的谈话持续了很长时间，直到我要求 D 向我肯定罗贝尔会回来的。"他会回来的。"D 对我说。然后，他对我说应该吃点东西。我到厨房去，把土豆放进锅里，锅里再放上水，点燃煤气，我把锅放在煤气上。我歪着脑袋，前额靠在炉灶边缘，越来越用力地靠在上面。我闭上双眼。我纹丝不动，前额抵在炉灶边缘。静默。D 在房间里，毫无动静。煤气燃烧的声音，完了。哪儿呢？他在哪儿？他究竟身在何处？在哪儿呢？见鬼，哪儿？黑黢黢的壕沟——死了有半个月了。他的嘴微微张开。大路上，在他的身旁，全线挺进的盟军队伍走过去了。死了有半个月了。十五个夜晚十五个白昼以来，他被弃于壕沟里，脚掌光着。雨水、阳光，胜利的军队扬起的尘土落在他的身上。已经十五天了。他的双手张开着。他每只手都比我的生命更珍贵。我熟悉他的手。只有我以这样的方式熟悉它们。我叫了起来："D！"客厅响起缓慢的脚步声。D来了。他走进厨房。我感觉到在我的肩上有一双温柔而坚定的手，把我从炉灶那儿拉开。我靠在D的身上。

我说："真可怕。""我知道。"D说。"不，您不可能知道。""我知道。"D说，"但是，试一试……我们什么都能做到。""我无能为力了。"D的双臂围着我。他更用力地抱着我，比话语有力得多，这给人以慰藉。在D的怀抱里，有时，我可能会以为感觉好些。有一分钟觉得呼吸畅通。我们坐下用餐。两只盘子放在厨房的桌子上。我从壁橱里拿出了面包。放了三天的面包。停顿一下。我对D说："面包已经有三天了。现在这个钟点，所有商店都关门了……"我和D面面相觑。"您说……"D说。说起这面包，我们想着同一件事。我们开始吃饭。我们坐着。面包块在我的手里，我瞅着它。我想吐。死亡面包。他没有吃到的面包，因为缺少面包使得他丧了命。我的嗓子被封闭住了，连一根针都穿不过去。面包，他吃不到的面包的滋味。直到一个月前，大家都不知道，然后铺天盖地的照片：尸骨堆。尸骨堆被揭示出来。我们了解他们食物的配给量。我们在吃面包的时候，他们吃不到面包。我甚至不去追溯德国人。贴近地面的是尸体，几百万的尸体。人们收获的不是小麦，取而代之的是尸体：拿吧，吃吧，这是我的身体。有些人还相信这个。在奥特叶，有人仍然相信这个。阶级斗争。死者的阶级。唯一的慰藉：全世界的死者，团结起来！替我把那个人从十字架上取下来。基督徒是唯一不分享仇恨的人。国土解放时期，杀戮的时刻来临之时，他们就已经在鼓吹宽容，宣扬原谅罪孽。神职人员拿着面饼：拿吧，吃吧，这是我的身体。农业工人的面包。总是在厨房吃饭的女仆的面包。“我们有个女仆吃得比她食品配给证的量还要多！夫人，您想想，这些人太可怕了。”但这是他们挣来的面包。资本主义老子为他心爱的子孙后代付钱买来烤熟的面包，此时此刻，他的子孙后代对战争感兴趣。苏维埃战士的沾有泥土的面包，围绕着他的故事，那也仅仅是革命国家的面包。我瞅着面包：“我不饿。”D停下不吃了：“要是您不吃，我也不吃。”我就细嚼慢咽，为了让D吃。走之前，D对我说：“答应我……”我答应了。当D说：“我该回去了”，我希望他已经回去了——希望他已经走了，而我不需要再去把门关上。

D走了。整个套间在我走步时发出咔咔声响。我一盏一盏地把灯灭了。我回到自己的卧室。我走得很慢。现在的问题是睡觉。如果我不注意，我就无法入睡。如果我彻夜不眠，那么第二天的情况就更糟糕。当我睡好了，那么早晨，有一个小时的时间，情况还不错。每当我睡的时候，就是睡在黑沉沉的壕沟里，在死去的他的身旁。

我去奥尔赛接待中心。我费了好大的劲把《自由报》的寻人处安插在这个中心里。有人对我推托说这个寻人处不是官方机构，作为拒绝的理由。情报和行动总局已经设立在那儿，他们不愿意让位给任何人。起先，我用假证件悄悄地把寻人处安顿下来。我们得以收集到许多情况，有关运送列车、战俘营转移的情况，然后刊登在报上。有许许多多个人的讯息。“您可以转告某某家，他们的儿子还活着。我昨天刚同他分手。”但是，他们把我们，我的四位同志和我本人赶出门。“所有人都想待在这儿，这不可能。只允许德国战俘集中营秘书处的成员进入。”我反对，说我们报纸的读者是七万五千名被关押在集中营的犯人及战俘的妻子和双亲。

“令人遗憾，但是，按规定，禁止一切非官方机构设在这里。”“我们的报纸不同于其他的报纸，它是唯一发行有战俘名单专版的报纸……”“这个理由不充分。”这是一名弗雷内部门负责战俘遣返的高级军官。他显得心事重重，神情冷淡、忧虑不安。他说：“很抱歉。”“我将力争到底”，然后，我朝着办公室那儿走去。“您去哪儿？”“我要设法留下来。”我试图挤进一群战俘中，他们占满了整条走廊。他瞧着我，对我说：“您请便，但是，小心，那些人（他用手指他们）可是还没有消过毒。不管怎样，您要是今晚还在这儿的话，那么我将遗憾地把您请出去。”我们［看中］了一张小小的白木桌，我们把它放在“办手续”的入口。我们询问战俘。许多人来我们这儿。我们收集到几百条消息。我工作着。我连头都不抬一下。我什么都不想。时而，有一位军官（很容易同其他人区分，他年轻，身穿上了浆的卡其布衬衫，挺着胸膛）过来问我们是什么人：“寻人处是什么？您有通行证吗？”我出示了我的假通行证。后来，是一名负责遣返战俘部门的妇女：“你们要他们干什么？”“我们向他们打听他们那些还留在德国的同伴的消息。”“你们要这些消息干什么？”这是一名淡金黄色头发的年轻女子，身穿海军蓝套装，优质长袜，一双与衣服颜色相配的皮鞋，精神饱满，指甲修剪过。“我们把这些消息刊登在一份名叫《自由报》的报上，这是一份为战俘和集中营犯人办的报纸。”“《自由报》？你们不是部里的？”“不是的。”“你们有权这么做吗？”她变得很冷淡。“我们争取到了。这很简单。”她走了。我们继续询问。由于战俘们进入程序的第一个办公室，即检查身份办公室之前，队伍的通行要两个半小时，反倒是给我们的事情提供了方便。对于集中营出来的犯人来说，所需的时间还要长，因为他们没有证件。一名四十五岁军官又走来了，他身穿短外套，淌着汗，这次，非常生硬。“这是怎么回事？”我又解释了一遍。“‘流通部门’那儿已经有了一个类似的机构。”我壮了壮胆说：“那么，你们怎样把消息传递给那些家庭呢？听说要过三个月，他们才能够写信……”他打量着我，居高临下地笑着说：“您不明白。重要的是有关纳粹凶残暴行的情况。我们正在建立这方面的档案。”他离开了，随即又回来说：“谁跟您说他们告诉您的是实话呢？你们做的事太危险了，你们不是不知道……保安队员……”我没有回答。他走了。半小时后，一位将军径直走到我们桌前，身后跟随着第一名军官、第二名军官和那名年轻女子。“你们的证件？”我拿出证件。“这还不够。可以让你们站着工作，但是我不愿再见到这张桌子。”我提出异议，桌子并不占很多地方。“部长已经明确规定，严禁在大厅摆放桌子。”他叫来两名童子军搬走了桌子。我们就站着工作。

广播里不时地发出雷鸣似的声音——爵士乐曲和爱国歌曲轮流播放。战俘的队伍越来越长。我不时地走向大厅尽头的窗口：“一直没有集中营里出来的人吗？”“没有。”身着制服的女人。负责遣返工作的人员。她们谈起战俘只是说可怜的小伙子，可怜的小伙子……她们相互打招呼称某小姐，笨蛋女士。她们面带微笑。她们做的事不好对付。这里空气不流通。她们的确非常非常操心。时不时地有一些军官来看她们，他们互敬英国烟，开开玩笑：“[字迹不清]小姐，不知疲倦吗？”“确实是啊，我的上尉……”大厅里［响起嗡嗡］的脚步声。依然有人来，不停地来。卡车络绎不绝。他们从布尔歇那儿来。战俘们五十人一批一批地到达。每当一批战俘出现，很快，麦克风就响起：“这是前进的道路，向前，向前……”当来的战俘为数众多的时候，就奏起《马赛曲》。歌曲之间插入［由强到弱的切分音］。小伙子们打量着大厅。他们都面带微笑。负责遣返的军官引领他们：“来吧，朋友们，排队。”他们去排好队，依然笑吟吟的。头几批到的人说，“等的时间好长”，但总是亲切地微笑着。当有人问他们情况时，他们就不再笑了，而是尽力回忆。军官们称他们“我的朋友们”；女人们称他们“可怜的小伙子”，或者，当她们直接面对他们时，就叫他们“我的朋友们”。在巴黎东站，有一位这样的“女士”指着自己的军衔肩章斥责一名外籍军团的士兵：“怎么，我的朋友？不敬礼吗？您瞧瞧我可是上尉呢？”“我呀，对女人，我可不敬礼，我亲吻她们。”一阵长长的“哦呵呵呵”的笑声应声而起。“真没教养！”这位女士神态庄重地离开了。

四月。我找到了接待中心主任S，安排和解决这事情。他允许我们留下，但是待在办手续的最后一道，即在末尾，在寄存处旁边。太高兴了。只要没有集中营的犯人来，我就坚持住。[从吕苔西亚那儿过来的，而不是从奥尔赛车站。除了极少数的。] 只有稀稀落落的几个。于是，我就离开办事处，这已经同我的同志们说好了。我只是在集中营出来的犯人走了，我才又回来。当我回来时，我的同志们从老远就示意："没有一点消息。"我又坐下。晚上，我把名单带回报社。然后，我回家。每天晚上，我说："明天，我不会回到奥尔赛中心了。"

然而，我本以为我明天不会回到那儿去的。从魏玛来了第一列装载集中营出来的犯人的火车。四月二十日。早晨，有人打电话到我家：他们下午才到。没有一丝勇气。当我经过奥尔赛中心时，我逃开了。我避开报社。在奥尔赛中心的外面，战俘们的妻子密密麻麻聚集在一块儿。白色的栅栏把她们与战俘们隔离开来。她们叫喊道："你们有某人的消息吗？""某某人呢？"有时，有士兵停下脚步。其中有人了解些情况。早晨七点，有些女人已在那儿。有的是一直待到凌晨三点，然后第二天又回来的。人们禁止她们进入中心。战俘们有条不紊地来了。夜里，他们坐在大卡车里到达，在众目睽睽下下车。女人们大喊大叫，她们噼噼啪啪地鼓掌。他们停了下来，晕头晕脑，感到窘迫，有时，他们做出回应，最经常的还是回到队伍里去。

起初，我问他们中的大多数人："您认识政治犯吗？"不。大部分人都知道 STO[1]。没有一个人认识政治犯。他们不大会发现其中有什么区别。他们在中转站曾见过一些"状态糟糕"的人。我欣赏那些留在那儿并无休止地询问的女人。我请 D 到中心来看第一批从魏玛来的犯人。午饭后，我又突然想逃离那儿了。"昂泰尔姆？啊！是的……"没有人会这么对我说。他们就这样瞅着我。我工作得很差。我所加进去的所有名字，所有战俘的名字都不是他的名字。每隔五分钟，就想了结此事，放下笔，不再打听消息，离开接待中心，一走了之。街上停着的每一辆卡车，问他们，都没有。将近两点半时，我站起身来，我想要知道他们几点到达。我走到大厅，我寻找一个我可以问话的人。在大厅的一个角落，有十几名女子坐在那儿。一名身材高

1　STO（Service du travail obligatoire），字面意思是强制劳役。维希政府组织法国青年去德国工作的部门，其成员即那些去德国工作的青年。

大，身穿海军蓝套装，别着洛林十字徽章的女将官在照管她们。她那用烫发钳烫过的白色卷发成了青色。她一边做手势，一边对她们说话。女人们在看着。她们显得疲惫不堪，好像很害怕。她们把包袱、箱子等零零落落地放着，还有一个小孩睡在包袱上。她们的衣裙非常脏。令人震惊的是：她们的脸都变了样。疲劳抑或恐惧？她们很脏，而又年轻。其中有两三个女子挺着大肚子，已经快临盆了。另一名女军官站在离这群人远些的地方瞧着正在说话的女将官。“发生什么事了？”她看着我，低垂下眼睛，婉转地说：“是志愿人员[1]。”女将官叫她们站起身。她们站了起来，跟在女将官身后。她们之所以面部表情如此惊恐，是因为她们在中心门口被起哄过。我曾听见过把志愿人员嘲骂了一夜。他们没有料到会这样。起先他们笑眯眯的，后来，渐渐地，他们明白了，他们的面部表情也是

1　原文是 volontaires，意为志愿者，但这里指的是 STO 的成员。

这样的。然后，女将官对身穿制服的年轻女军官说：“怎么处置她们？”手指指着那一大群人。“我不知道。”女将官大概告诉她们，她们是垃圾。有人在哭泣。那几个怀孕的女人眼神呆滞。这些全是女工，她们的双手已被德国的机器毁坏，十分粗糙。她们中有两人也许是妓女，但她们同样必须操作机器。她们都按照女将官所要求的那样站着，看着她。一名军官走来：“什么事？”“志愿人员。”女将官的声音尖细。“坐下。”女将官说道。她们也不问原因便都坐了下来。这还不够。她威胁说：“安静！听见了吗？别以为会让你们这样就走……”女将官说话的声音颇有讲究。她用涂了红指甲的娇嫩的手，对那些双手被机器的污油侵蚀的女志愿者进行威胁和［确认］。机器。那些德国机器。志愿者们没有回答。那个男人走进那群女人，并怀着审慎的好奇心打量她们。当着志愿者的面，他放肆地问女将官：“您有命令了吗？”女将官说：“没有，您呢？”“据说是六个月的监禁。”女将官点点她那满头卷发的漂亮脑袋："活该。"高级军官朝着那群志愿者的头上吐出阵阵烟雾，她们半张开嘴，目瞪口呆地瞧着，并倾听他们的谈话。"同意！"这名高级军官，像是个爱骑马的人，一边这么说，一边优雅地旋转身子，夹着一根骆驼牌香烟离开了。那些志愿者瞅着所有人，她们搜寻着等待她们的命运征兆。没有一点儿征兆。我拦住正要离开的女将官："您可知道从魏玛来的列车几点到？"她轻蔑地上下打量我。"三点钟。"她又从头到脚地打量我，用她纤细的手指威胁说："可是我告诉您，用不着挤在大厅里，只有将军和行政长官待在那儿。"我瞧着女将官："为什么？那别人呢？"我并没有留神。我的语气大概不适合回答一位这样身份的夫人。她趾高气扬。"哦哦哦。我讨厌这种心态！到别处去抱怨吧，小姑娘！"她是如此愤怒，便去告诉一小群同样穿着军服的女人，那些女人听她说后，感到很气愤，盯着我。我朝其中一人走去。我听见："那个人，她谁也不等吧？"她瞧着我，义愤填膺："她有那么多的事情要做，她神经很紧张。"我回到办事处，到办最后一道手续那儿。

过了一会，我回到大厅。D拿着假通行证正等着我。

大约三点钟时：传来一片嘈杂声。"他们来了。"我离开了手续办事处，守在一条小走廊的入口，面对大厅。我等待着。我知道罗贝尔·A.不会来这儿。D站在我身边。他负责去询问集中营出来的人是否认识罗贝尔·昂泰尔姆。他脸色苍白。他顾不上我了。大厅里一阵阵大声喧哗。穿制服的女人们在那些志愿者周围忙碌，让她们在一个隅角斜面处席地而坐。大厅空荡荡了。在战俘们到达时，有一阵停顿。军官们来来往往。我听见："部长！"我在一些军官中间认出了弗雷内。我一直待在老位置，在小走廊的入口处。我盯着大门口。我知道罗贝尔·A.没有任何可能性来到这儿。

不对。我浑身颤抖。我全身发冷。我靠着墙壁。突然，从入口处的走廊出来两名童子军，他们抬着一个男人。这个男人紧紧搂着童子军的脖子。童子军用他们的双手抬他，他们两臂交叉搁在他的大腿下。这个男人剃了光头，身穿便服，似乎受了很多苦。他身上颜色很奇怪。他大概在哭泣。不能说他很瘦，瘦是另一回事，他几乎脱形了，已经没有他原来的样子。然而，他活着。他什么也不看，既不看部长，也不看大厅，什么都不看。他做了个怪相。这是第一个从魏玛回来到接待中心的被关押者。我不知不觉地向前走去，我站在大厅中央，背靠麦克风。在另外两名抬着一位老人的童子军身后，来了其他十几个人。人们让他们坐在原先摆在公园里的长椅上。部长朝他们走过去。老人哭了起来。他很老了，他想必是很老了。无法知道。猛然间，我瞧见D坐在老人的身旁。我全身发冷。我直嗑牙。有人走近我说："别待在这儿，这没有用处，这会使您得病的。"我认识他，这是中心里的人。但我还是留下来。D开始同那老人聊了起来。我迅速地回顾了一下：这老人认识罗贝尔·昂泰尔姆的可能性有万分之一而已。但是，据说他们有一份布痕瓦尔德幸存者的名单。嘎。除了这哭泣的老人和风湿病患者，其他人看来状态并不很糟。部长和一些高级军官坐在他们旁边。D对老人说了很久。我只盯着D的脸看。我觉得时间拖得很久。于是，我就朝前走向长椅，进入D的视场内。D看见我，他瞅着我，他摇头表示“不”，然后，我猜想他告诉我“不认识”。我走开了。我感到非常疲倦。我想离开中心，去睡觉。我肯定这个下午我或许能入睡。现在，穿军服的女人们给从集中营来的人拿来饭钵。他们吃饭，边吃边回答问题。给人印象至深的是，别人跟他们说的事情并不能使他们产生兴趣。明天早晨，我将从报上知道这些，其中有：夏尔将军、他的儿子于贝尔·夏尔（他大概在到的当天夜里死去）、圣西尔军校的学生、奥迪贝尔将军、烟草专卖局局长费里埃尔、国家图书馆馆长于里安·坎、厄尔多将军、昂热尔医学院的絮阿尔教授、里歇教授、克洛德·布尔代、情报部部长泰让老爹、莫里斯·内格尔、马塞尔·保尔，等等。

大约下午五点，我沿着塞纳河河岸回到家。天气很好，一个阳光灿烂的日子。一离开了河畔，我就取道巴克街，离中心很远了。我回到了家，我急于回家。也许，他会回来。我很疲倦。我身上很脏，我在中心过了大半夜。我打算回到家就洗个澡。我必须洗个澡，不洗澡可不是个解决办法。但是，我觉得冷。我不想洗澡。我大概有一个星期没洗澡了。我在想我自己：我从来没见过比我更怯懦的女人了。

我回顾了一下那些在等待被关押在集中营里的犯人们的妻子，那些母亲。没有一个像我这样懦弱。的的确确，没有一个。我太累了。我认识其中一些非常勇敢的女人。R 的妻子 S，她的冷静也许被看作非常奇特的。我是卑怯的，我知道这一点，我的怯懦是我周围的人都不敢形容的。寻人处的同志们跟我说话就像跟一个病人说话似的。M和A也一样。而我，我知道自己没有病。我是个卑怯的人。D有时对我说："不管怎样，在任何情况下，都没有权利这样自暴自弃。"但他常常对我说："您有病，您是个疯子。"D还对我说："瞧瞧您自己，您简直不像样子。"这时，我根本不能领会。我没有片刻觉得有鼓起勇气的必要。我的怯懦是属于我的，也许这也需要有勇气。为什么我要有勇气呢？苏齐为了她的小男孩而满怀勇气。我又为什么要顾惜自己，为了什么呢？如果他死了，我为什么还要鼓起勇气呢？我没有什么可为之而斗争的。我所进行的斗争是看不见的。我在同意象作斗争：幽暗的壕沟，十五个昼夜里脚掌朝天。而这要看情况而定，有些时候，这映象更加强烈。如果他不再活着，我也了无生趣。就这些。"应该挺住。"卡茨太太对我说，"我，我就坚持住，为了他，应该挺住。”卡茨太太让我感到可怜。为什么要抗拒呢？以什么名义？我没有了尊严。我的尊严，我才不放在眼里。没有任何羞愧。我的羞耻心被中止了。“您以后再想起这些时，”D说，“您会感到羞愧的。”有的事关键在于我。其他人都怀着尊严在等待，我蔑视他们。和其他人一样，我的尊严也在等待，它还有时间重现，如果他死了，我的尊严对此毫无办法。我的尊严与此对抗个什么？

人们照常上大街。在商店前排队。已经有樱桃上市了。我买了一份报纸。俄国人到斯特劳斯贝格了，甚至可能更远，到了柏林的附近。我也在等待柏林的失陷。所有的人都在等待，全世界都在等着。各国政府一致赞同。这是德国的心脏，报上这么说，被关押在集中营的犯人的妻子们也这么说：“他们就要看到他们即将见识的东西。”还有我的女门房。当那颗心脏停止跳动，那就结束了。大街上满是杀人犯。人们做着凶手的梦。我梦见一座想象的城市，它被烧毁了，在它的废墟中间流淌着德国人的血。我相信闻到了这股血腥的气味，它比牛血更红，它就像猪血，它并不凝固，它流向远处，我会朝那些在河边哭泣的女人屁股上踢几脚，我会用鼻子闻她们的男人的血。在这一天的这一时刻，那些对德国抱有怜悯之情的人，或者说，不对其憎恨的人使我感到他们的可悲。特别是神甫之流。

最近几天，一名神甫带着一个德国孤儿来到中心，嘴上挂着微笑，解释说："这是个小孤儿。"显得很自豪。他牵着小孩的手。当然，他并没有错（从来不犯错的人的耻辱），当然应该收容他，这可怜的孩子没有责任。神甫总是找到机会施舍，做一番他那小小的德国式善行。如果我看到这个孩子，我很可能不会杀他，我会照管他。但是，为什么要提醒我们在德国还有小孩儿呢？为什么在这个时候来提醒我们这一点呢？我希望我的仇恨是完全绝对的。我的黑面包。不久前，一位女子跟我说："德国人？他们有八千万。那么，就八千万颗子弹，这是可能的，不是吗？"在这（公元）1945

年的四月，某个人在他一生的一个夜晚，竟然没有做过至少一次这样的德国血腥梦，他简直是个脑残。在被德国人弄怀孕的女志愿者和把德国小孩带回来的神职人员之间，我站在志愿者一边。首先，神职人员，他永远不是志愿者，他曾是战俘，而且，神职这个职务给予足够的报酬，使他无须选择——他完全可以原谅所有的罪孽，他从来没有犯罪，他对此非常当心。他居然可以自以为有权宽恕罪孽——不。

其他消息：蒙蒂[1]可能已经越过易北河；蒙蒂的计划没有巴顿[2]的那么清晰。巴顿迅速猛攻，他已经到达纽伦堡。蒙蒂大概抵达汉堡了。鲁塞的妻子给我打电话："他们到汉堡了。好几天，他们只字不提汉堡新加默集中营[3]的事。"

---

1 即英国元帅蒙哥马利（1887—1976）。

2 美国将军（1885—1945）。

3 德国纳粹集中营区，位于汉堡港郊外新加默区附近的沼泽地。

这几天，她深感不安，最近几天，德国人正在处决犯人。哈雷[1]已被剿除，克姆尼茨[2]被拿下了，队伍朝着德累斯顿方向大步挺进。帕奇[3]肃清了纽伦堡的德军。乔治·比多[4]同杜鲁门总统和斯退丁纽斯[5]会晤，交谈有关旧金山会议问题。我不在乎。我累了，累了。以《符腾堡被占领》为标题，米歇尔［字迹不清］，在《解放晚报》上，说："人们将永远不再谈论韦兴根[6]。在地图上标志森林的淡绿色将下伸直至恩茨河[7]……钟表匠死在斯大林格勒……理发师曾在巴黎服役，白痴曾占领雅典。"现在，宽阔的大街一直是空空荡荡，路面就

1　德国中部城市。

2　卡尔-马克思城的旧称。

3　美国将军（1889—1945）。

4　法国政治家（1899—1983），第二次世界大战期间，法国抵抗运动的领袖。1940年在德国被囚。1941年回国开始参加全国抵抗委员会。1944年任戴高乐临时政府外交部部长，参加签署联合国宪章。1946年主持临时政府。

5　美国实业家（1900—1949），1944年至1945年任国务卿。曾参与联合国的奠基工作。

6　德国巴登-符滕堡州地名。

7　德国河流，长112公里，是内卡河流经巴登-符滕堡州的支流。

像死鱼肚皮朝天一样。“说到关押的犯人，十四万战俘已经回国：直到目前，集中营出来的人都很少……尽管内政部门竭尽努力，依然看不到太大的进展。战俘们在杜伊勒里宫的花园里等了好几个小时。”“今年的电影之夜将异乎寻常地辉煌。”我想把自己关在家里。我累了。据说五百人里回来一个。有六十万名政治犯。三十五万犹太人。因此会回来六千人。他可能就包括在里面。一个月前，他可能会给我们一些消息。我觉得我等得够了。我累了。我不知道是否这批就是从布痕瓦尔德来的，我再也不能等了。这个晚上，我什么也不等。

我太累了。有一家面包房开张。也许应该给D买些面包。再也没有必要了。我不梳洗，我不需要梳洗。现在大概是七点钟。D在八点半之前不会来的。我就回家。也许不该让票券浪费掉。这让我回过神来，“在这个年头，浪费票券可是犯罪哪”。大部分人都在等待。但也有一些人什么也不等。另外有些人不再等了，因为他已经回来了，因为他们已经得到了通知，因为他死了。前天晚上，我从中心回家时，我到波拿巴特街去通知一家人。我按了门铃，我说了我要说的："我是奥尔赛接待中心的人，您的儿子就要回来了，他身体很好，我们见到了他的一位同志。"［我很快地上］楼，我气喘吁吁的。那位妇人一只手扶着门，听我说，然后说："我们知道这个消息了，五天前，他写来了信。但还是要谢谢您。"她请我进去。不。我缓缓地走下楼。回到家，D在门口等着我。"怎么样？""他们知道了，他写过信，他们能够写信的。"D没有吱声。那是前天的事。两天前。每一天，我期待的心情就减弱些。到我要去的街道了。乳品商店里挤满了人。没什么要做的。每当我瞧见我的这幢房子，每次我就暗自思量："我不在的时候，来了一封信。"如果真是那样，我的女门房会在门前等着我。门卫室里黑漆漆的。我还是敲了敲门。"谁呀？""是我。""昂泰尔姆太太，什么也没有。"每次她都打开门。这天晚上，她有事要求我："昂泰尔姆太太，怎么说呢？我想告诉您，您应该去看看博尔德太太，她和她的儿子没有了联系，她再也不愿起来。”我立刻就去吗？不。“我明天早上去。告诉她，她没有任何理由担心。今天是 A7 战俘营的人回来。还不是 A3 营。”福赛太太披上披肩：“我去一下，她可真让人同情，没办法，她不愿起床……”“她不看报，她一点也搞不清。”我上楼。博尔德太太是一位老妇人，学校的门房，孤寡一人抚养了六个孩子。明天上午，我会去的。福赛太太难以忍受整个这件事。还是距今三个星期前，我有时去看她。“昂泰尔姆太太，请坐。”后来我再也不去了。然而，我一看见她，我就想要进去，隐隐约约地想进去。“您不需要讲这个，我知道是怎么回事。”我跟她说：“我不见任何人。”她就回答：“明白，昂泰尔姆太太。”福赛的第一任丈夫是一九一四至一九一八年大战的战俘。他死于战俘营。“那一天，我带着我两个小男孩去到［田野］，我想把自己连同他们都杀了。我和他们就这样走了整整一夜，然后，脑子里闪过一个想法。我寻思我不该这样。我就又回到了工厂。”这个经历她曾跟我讲过不下十次，但是，自从罗贝尔被逮捕后，她就体贴地再也不提了。我回到自己家里。我什么也不等。我冷。我去洗手。我发现水很凉。我又去坐在靠近电话机的长沙发上。我觉得冷。我听见楼下街道上传来的脚步声。这是战争的尾声。我不知道我是否困倦。我想我困了。已经有一段时间我感觉不到有睡意。我醒了，那时，我才知道自己睡过了。十五个日日夜夜在一条壕沟里。他说出了我的名字。必须做些什么。我站起身，走到窗前，我把额头贴在窗玻璃上。夜幕降临。下面，“圣伯努瓦”灯火通明。圣伯努瓦，是一家文学咖啡馆[1]。许多人在吃，他们永远都在吃。有一份私下为那些付得起钱的人的准备的菜单。“博尔德太太不愿起床。”博尔德太太不再进食，三十五万的女人和男

1　指文学家聚集的咖啡馆。

人在等待，而面包使他们想呕吐。十五天在这条壕沟里。这样等待是不寻常的。女人们在门后等待她们的情人：“如果他十一点还没到，那就是他欺骗了我……”母亲们在等从学校回来的孩子，但孩子已经迟了两个小时，“他大概被汽车压了”，她们按着自己的肚子，因为想到这一点，让她们觉得腹疼。不过，过了两个小时以后，她们将知道孩子的下落。博尔德太太这么等已经快三个星期了。如果她的儿子们不回来，她将永远不知所以。我将永远一无所知。我知道他饿了好几个月，而且，他没有吃东西就死去了，死前，他没有一块面包能拿来充饥。哪怕一次也没有。死者最后的满足也没有。

自四月七日以来，我们就有选择了。他也许是在美军进入贝尔森的前夕被枪杀的两千人中间。在格拉特巴赫[1]中部，有人发现了一千五百具尸体堆在一个堆尸场所里，“在太阳底下腐烂”。到处，

1 位于德国北莱茵兰-威斯特法伦州。

在每一条宽阔的大路上，他们就像苍蝇那样大批倒下。今天，“两万名布痕瓦尔德的幸存者向死于布痕瓦尔德的五万一千名死者致敬”（1945 年 4 月 29 日《自由报》）。我们有选择了。这不是一次寻常的等待。他们等了好几个月了。饥饿掏空了他们的希望。他们的希望成了虚构的东西。盟军到达的前夕被枪杀了。希望曾使他们活下去，但毫无用处：就在解放的当天夜里，一阵机枪扫射。一小时之后，盟军就到了那里，他们发现他们的尸体还是热的。为什么？德国人枪杀了他们，然后就走了。德国人现在在自己家里，我们无法接触到他们，对他们说：“别枪毙他们，不必这样……”他们则处在另一种持续的时间性状态：他们在战争中输了——他们逃跑了。在最后一秒钟，他们能做什么呢？冲锋枪扫射，就像我们在愤怒中打碎碗碟一样。我不再怨恨德国人，这再也不能称作为恨。在某段时间内，我可以怨恨他们，现在，在我对他的爱和我对他们所怀有的仇恨之间，我再也分辨不清了。

这是仅有的一幅具有两面的图像：一面是他面对德国人，胸膛［被打穿了］，十二个月以来怀有的希望一瞬间在他的眼睛里消失了，就一下子，另一面，是瞄准他的德国人的眼睛。就是这样一幅画面：两个侧面——在这两者之间，我必须选择，他滚落在壕沟里，而德国人则重新把冲锋枪扛上肩，走了。我不知道是应该忙着用双臂搂住他，让德国人逃走（永远逃脱），捡回一条命，还是抓住德国人，用我的手指把那没有看见罗贝尔眼睛的双眼抠掉，然而在这种情况下，就是让他待在壕沟里。整个画面，一切都是相称的。我只有一个脑袋，我再也不能考虑到一切。三个星期以来，我一直在思忖，也许应该阻止他们杀人。没有人提出什么建议。原本可以派伞兵特遣队，也许能在盟军到达的二十四个小时之前“控制住”集中营。雅克·奥弗莱从一九四四年八月起就试图搞好这件事。这件事没能做成，因为弗雷内不愿意这个倡议是由一个抵抗运动组织提出来的。他，作为负责战俘和集中营犯人的部长又没办法做到。这件事没能做成。总之，这使我感兴趣。我失去了理智，我无法全面考虑。这件事没有做成。就是这样。一直到最后一个集中营，他们都将被枪杀。没有办法阻止他们这样做。有时，在德国人的背后，还有弗雷内，但这个形象一闪而过。

我累了。唯一使我觉得好过些的，就是把脑袋靠着煤气炉灶，靠着窗玻璃。我再也支撑不住我的脑袋了。我的双腿和双臂都很沉重，但还是没有脑袋那么重。这简直不是个脑袋，而是个脓肿。窗玻璃凉飕飕的。一小时后，D 就要到了。我闭上眼睛。如果他回来的话，我们就去海边。这是最合他心意的事儿了。我相信，不管怎样，我就要死去。如果他回来，我也将死去。如果他按门铃：“谁呀？”“是我，罗贝尔。”我所能做的一切就是打开门，然后死去。如果他会回来，我们就去海边。那将是夏天，盛夏。在我开门和我们去海边这两个时刻之间，我将死去。在冥府，我瞧见一片绿色的海洋，一片略显橙色的海滩，我觉得脑海里面刮起了一阵带咸味的微风，我不知道当我看见海的时候他在哪儿，但是他活着。他在大地的某个地方呼吸着，我可以躺在海滩上休息。当他回来了，我们将去海边。这将是他最高兴的事了。他爱大海。而且，这对他会有益处。他会站在海滩上，凝视着大海，我，只要看着正望着大海的他，我就满足了。为我自己，我毫无所求。既然他望着大海，我也望着大海。脑袋搁在窗玻璃上。我的面颊湿润了。我也许是在哭泣。这是六万人中正在哭泣的一个。站在大海前的是他。德国的夜晚是寒冷的。那儿，在海滩上，他不穿外衣，他与D交谈。我在远处看着他们。他们不会想到我，专心于他们的谈话。再说，我将死了。他一回来，我就死去。不可能是另一种情况。这是我的秘密。D并不知道这一点。不管怎么说，我将死去，不管他回来与否。我身体并不好。在我的一生中我曾有过不少等待的理由，就像现在等他一样。但是他，我选择了等他。这是我的事。

我回到长沙发那儿，我躺了下来。D 马上就要来了。他按门铃："没有任何消息吗？""没有。"他在客厅里长沙发旁边坐下。我说："我想没有太多的希望了。"D 像是十分疲劳，没有回答。我继续说："明天是四月二十二日。百分之二十的集中营已经解放了。我在中心瞧见了索雷尔，他告诉我，差不多五百个人里有一个会回来。"我知道 D 不再有力气回答我，但是我继续说。门铃响了。D 看着我："我去。"我还是坐在沙发上。我听见开门声。是罗贝尔的姐夫。"怎么样？""没消息。"他坐下，试图微笑一下，他看看我，然后，他看着 D"什么消息也没有？……""毫无消息。"他摇摇头，沉思片刻，然后说："依我看，这是个联络问题。他们无法写信。"

D："玛格丽特几乎疯了。事实上，咱们实际点吧，罗贝尔不在贝藏松，不是吗？德国现在没有定期的邮政业务？不是吗？”

米歇尔：“美国人有其他事情要做，可惜……”

我：“可以肯定的是，已经有布痕瓦尔德那些人的消息。很可能他就在那儿，八月十七日的那群人是到了布痕瓦尔德的。”

D：“谁告诉您他一直待在那儿呢？”

我：“如果他被转移走了，那就没有多大希望……”

米歇尔：“人家并没有告诉您他是在最后一分钟走的，也许他在年内什么时候被转移到别处……”

D：“如果玛格丽特继续这样下去，等到罗贝尔回来……”

我很累。我希望M和D走开。我听他们讲话听了一阵，后来就听不大清了。在他们的谈话中，有很长一段时间静默。他们所能说的对我都无关紧要。将要发生的事总会发生的。我累了……突然，D抱住我的肩头：“您怎么啦？”“我不知道。”

米歇尔站在他身旁:“您怎么能就这样睡呢?”“我很困,我希望你们走吧。”他们继续交谈。我又睡着了。D 又一次说:“您到底怎么啦?”我问米歇尔在哪里。他走了。D 去找体温表。我有点发烧。“这是因为疲倦的缘故,我在中心太劳累了。”

百页笔记

《战时笔记》的第三部题为《百页笔记》，是一本薄薄的学生用的练习簿，带线格的纸，封面是蓝色的。只有前面三十二页由玛格丽特·杜拉斯写满了字，并编了号。多半是与第二本笔记差不多同时撰写的，也就是大约在1947年，它包含后来成为《痛苦》核心文本的结尾：这是在其序言里提到的“在诺夫勒城堡的蓝色壁橱里的笔记”中的第二本。

重新修改的第215至220页，再现于《关押期间没有死》的第二片段，这篇作品发表于1976年，《女巫》杂志的第二期。发表时，文本被冠以按年代顺序的标示：“四月二十六日，星期六”“二十七日，星期天”“四月二十九日，星期二”。

一九四五年四月二十二日，星期天。迪奥尼斯在客厅睡了。我醒了。这一夜，还是没有来电话。我应该去看看博尔德太太。我给自己煮了很浓的咖啡，我吃了一片退烧药[1]。我的头晕晕乎乎的，我想吐。很快就会好的。早晨，喝了咖啡，吃了药，这就过去了。我到客厅去。“今天是星期天，没有邮件来的。”D问我去哪儿。我去看博尔德太太。我给他做了咖啡，给他端到床前。他看着我，对我露出非常温柔的微笑。“谢谢，我的小玛格丽特。”我说：“不。”“好啦，好啦。”我说：“不。”我的名字让我反感。吃了药，我出了好多的汗，我退烧

1　原文为Corydrane，是一种兴奋药品，内含阿司匹林和安非他明，20世纪50年代在法国盛行，于1971年撤出市场。

了。我下楼。我买了报纸。今天我不去印刷厂。又是一张贝尔森的照片：一条长长的壕沟里，排成直线地摆放着非常瘦削的躯体。离柏林中心四公里。“俄国的公报一反惯常的谨慎。”普利文[1]先生宣布：调整工资，提高农产品价格。丘吉尔先生说：“我们不需要等更长的时间了。”两军会师可能就在今天。德布-布吕代尔反对在没有集中营的人和战俘参加的情况下即将进行的选举。在《民族阵线》的第二版上，有报道说，四月十三日早晨，有一千名集中营犯人在马格德堡方向的一个谷仓被活活烧死了。在《艺术和战争》上，弗雷德里克·诺埃尔说：“有些人设想艺术革命是战争造成的，而事实上，战争对其他方面起作用。”辛普森抓了两万名战俘。蒙蒂同艾森豪威尔会晤。柏林在燃烧。“斯大林大概从他的指挥台看到了一幕可怕而壮观的景象。”“在最近的二十四小时里，一共拉响了

1　法国政治家（1901—1993）。

三十七次警报。”

我到了博尔德太太的家。她的儿子正在门口：“妈妈不肯起床。”女儿坐在沙发上哭泣。门卫室里又脏又乱。“有点凉，”儿子说，“她就不肯起来。”我走进房间。博尔德太太正躺着，我提高嗓门说道：“怎么啦，博尔德太太？”她看着我，双眼通红。她无力地说：“没怎么，就这样。”她的儿子和女儿走进房间。博尔德太太穿着一件开胸衬衫，她瘦骨伶仃，满脸皱纹，她有六个孩子。

她衬衫的袖子卷了起来，看得见她关节粗大而干瘪的手肘。通常，她梳一个小小的发髻，现在，她披头散发的。“她把自己搞病了。”儿子说道。“我不想活了，”博尔德太太说，“他们不会回来了。”然后，眼泪夺眶而出，顺着面颊流淌。她竟感觉不到泪水。我说：“您没有任何理由这个样子。A3 营的还没有回来呢。”博尔德太太用拳头捶打着床单：“一个星期前，您就跟我说过这个话。

马赛尔在接待中心瞧见了 A3 营的人了。”她知道她两个儿子都在 A3 营，但是，她不知道 A3 营在哪儿。她的小儿子在几个接待中心待了好几夜想弄清楚。我说：“我不是瞎说，您看一下报纸，您就会看到……”“报纸上讲得不清楚。”博尔德太太说。我跟她说，要是她病了，那就更完了。“我再也没办法了”，她哭着抱怨，“可怕的是什么都不知道，我再也没法活了。”

我坐在她的床边；她生性固执，再也不看我一眼，她一直在哭泣。“的确可怕，”儿子说，“什么都不知道……”博尔德太太在呜咽中说：“您告诉我，他回不来了，街上尽是这么在传说，没有我的孩子，我活不了了。”我不大清楚自己该怎么做。他们知道我在寻人处。如果我知道怎么着手做，那么三天内，她就还会起来。又一次。我想回家。他们还没有写信来，这的确有点令人担忧。我撒谎了，两天前，A3 营应该已经被解放了。“我觉得，我以后看不见他们了。”博尔德太太说道。她一阵阵地在抽泣，她已心力交瘁。那儿，在大路上，在一列列纵队里："我再也不行了。"他停住了，连发射击。这儿，博尔德太太"再也不肯起来"。这里，越是胜利在望，博尔德太太就越是身心交瘁，但是，她将站起身来。她必须起来，她不起来根本就无济于事，毫无用处。我也想随她去吧，这是她的事。但是，她的小儿子在看着我。我就拿起报纸，读上面的专栏：回来的人［字迹不清］。三个人都在听。我做了解释。我又拿起报纸。我再次做解释。甚至连博尔德太太也不哭了，她嘴巴张着在听。"你瞧。"儿子说道。女儿则露出笑容："她真是的。""不是这样，"博尔德太太说，"可是，我什么都不知道的时候……"我离开了他们。我又回到楼上。之前，我去买面包。一个女人前来跟我说话。这是乳品店女主人。"昂泰尔姆太太，请告诉我，您没有任何有关 A3 营的消息吗？""是的，但是，我会知道的。""因为我的母亲，"热拉尔太太说道，"她开始在想……她受不了了。"今天下午，我会告诉她的，是的，她可以相信我。我就去买了面包。我又上楼。D在弹钢琴。我坐在长沙发上。D没有意识到。

我不敢跟他说别弹钢琴了。那使我头痛。这还是挺奇怪的：一点儿消息也没有。部队在德国各处移动：他们有别的事情要做。成千上万的人在等待，其他人则前往俄国人那儿。柏林在燃烧。千座城市被夷为平地。成千上万的老百姓在逃难。每分钟，有五十个人从机场出发。五十名乘客，五十名战俘。仍然没有他。这里，人们在忙着市议会普选。也在忙着战俘遣返事宜。已经说起了征用民用汽车和房屋。但不敢实施，怕惹恼事主。还无法达到这一步。然而，这是空前绝后的，几个世纪以来独一无二的时机。戴高乐并不关心这些，戴高乐从来都不提政治犯的问题，除了在谈到他的北非阵线之后，最后才提了一下。四月三日，戴高乐说："流泪的日子已经过去了。光荣的时日已经重新到来。"他还说："在命运所选择的做出判决的那些地方中间，巴黎曾是具有象征意义的时代。在圣-热娜维埃夫的城市打退了阿提拉的军队，宣布卡塔罗尼平原战役[1]胜利的时候，它是。在圣女贞德时……它是，在亨利四世时……它是，在三级议会（此处应为国民议会）宣读《人权宣言》时，它是。一八七一年一月，在巴黎的投降促成普鲁士德国的胜利时……它是，在一九一四年九月那些重要的日子里……它还是，在一九四〇年……”（一九四五年四月三日的演说。）

一八四八年已经消失了。一八七一年，只看到了一件事，那就是普鲁士德国的殊荣。正是这样，那些人才开始掌权[2]。法国被紧紧地置于反动

---

1 圣-热娜维埃夫是巴黎的女主保圣人。7岁献身宗教，双亲去世后迁到巴黎，预言该城将受匈奴人攻击。451年匈奴人皇帝阿提拉率军进逼巴黎。她劝说居民留城固守。后阿提拉在卡塔罗尼平原兵败。

2 1870年9月，拿破仑三世在普法战争中的溃败引起了9月4日革命，巴黎人民推翻帝制，宣布共和。成立法兰西第三共和国，但是政权被资产阶级政客的所谓“国防政府”篡夺。1871年国防政府在普鲁士军队压力下投降，梯也尔成了政府首脑。巴黎人民从1871年初就呼吁建立公社。3月18日国民自卫军中央委员会在人民支持下夺取了政权。并成立了巴黎公社（3月18日—5月28日）。由于力量的悬殊，巴黎公社不久被镇压。

的天主教控制中。这才是反动派：即抗拒人民相信自己的力量这一倾向。戴高乐耗尽了人民的力量。民众的反抗令他反感，他的优雅遭到了冒犯。他信仰上帝，相信上帝的伟业和威望。他因为不能在他的演说中明确阐述这些而感到痛苦。戴高乐和希特勒之间的区别是，戴高乐相信圣餐中的面包和葡萄酒变为耶稣的身体和血。他直接说到天主教徒的心坎里去。希特勒相信来自上级的力量。戴高乐则相信来自上天的力量。这就是所谓掌权。除了基本的传奇性质，毫无二致。莱茵河彼岸的雅利安主义。这里，仁慈的上帝。幸好，他没有这样报出自己的名字：“圣-热娜维埃夫以后，圣女贞德以后，是我，圣·戴高乐。”他会做的一切，就是把人民送到杀戮之地。“流泪的日子已经过去。光荣的时日已重新到来……”他不敢提起集中营，显然，他不情愿把人民的泪水纳入胜利中去，生怕削弱自己的分量，减弱他的意义。是他要求此刻进行市议会普选。身份。他是职业军官。

此时此刻，人民在付出代价。他并不知道这一点。老百姓生来就是受罪。柏林在燃烧。德国人民遭受报应。这是正常的。民众，总体数据。成千上万的法国人在太阳底下腐烂：总体数据。不公平待遇是在上层形成的，而不是在下层。自从有了历史，人们就在遭罪。戴高乐不愿提醒他们这一点。颂扬人民的痛苦是危险的，有可能给予他们自信、胆量（看看一八七一年）。后来，他会说："人民主权的专政包含着个人责任必须弱化的危险。"他讨厌流血，这不适合他的个性。天主教徒讨厌流血。戴高乐，这是名天主教将军，也就是说，他这个角色就是要让鲜血横流，但要奉命而行；人民起义令他作呕。另一个和他一样的蠢货，尊敬的帕尼奇神甫，几天前，在巴黎圣母院，他居然敢这样谈到变革这个词，他说："人民起义，总罢工，街垒巷战，等等。简直可以拍一部精彩的电影……但是，那儿，革命，除了耸人听闻，有什么真正的、深刻的、持久的变化吗？……看看 1789 年、1830 年、一八四八年。在一段暴力和某些政治动荡之后……人民感到厌倦了，他们必须谋生，继续工作。”真是让民众泄气。他还说：“在规范事物时，教会毫不犹豫，它赞成把一切事情调整规范好。”戴高乐颁布命令为罗斯福的逝世举国哀悼。并没有为五万名死于饥饿和子弹的集中营犯人举行全国哀悼。应该照顾美国。罗斯福，这不是一个空泛的数据，这是一个框架，一位首脑。首脑之间，是有规矩的。全国哀悼日：法国为罗斯福哀悼。对民众的哀悼则是没有的。

我受不了了。我暗想：即将发生某些事情，这不可能。我必须在对第三个人讲述我自己的同时，描述这次等待。除了这等待，我不复存在。我脑海里闪现的画面比在德国大路上出现的画面还要多。每一分钟，脑子里回响着冲锋枪的扫射。但是，我继续活着，扫射并不杀人。在行进路上被射死，被击中，被射死。腹中空空死去。饥饿，饥饿在他的头脑里如同秃鹫一样旋转。不可能给他什么东西。我可以把面包伸向空中。我甚至不知道他是否需要面包。如果他死了，那就毫无用处。我买了蜂蜜、糖、米、面条。我对自己说：“如果他死了，我就把这一切都烧了，任何别的人……”但是，什么也不能减轻他的饥饿给我造成的火辣辣的疼痛。有人死于癌症，死于车祸。也会死于饥饿，饿得要死，于是，就完了。饥饿所造成的由一颗射向心脏的子弹完成。我愿意把我的生命给他，我却无法给他一块面包。我受不了了，这不叫思想。一切都悬而未决。博尔德太太不再思想。我就是博尔德太太。博尔德太太就是我本人。我们是可互换的。“所有的蠢话，”D对我说，“所有的傻话，您都会说的……”博尔德太太也一样。在这种时候，有人在思索。“应该想想这件事。”D对我说：“也许应该试试读读书……不管发生什么，想必总能够读点书。”我尽力阅读了。但是，我什么都不明白。句子不再有连贯性。有时，我怀疑它是存在的，但是，存在于另一个和我不同的持续性中。有时，我只是认为它并不存在，它从来就没有存在过。另一种连贯性（我的连贯性，我被贯穿起来了）攫住了我：也许他两周前就已死去，躺在这条壕沟里，虫子已经爬过他身上，他没有吃一块面包就死去了，子弹击中了颈背？心脏？扫射时击中了眼睛？他那灰白的嘴紧贴着德国的土地，而我，我始终在等待，因为这并不确定，他也许还活着，他也许下一秒马上死去，一秒一秒地，所有的可能性都消失了，但又重新出现了，也许，他就在纵队里，一步一步地往前迈，弯着腰，他是那么疲倦，他也许将迈不开下一步，以致被逮捕，这些距今已有半个月了吗？六个月？就是刚才？一秒钟之前？就在后来的一秒钟里？我脑子里没有位置容纳下这本世上最大的书的第一行。最美的书籍也无济于事，已经晚了，我，我处于等待的前列。博尔德太太处在没有武器、没有流血、没有荣光的战斗的前列。在博尔德太太的身后，文明呈现为灰烬，思维、精神、理性，几个世纪以来拾集而成的全部人类思想不会一下子爆裂，像博尔德太太每一次心跳，心脏就仿佛要爆裂开来似的。博尔德太太不接受任何假设，任何安慰，她想要知道的就是A3营的人是否回来了。博尔德太太的内心和头脑里，有时会出现骚动、分析、综合、悲痛、希望的感悟、压抑、绝境，思维围绕着这些旋转，无法深入，战战兢兢，哆哆嗦嗦。“什么蠢话，您都会说出来的……”这与我们有关。这事与我们有关，只与我们有关——你们评判我们，回到你们自己的家里去吧。如果有人对我说“你让九十名士兵吻你，就会有人给他一块面包”，那么，我会要求被一百八十名士兵吻，以便他能得到两块面包。如果有人对学校的门房博尔德太太说，“要是你凌晨一点满大街地叫喊‘希特勒万岁’，他们就会有一块面包”，那么，博尔德太太会请求每天夜里都这么做。对我们来说，这并不是一些愚蠢的假设，我们也还准备相信这些。这些盘算，我一天做上三百次。一个指头给一块面包，两个指头给两块面包。以我十年的生命让他再活两年。一切都始终是可能的，因为我们一无所知。活着还是死去。不仅在一天的每一秒钟，而且在每一秒的每一个瞬间，这个问题都存在，我们却没有一丁点儿迹象可作为回答。

我一直坐在靠近电话的长沙发上。正值星期天。今天柏林将被攻陷。真的是要结束了。报纸上说我们将怎样获知这消息。警报将最后一次拉响。这将是战争中的最后一次。人们说：我，我要喝个烂醉，或者：我会逗得大家乐不可支，或者：我夜里不回家了，但主要是：我要喝个烂醉，好极了。我再也不去接待中心了，以后也不会再去。有到吕苔西亚旅馆的。有到东站的。到北站的。结束了。我不仅不再去中心，而且，我不再挪动一步。我相信这一点，而且，昨天我也认为是这样，但是，到了晚上十点钟，我出门了：我乘坐地铁，我去D家按响了门铃。D给我开了门。他把我抱在怀里。“从刚才到现在没有任何新的消息？”“一点没有，我受不了了。”我又走了，我甚至都不愿意进他的房间。我想看看D的脸。在D的脸上没有任何特别的迹象，他并没有显得比上午更加不安。于是，我又走了。我去看他，因为一到晚上十点半，我就害怕。突然。恐惧袭来。“可是，你没意识到他永远都不会回来了吗？”不止于此。内心冰凉，万念俱灰。我又到了外面，被赶出来似的。一到了外面，我心想：“我在最后一班地铁前有时间打个来回。”惊恐。逃跑，就这样。浑身冒汗。又一次陷入等待中。猛然间，我抬起了头，房间完全变样了，灯光也不是原来那样了。某样东西在威胁着。到处都被威胁。突然，确切地肯定了，确定，确定了。他死了。死了。死了。死了。今天是四月二十七日，今天是四月二十七日，是四月二十七日。死了。死了。死了。寂静。寂静。静。再一次，又一次。我站起身，我走到房间的中央。这是在刹那间发生的。我怎么啦？窗外那漆黑的夜正在窥视我。我拉上了窗帘。它一直在窥视我。我怎么啦。符号，房间里满是黑的和白的符号，黑的和白的。太阳穴不再跳动了。不再是那样了。我觉得我的脸变样了，变了，慢慢地变得苍老了。一个人也没有。我变得苍老了，身子散开了，我变了样。我害怕。颈背起了一阵寒战。我在哪儿？哪儿？她在哪儿？她怎么啦？太阳穴不再跳动。我不再感觉到自己的心跳。渐渐地，恐怖感如同海水那样上涨。我被淹没了。我只剩下微不足道的一丁点儿—— 一个小圆点：脑袋。我不再等待。我害怕。结束了。你在哪儿？怎么才能知道呢？我不知道他究竟在哪儿。我和他在一起。哪儿？和他一起。和他一起在哪儿？我不知道，和他在一起。哪儿？我再也不知道了。这个地方叫什么名字？这个地方是什么样子的？总之，整个这件事究竟是什么？怎么回事？关于什么？这个罗贝尔·昂泰尔姆是谁？你在等一个死人。当然啰，得了，一个死人，就是这样。不再痛苦了。我就要明白了……在这个男人和你之间，毫无共同之处。他死了，得了，因为这是确实的。等待另一个人同样如此。你不再存在。既然你不再存在，为什么要等罗贝尔·昂泰尔姆呢？等另外一个人也完全一样，如果你乐于这样，不管是哪一个人。在这个男人和你之间，没有一点共同的东西。这个罗贝尔·昂泰尔姆是谁？他曾经存在过吗？什么东西造成他是罗贝尔而不是另一个？总之，说点什么吧。你这样在等什么呢？什么东西造成你等他，是等他而不是等另一个？半个月里这样绞尽脑汁之后，你在干什么呢？你是谁？在这个房间里发生了什么？我是谁？D 知道我是谁。D 在哪儿？我可以看着他，请他解释……我必须看到他。因为有了些新奇的事。

四月二十四日星期二。电话响了。天很黑。我开了灯，看看闹钟。五点半。我听见："喂？什么？"这是睡在身旁的 D 在回答。好了。好了。我听见："什么？您说什么？是的，是这里，罗贝尔·昂泰尔姆，是的。”安静。我就在拿着电话的迪奥尼斯身旁。我力图把电话听筒夺过来。D则尽力拽住话筒不放手。持续了一阵：“什么消息？”沉默。我试图把电话夺过来，但很难，根本不可能。“怎么样？是同伴？”D拿开电话，对我说：“那是罗贝尔的伙伴们，他们已经到了戈蒙。”我说：“这不是真的。”然后：“那么，罗贝尔呢？”D又拿起电话。我试图把电话夺过来。D一言不发，他倾听着，手抓着电话。我们为了拿到听筒而斗争。“你们不知道任何更多的消息了吗？”D朝我转过身来：“两天前，他们刚离开他。”我不再想把电话夺过来了。我瘫坐在电话旁的地上。某个东西破裂了。两天前，他还活着。我随它去。这东西破裂了。它从嘴巴，从鼻子，从眼睛出来。它必须出来。D放下电话：“玛格丽特，我的小玛格丽特。”她不回答。她正忙着。让她安静吧。这东西从各处像水一样涌出来。“活着，活着。”有人在回答：“我的小玛格丽特，我的小玛格丽特。”

两天前，像您和我一样活着，唉，是的。“这不可能……”有人回答：“我的小玛格丽特，我的小姑娘。”“别管我，别管我了。”这东西如泣如诉地溢出，它以它所愿意的各种方式逸出。这东西逸出来了。她听之任之。“啊！这是个本分人啊！我可知道他……”D把我拉起来，然后说：“好了，走吧。他们在戈蒙，他们在等我们。我们来杯咖啡吧。”D说：给我们来杯咖啡，其实是为了让我喝咖啡。在厨房的电灯光下，D笑容满面。D那特别的笑。他不停地在叙说：“啊！您想到他们居然会见过他！但是，可真是个聪明的罗贝尔……在最后一刻会躲起来……我们本以为他那个样子不会是个机灵鬼……”D在盥洗室里梳洗。他说：“就他那样子……”她靠着厨房的壁柜门。他的样子。的确，他的样子与众不同。他显得漫不经心。实际上，是个很有趣的人。他向来显得什么也没瞧见，但他却预见到这些事将来临……啊！可是，别相信。她一直靠在厨房的壁橱上。从浴室传来D的声音："您准备煮咖啡了吗？""是的。"她把水放在煤气炉上，然后磨咖啡。D又说："现在重要的是得赶紧。过两天，就会看见他到了。"D来了。咖啡已经煮好。热咖啡的香味。他活着。我很快换好衣服。我吃了一片退烧药。我一直在发烧，浑身是汗。应该留神了。大街上空空落落的。D飞快地走。我们到了已改成中转站的戈蒙。有人跟我们说过要去见埃莱娜·D。有人去找她。她来了，笑嘻嘻的。我在笑。但是，我却觉得冷。他们在哪儿？在旅馆。她带我们去。

旅馆已经老旧。里面正灯火通明。穿着条纹布衣服的人和穿白大褂的医生助理走来走去。有人告诉我们，"整夜都有人来"。到了房间那儿。女助理走开了。我对D说："敲门吧。"我的心在剧烈跳动，我快不能走进去了。就在D要敲门的那一刻，我请他稍等一会儿。然后，他敲门了。有两个人在房间里，在床脚那儿。一男一女。那女人眼睛红红的。两个人都看着床。他们一言不发。这是亲属。床上躺着两个穿条纹布衣服的人，其中一人正熟睡，他大约二十岁，另一人冲我微笑。我问道：“您是贝罗迪吗？”“是我。”“我是昂泰尔姆的妻子。”他脸色非常苍白。“怎么啦？”“我们两天前和他分手的。”“他怎么样？”贝罗迪瞅着 D：“有比他更加疲乏得多的人。”年轻人醒了：“昂泰尔姆？啊，是的。我们本该同他一起逃跑的。”我靠近床坐下。看上去他们并不急于说些什么。我说：“他们枪毙人吗？”两个穿条纹布衣服的人相向而视，他们没有立即回答。“也就是说他们早已停止枪毙人了。”D 接过话头，“肯定吗？”贝罗迪说：“从我们走的那天算起，那已经有两天他们停止枪毙人了。”贝罗迪和年轻人交谈起来。年轻人：“你怎么知道的？”“那是俄国卡波[1]告诉我的。”我问：“他对您说什么了？”“他告诉我，因为他们接到命令不再枪毙人……”年轻人：“那也看日

1　卡波：在纳粹集中营内指挥同监人劳动的人。

子，有几天他们枪毙人，有时又不。”贝罗迪看看他，看看我，看看D，他微笑着说：“我们累了，请原谅……”D眼睛盯着贝罗迪：“罗贝尔怎么会没有跟你们在一起呢？”“火车开出之前，我们找他一起走，但是没有找到他……”“可是我们仔细找了。”年轻人说。“你们怎么会找不到他呢？”D问道。“天很黑。”贝罗迪说。“再说，人还是很多，不管怎样……”年轻人说。我看见：火车，深夜时的车站。他们没有找到他，因为他被枪杀了。“你们仔细找了吗？”“也就是说……”他们互相看了看。“啊！是的，”年轻人说，“为此，我们甚至还叫唤他呢，尽管这很危险。”“他是很好的伙伴，”贝罗迪说，“我们找了，他做过有关法国的讲座……”年轻人：“他讲的时候，真应该看看，他让听众着了迷。”我：“你们之所以没有找到他，是因为他已经不在了，因为他被枪杀了。”D来到床旁边，他举止很生硬，脸色几乎和贝罗迪一样苍白：“你们最后一次见到他是什么时候？”他们俩互相看着。我听见那女人的声音："他们累了……"这就像在审问犯人似的。我们都没让他们喘息片刻。"我，不管怎样，我反正见过他，"年轻人说，"我可以肯定。"他眼神茫然地凝望，重复说："我可以肯定。"但是，他什么也肯定不了。我听见D在说："请尽力想想，你们最后一次是什么时候见到他的……"贝罗迪："我瞧见他在队伍里。你不记得了，就在右边，天还亮着呢，是在到车站前的一小时……"年轻人："当时可能都筋疲力尽了！我，不管怎样，我在他逃跑后见到他的，这个，我可以肯定，不管怎样，因为我们说好去车站……"我："什么？他逃跑？"贝罗迪："是的，他试图逃跑，但是，又把他抓住了……"我重复说："什么？难道他们不枪毙那些逃跑的人吗？你们说的不是真话。"贝罗迪好像有点气馁。"既然有人告诉你们他会回来的，有人看见了他……"D插进来对我说："您别说了。"然后，他开始问："他什么时候逃跑的？"他们互相看看："是在前一天吗？""我想是的……”年轻人说……我问：“枪决是怎么样的？”“住嘴。”D说道。然后，他说：“努力一下，我们很抱歉，努力回想一下……”贝罗迪：“我很理解，但我们累了……”沉默有顷，然后，年轻人说：“我，我可以肯定，他试图逃跑后，我在队伍里看见过他……现在，我可以肯定……”贝罗迪：“什么时候？”“和齐拉尔一起，在右边，我可以肯定这一点。”我又说：“你们怎么知道他们是否开枪了？”贝罗迪：“没什么可害怕的，我们会知道的，纳粹党卫队在后面杀人，然后伙伴们相互转告，我们总是知道谁……”D：“我们想要知道的是，你们为什么没有找到他……”“天黑了”，贝罗迪说。“也许他逃走了。”年轻人说。“不管怎样，在他逃跑后，您见到过他。”“肯定见过。”贝罗迪说。“绝对肯定。”年轻人说。“他们对他做了什么？”“嗯，他被狠揍了一顿……菲利普对你们讲得会比我更清楚……那是他的伙伴。”我问：“他们怎么会没有枪毙他呢？”“美国人已经如此逼近，他们没有时间了……”“再说，要看情况。”年轻人说。“他们去哪儿了？”“我们不知道。但是，他们不会走得很远……”“哦！不会的，”年轻人说，“到处都是美国人……”我问：“你们是在他逃跑前还是逃跑后，商量一起逃到车站去的？”沉默，他们面面相觑。D：“你们明白，如果你们在那之后和他说的话，那么，这一点就很重要了。这就更加肯定了……”他们不知道了。他们对此不再记得什么了。他们已经尽了最大的努力。“我想不起来了。”我们走了。D说：“我完全放心了。”我说：“我很担心。”D向我断言罗贝尔快要回来了。“假如三天后，他没在这儿……”

另一个等待的时期开始了。

四月二十四日十一点半。又响起了电话铃。“我是弗朗索瓦。菲利普回来了，十天前，他见到过罗贝尔，他逃跑了。罗贝尔当时挺好的。”我解释说：“我见了贝罗迪。”然后，我说：“好像是罗贝尔逃走了，可又被抓回去了。菲利普知道些什么吗？”弗朗索瓦：“的确是的，他试图逃跑，被一些儿童抓住了……”我：“他最后一次见到他是什么时候？”静默。“他们是一起逃的。他当时就在路边……他挨打了。菲利普在远处，德国人没有瞧见他。他就等着。他没有听见枪声。”沉默。“当真？”“这是肯定的。”“这不够的。他后来没有再见到他？”沉默。“没有，因为菲利普逃走了。”我：“那是什么时候？”（我知道所有这些都是弗朗索瓦算出来的。）“那是十三日。”我：“你怎么想？”弗朗索瓦：“没问题，他应该会回来的。”“他们是否在队伍里枪毙犯人？”少顷。“那得看情况……到印刷厂来吧。”“不，我很累。菲利普怎么看？”沉默。“没问题，他大概两天后就会回来了。”我：“他怎么样？”“很疲倦，他说罗贝尔还挺得住，身体状况比他好。”“关于那辆列车的目的地，他知道些什么吗？”“不，他一无所知。”“您不是在跟我编故事吧？”“不，到印刷厂来吧。”“不，我不去。假如他两天后还不回来呢？”“您要我怎么回答您呢？”“为什么说在四十八小时以后呢？”“因为到那个时候，他们已经被解放了。根据菲利普所说，他们肯定在十四日至二十五日之间被解放的。没有别的可能。”

贝罗迪十二日逃走的。他二十四日回来。菲利普十三日逃走。他二十四日回来。必须估算十一到十二天。罗贝尔大概后天到。也许明天。

二十五日星期三

二十六日星期四

二十七日星期五

二十八日星期六

二十九日星期日

三十日星期一

一日星期二

二日星期三

三日星期四

二十五日，星期三。渺无音讯。

二十六日，星期四。毫无消息。D请来医生。我发烧了，但并不很严重。医生说是流行性感冒。他给了镇静药。卡茨夫人和D坐在我的身旁。天色已黑。已是晚上十点钟。里比打来电话。我并不认识他。他找罗贝尔。他原先也在队伍里，他在贝罗迪之后逃走的，却比贝罗迪早回家。

二十七日，星期五。夜里，杳无音讯。D给我带来了《战斗报》。旧金山举行第一次会议。“莫洛托夫镇定自若，比多忧心忡忡，艾登[1]沉思默想……人们对正义公正谈论很多，使得众多小国家感到欣慰。”最新消息是，俄国人占领了地铁站。什切青[2]

1 艾登（1897—1977），英国外交大臣和首相。

2 什切青，波兰西北港口城市，什切青省省会。1720年并入普鲁士，由德国统治。第二次世界大战后归还波兰。

和布尔诺[1]被攻下了。

美国人到了多瑙河。我对D说："整个德国都在美国人的手中。"D表示怀疑。"理论上是的，但实际上，很难占领一个国家。""他们能拿它怎么样？最后他们把它变成什么呢？"我估量一下，队伍里回来的人就是那些逃走了的人。那么，其他人呢？——我不敢问D。我们几乎每天在争论。D开始恼火了。我把他搞得疲惫不堪。有时，他试图"转换话题"。这简直不可能。他说："这叫什么［日子］……"我说："是啊。"卡茨夫人在的时候，我不敢什么都不说，她没有她女儿的任何消息。她对我说："小宝贝，他们会回来的。"我说："是的。"她不让我抽烟，于是，我就在夜里吸烟。她热衷于阻止我抽烟。很有意思。我随她这样做。"医生这么说了。"她坚持这样，不是寻常的那样，她特别坚持这么做。有时，她说："我觉

1　布尔诺，捷克斯洛伐克南摩拉维亚州首府，系捷克斯洛伐克第二大城市。

得自己变坏了，您别在意。”她已六十岁了，还很坚强，但是，她心烦意乱。她非要我躺着，给我热美国牛奶。有时，她走了以后，我就对D说：“卡茨太太真可怕。”D向我解释，这是唯一对她有益的事情。如果我真的病了，我想卡茨太太会少想她的女儿。这真是不寻常。她上午九点到，晚上才走。整个白天，她都待在我身旁，我则躺着，她不让我抽烟。这持续了三天。有时，她说：“我已经是个老人了，这对我已经不重要了。最好是您会有消息。”当她去热美国牛奶时，她就在厨房那儿喊道：“要是您抽烟的话，我闻到气味就会知道的。”D在的时候，他就会在这样的时候抽烟，并给我抽一口。那天上午，她发现了这个情况，D便试图开开玩笑，但是，我相信她都快要哭了。下午，我们俩单独在一起时，我们什么也没说。有时，她把拇指和食指分别放在两只眼睛上，然后，往里压。她在吃不消的时候这样做。其他时间她尽力微笑。她对我说：“别想了，尽量睡吧。”她有时也会忘记我的存在，双眼迷茫地注视着外面，她摇摇头，说道："我不会再见到她了，我不会再见到她了。"她久久地摇头表示"不"。她的女儿是残疾人，一条腿不听使唤。"我知道他们杀害残疾人。可怜的小姑娘，她怎么走路呢……"卡茨太太等了六个月，从四月等到十一月。她的女儿是三月份死的，而她在十一月才得知这个消息。我没有和她谈起罗贝尔。这没有必要，她只知道跟我说："我肯定他们会回来的。"然而，后来她却说："我肯定我再也见不到她了。"不管什么都不必问她了。白天很长。五点左右，客厅里还有阳光。五点左右。有时，有电话来。卡茨太太就过去接听。她说："不，还是没有消息。"然后说："她在休息。"然后，就把电话挂了。她已经在家里关照过，别人找她就打电话到我家，她在她住的大楼门房处留了一封信给她女儿，因为，"她也许直接到她家，她不知道我在法国"（卡茨太太是比利时人）。她还留了一封信给她的门房，因为，"如果她到了，她或许该知道在哪儿能找到我”。在这封信里，写道：“我在玛格丽特·昂泰尔姆家，打电话给李［特雷］……”她还在车站、各接待中心，在她的表兄弟家，在她的姐姐家，都留了信，因为，“谁能料得到，她可能不回家，而是直接去那些地方”。她买了五十箱美国牛奶，十公斤糖，十公斤果酱，还有钙片、磷酸盐、烧酒、古龙水，一个橡胶圈，一些床上用的垫单，米、土豆等。她说：“她所有的内衣都洗过、补过、熨好了。”还说：“我已经让人给她的黑色上衣加了里衬，我给她的大衣重新添上口袋。”又说：“我原先把所有的东西都放在一只有樟脑丸的大箱子里，前天，我就把所有的东西拿出来透透风，一切都准备就绪了。”还说：“我请人给她的鞋子打上U字形鞋头，又把她的袜子缝了几针。”又说：“我想我什么都没忘记，一切都准备好了；只是，我还应该再买点糖，他们的心脏需要许多糖，是的，他们的心脏都很弱。”然而，又说：“我再也见不到她了。她的腿不听使唤，他们会放毒气毒杀她的。”

当谈话的主题是德国人的时候，卡茨太太就说：“我但愿一个都不剩，甚至连儿童在内，如果需要的话，我会亲自杀死他们。”大约两周前，我见到过卡茨太太，她并没有改变想法，她对我说：“要是他们中有一个来到布鲁塞尔我的办公室，我会把镇纸扔到他的脸上，我还有力气，我可以肯定，我会杀死他的。”卡茨太太声音镇定地说这些事情，我相信她很可能这么做。她善良但又恶毒，没有中间状态。她问我：“您有多少糖？”我说：“我没有糖，我有时间。”“玛格丽特，这可不明智，到最后一分钟，您也许会找不到这些东西。”她又重新开始沉浸在她的思索中。我也一样。贝罗迪、菲利普、里比。然而，他今天本该已在这儿。他挨过打。菲利普没有听见枪声。他之所以等着，通常情况下是因为他们可能开枪了。他们也许在远一点的地方开枪，而菲利普没有听见。菲利普是最后一个见过他的人。贝罗迪曾在火车上寻找他，他说他见到了他，但是这并不肯定，他看上去不是很确定。然而，菲利普，他肯定见过他，因为他们本该一起逃跑的。但是贝罗迪并没有看见他。他在车站寻找他，而没有找到。但是，他也肯定，罗贝尔并没有被枪杀。必须等待。我重新构建一下，但是有一个洞：在菲利普“没有”听见枪声和车站之间，他怎么样了呢？重要的是要理智，并力图弄懂。黑洞。我竭尽努力，却一点儿也弄不明白。

四月二十七日。我起床。卡茨太太已经走了。夜里没有电话。十四日，他还活着，也许是十五日。我穿好衣服，我寸步不离电话。D 非要我同他一起去餐馆吃饭。也许他在某个转移中心，正等着出发。餐馆客满了。但是，在这种情况下，他为什么不写信呢？人们在谈论战争的结束，柏林，他们彼此在拿警报开玩笑。“万一最后撤走的德国飞机偶尔会轰炸巴黎呢？”我不饿。他又在那条壕沟里。我不饿。“他们永远还不够这笔账”，人们这么说，他们在谈论德国人的凶残暴行。而我，我可受够了。我想死。不，我不饿。既然他死了，我也想死了。人们在说啊，说啊，他们在吃。这不是他们的错：“我认识一个从贝尔森回来的人。真可怕！”“我认识一个人，他……”我与这世界隔绝了，甚至与D隔绝了。如果，我今天晚上没有收到信，或者，今天下午没有电话来，他就是死了。D看着我。他当然可以看着我。他死了。我告诉他这一点也是徒然的。他不会相信我，但是我，我深知这一点。D也叫我感到有点可怜。所有的人都在读报。红军已抵达柏林的心脏地区，什切青，攻下了，布尔诺，攻下了。《真理报》写道：“德国的丧钟已经敲响。柏林周围火与铁的包围圈正在收紧。”结束了。和平来临，他却不在了。如果他为了和平而不在人世，我该做些什么呢？怎么办？我不饿。意大利游击队在法恩扎[1]俘获了墨索里尼。整个意大利北部都在游击队的手中。墨索里尼被俘

1 意大利城市名。

获。其他的就什么都不知道了。报纸在旋转，大地在旋转，德国人民被压烂了。德国就像是一锅粥。他也一样。《人道报》说贝当[1]乘坐卧车回来了，而集中营出来的犯人则乘运大牲畜的车皮回来。《世界报》谈到了未来，谈到了戴高乐式秩序。未来。从这样的遭遇中显露出某种未来。多列士[2]也谈到了未来。他说应该工作，他说拒绝牺牲比战斗付出的代价更昂贵，他说观望主义是一剂致命的毒药。是的。《世界报》说，幸运的是，一九四四年九月，法国没有陷入无政府状态，显然，加速进行，一气呵成是吸引人的。他希望“改革已经成熟”，而只有戴高乐……的确，就要投票表决了。多列士谈到了人民的主权。《世界报》谈到了秩序。它没有提起人民。他回来以后，我会给他解释，《世界报》是什么，在这个时刻，对我们来说，表现了什

1　贝当（1856—1951），法国将军。第一次世界大战凡尔登战役的英雄，第二次世界大战维希傀儡政府元首。

2　多列士（1900—1964），法国共产党创始人，曾任法共总书记。

么，对我们意味着什么，《世界报》所理解的未来是什么。他应该知道。他不能猜测。一旦他回到家，我就给他解释《世界报》是个怎样等待时机的角色——三个法郎一份的报纸，政府“良心”的代言人，《时代报》[1]恢复了，够了，是恢复正常状态的时候了，六年的沉寂之后，它毫发无损地重新出版了，拥有三倍于《人道报》的纸张，因为《人道报》在地下抵抗运动期间，以人民的鲜血为代价而进行销售是错误的。如果他回来，我会告诉他。这将是令人高兴的事情。告诉他这些，还有其他的一切。我为他保存了所有的报纸。如果他回来了，我将和他一起吃饭。在这之前，我不吃。不。报应的时刻到了。所有的人都付出代价。我在受罪。我不会吃的。在德国，那个十六岁的德国男孩的母亲也在受罪，一九四四年八月十七日，这个男孩孤零零地躺在艺术桥堤岸的一堆石头上，奄奄一息，渐渐

1 《时代报》，《世界报》前身。历史悠久的报纸，第一次世界大战后，成为一家右翼报纸，1942 年停刊。

死去。有人会把他扔到河里。人们承担着“罪恶的”观望主义的后果。我们的过去的阴暗面。我们童年的悲哀。我们受到威胁的未来。戴高乐上台掌权了。他也许拯救了我们的荣誉，四年来，我们对此深信不疑。现在他正如日中天，他身上有某种令人恐怖的东西。他对民众的称颂十分吝啬。民众并不感到轻松。他以路易十六的方式来谈论法国人民，对戴高乐主义者，不再有什么判断失误的了。可怕的是，在一九四五年四月，在我的邻桌和我之间竟有那样的区别。一致性不存在了。成千上万的法国人在德国的土地上腐烂，但是，他们没有聚集任何人，他们没有使戴高乐主义的平衡摇动一毫米。选举将仍旧举行，戴高乐说，因为，我已经说了，因为，任何东西都不能延缓命令：“只要我在位，政府就将运转。”六年的战争之后，法国还是倾向于社会主义，戴高乐对此挺激动。跟我们一样，他也在付出代价。他不止一次会特地对那些此时此刻在付出代价的人说话。当他对“他的”法国人，对他的羔羊们讲话时，总是为了转移他们的痛苦——这因为人民的希望扎根于人民的痛苦中。在这个时刻，我身旁读着《世界报》的人并不在等待。这个结局的悲哀。在仇恨中——在愤怒中——在欢乐中，某些被打碎的东西。“我要去一醉方休。”“我，我什么都不会做。”只有我们在等待某些事情——我们在等消息。其他等待和平的人是虚假的等待。几百万的法国人在等待。只有美国人知道他们的人变成什么样子。法国人、德国人、俄国人，将永远不知道。美国的联络手段是可靠的。机器，美洲，战争已随着它的新闻电讯线路、烟斗、带发送设备的装甲车，各种类别、各种性质的导航网，转移到了大陆。任何一个美国人都不会失踪，根本不会迷路。布痕瓦尔德那些小茨冈人的双亲永远不会知道，他们是被（在德国的）指派勒死犹太孩子的工作人员用毒气毒死的，还是被割喉杀死的，他们是被烧了还是在阳光下腐烂。几百万苏维埃游击队员失踪了。我在等待。没有任何新闻电讯线路，而只是世界这一边始终紧张的灵魂，这儿，尸体堆放在一个难以分辨的墓坑里——俄国人、捷克人、法国人、德国人、意大利人、比利时人、荷兰人、希腊人。美洲看见了巨大的焚尸场在冒烟。那十六岁的德国青年的母亲永远不会知道，永不，永不，我曾是世上唯一应该知道的，我不得不想起一位灰白头发的老妇人将悲伤地等待着，直到生命的尽头。也许某个人看见他在这条壕沟，当时，他的双手做最后一次呼叫，他的双眼在淌血，这个人永远不会知道这是谁——而我永远不会知道他是哪儿的人。只有美国和英国的死者才被贴上标签，这就是到别人家园去的好处。我们，在我们这儿，在我们这古老的欧洲，我们原本就不那么有远见。社会主义就是在这儿挑起，法西斯主义癌瘤就是在这儿生长。世上［令人厌恶］的老女人。身为这个种族而自豪，这种对我毫无用处的自豪，因为，从他生死不明那时候起，不再有什么东西对我有用。但尽管如此，在卡茨太太和我的痛苦中，依稀有着自豪的痕迹。我们属于那些焚尸场里被烧死的和马伊达内克[1]被煤气毒死的人的种族。布痕瓦尔德的焚尸场，以及饥饿，其功能都是平等的。贝尔森公墓里无产阶级的真理。在这些墓穴里有着我们一部分血缘。我们永远没有见过像贝尔森的骸骨那样平等、那样相同的人，如此奇特地一模一样。记录上，其中，美洲没有一具骸骨，所有这些骸骨都是欧洲人，他们是这场战争的前卫部队。一九三三年至一九三八年死于多拉集中营[2]的四万德国共产党人的骸骨在这欧洲的大公墓里，大陆外国家不再出现在这儿，只有欧洲人民呼唤他们，仅此就能使得一个欧洲人认真思索。当美国人对我们说："此时此刻，没有一个美国人不会不知道在德国的集中营里发生了什么。哪怕他是芝加哥的理发师，哪怕他是肯塔基的农民。"他们同时想慷慨地给予我们安慰，让我们安心，同时

1　波兰地名，"二战"期间曾是纳粹在波兰的最大的种族灭绝集中营。
2　位于德国北豪森附近，附属于布痕瓦尔德集中营。

在我们的眼前显耀美国战争机器中出色的机械装置。我明白，肯塔基农民放心了，他原本对于别人挑选了他的儿子，且送到欧洲前线去的理由并不确信。

但是，当有人告诉他，意大利游击队员处决了墨索里尼，把他挂在屠宰场铁钩上，使所有米兰人都能看到墨索里尼这个姿势，这时，美国人不会感受到这极度的欢乐，不会感受到这一画面给我们带来的情同手足般的满足。意大利人民能这么做，给了我们一种希望，这希望是我们欧洲人所特有的——虽然，这和在 1940 年逃难时[1]轰炸我们的是同样的意大利人，因为我们看到了如此有欧洲特色的急剧变化初露锋芒。

四月二十八日。那些等待和平的人并不等待什么，什么也不等。我甚至没想到和平，我想知道

1　指 1940 年 5—6 月德国进犯时，法国北部居民往南部逃难的大迁移。

他在哪儿，想知道某些事情。自从里比带来过消息以后，没有任何其他消息了。和平于我好像是还很遥远的日子，我不敢相信它已然临近。我随着时间推移而活着，我从上午到下午继续生存。总是什么消息也没有。等待已是一成不变。和平使我觉得是蔓延在死者身上的暮色。唉，没有理由毫无消息，越来越没有理由。和平：如深沉的黑夜。这也将是遗忘的开始。巴黎的夜晚灯火辉煌。有一天，我在圣日尔曼德普雷广场，那儿仿佛被探照灯照耀似的透亮。“两个丑八怪”咖啡馆挤得满满的。里面，一颗颗脑袋从缭绕的烟雾中显现。天气还太冷，露天座还没有人。街道上空空荡荡。和平曾使我觉得有可能，我赶快回到家里。我隐约看见一个可能的未来出现了。我是个漂泊无根的人，任何地方，都没有我的一席之地，无论什么地方，我只和他在一起，也就是说，在一个在那边没有任何人的人无法接近的地带。我为一个不大可能的日期而担忧不安，而事实只是像符号那样触动我。广场的路灯就是一个符号。对我来说，它已经失去任何别的意义。对我们这些正在等的人来说，不再有任何现实意义。相反，其他人则不耐烦了，士兵们想要回到他们的家，老百姓想要回到自己的家：“他们还在等什么？快缔结和约吧。”听到这句重复很多次的话，我知道威胁更大了。

今天，有人说希特勒气息奄奄。这是希姆莱在德国电台的最后一次广播时说的，同时，他提出投降的请求。我的女门房上楼来告诉我：“您瞧见那头猪了吗？我们不能杀死他了。”“简直没有公道。”“这太过分了，我们不能处置他，这太过分了。”“我们被劫了。”这结果是玷污了和平，使得和平在天还没亮就腐烂在树枝上。那些罪魁祸首中最负有责任的人从我们手中逃脱了。这也令对德国崩溃的那种难以置信的感觉荡然无存。柏林在燃烧，只有“三十个敢死营”在保卫它，在它的心脏地带，希特勒朝自己的脑袋射了一颗子弹。希特勒死了。

消息并不确切。有些人相信，其他人则不。但是，猜疑笼罩着。全世界都在想希特勒。

“不管怎样。”

“不管什么怎样？”

“他经历了怎样的一分钟啊！您是否想到他生命的最后三个小时……从来没有，自古以来，世界上没有一个人有过这样重要的经历。”

“您认为，他在死前想到了什么？”“也许第一次想到他自己，想到他的一生。”“我们站在客观的位置上看吧。”

“不。”

四月二十八日至二十九日。希姆莱在文稿中宣布“希特勒气息奄奄”，而且，“他活不到四十八小时后宣布无条件投降”。宣布无条件投降对他可能是致命的打击。美国和英国已经答复说，他们只有在与苏联一起的情况下接受投降。是在旧金山会议上，希姆莱提出投降的动议。《战斗报》的最新消息称，降书也同样向俄国递交。意大利人不愿意把墨索里尼交给盟军。各报刊一致都对此表示反对。《前进报》上写道："意大利人民是墨索里尼的第一个受害者，因此，他应该在这个国家的人民手中赎罪。"法里纳奇被人民的法庭审判，他在某个城市（未指名）里人山人海的广场上被处死。在旧金山会议上，正值困难时刻，欧洲在那儿是少数。是斯退丁纽斯主持会议。"面对大的强国之间的表演，小的强国也抬起了头。"（《战斗报》，4月28日）也就是说法国和意大利……

还没有赢得和平，人们已经在谈论和平后的事了。这是规律。他们，他们将既不是为了和平，也不是为了和平后在这儿。他们人数众多，的确，死去的太多了，我们不可能使死者死而复生，没有起死回生，在人类历史进程中，只有过一次再生，这一直是震惊的根源。这不可能，无论怎么做，无论怎么说，我们都无法让一位一九三九年死于多拉集中营、死于法西斯主义崛起之际的德国共产党员明白已经来临的胜利是属于他的。台尔曼[1]，他，他在被枪杀前就知道这一点。关于死亡，我们写了许多。那是艺术最喜爱从中汲取养料的源泉。在德国被发现的死亡的真相，以一千一百万人的规模，令艺术难堪。一切都在与这个罪行较量，一切都在为这没有一个十字架能支撑起来的巨大罪恶而辩解。它又一次过去了。有人向我提到某位深感“不安”的学者，他变得忧郁、悲观，对他来说，这一切令他“思索”。我想起我们所有的诗人，想起世界上所有的诗人，此时此刻，他们正在等待和平的实现，然后便能够歌颂这罪行。但有问题。对于老百姓来说，这比较简单，问题出现在吃面包的时候，工作的时候；对于可能不写作的诗人来说，这就比较困难，这将是一个生与死的问题。所有的思想，所有的信仰都遭到非难，在进行自我辩护。如果，这罪行没有在集体范围内被“理解”，那么它

1 台尔曼（1886—1944），德国共产党领袖。1933 年被捕，遭受长期监禁，最后在布痕瓦尔德被处死。

就配不上经历它的人类。那个在贝尔森死去的人没有被包裹在“睡着死神的紫红色的裹尸布里”，他知道他为什么死，是为了拯救新生的公正，不管他的“政治立场”曾是怎样，他死了，为的是不再有奴役，他怀着一种集体精神和阶级意识孤独地死去，正是出于这集体精神和阶级意识，在某个夜晚，在欧洲的某个地方，在没有上级、没有军服、没有证人的情况下，他毁掉了铁轨的螺栓。这没有被记载下来。这并不包含在士兵的不朽功勋里。不再有士兵了。有一个摆脱了长达十九个世纪的奴役的民族。既没有士兵，也没有人民，现在，这是唯一而且同样的事。

米色笔记

这是《战时笔记》四本里的最后一本，相形之下，是编辑工作最大的一本。它的撰写可能在一个相当漫长的时间跨度中展开（在 1946 年和约 1949 年之间）。撰写了九十二页的这本配有加厚布封面的《米色笔记》被发现时，其中有几页，部分或全部画了儿童画。大部分纸页已从练习簿脱落，其中难以确认有多少页已丢失。另外，这些纸张上的写作是断断续续的，而且不按照纸张装订的顺序。为了能阅读它们，更为了力图重新找到一个假定的撰写顺序，我们把关于相同主题或同一部已经发表作品的片段一段一段地关联起来。某些过于简短，而且不大容易辨认的片段，便去掉了。

《米色笔记》的灵感大多具有自传性；同时，它所包含的几乎完整的文稿，大多会在一些小说叙事中得到修改并发表。这最后一本笔记为玛格丽特·杜拉斯写作生涯初期运用的叙事方式提供了一个应特别受到重视的见证，她从自身生活的记叙中汲取故事的素材。

玛格丽特·杜拉斯抽取《米色笔记》的若干章节给了《女巫》杂志（1976年）：这里，我们发现其中三篇（《面黄肌瘦的孩子》《这样一种爱的恐惧》和《关押期间没有死》的第一个片段）。其他更长些的文稿，后来在20世纪50年代初归并入长篇小说或中篇小说（《抵挡太平洋的堤坝》《直布罗陀水手》《道丹太太》）。最后，笔记包含了一些后来在发表的作品里没有的自传体描写（罗贝尔·昂泰尔姆的归来，1946年夏天在意大利的假期，等待分娩及儿子让的出生，政治倾向，阅读，写作和在圣伯努瓦街的日常生活）。玛格丽特·杜拉斯亲手用红色毡笔在手稿页边所作的大量注释，表明她曾重新阅读了手稿；这些批注指向作品的题材或题目（“关押期”“战争”“堤坝”“道丹”“水手”“女巫”……）中，或者弃之不用（“不使用”）。

在她的孩子们吃饭的时候，她就坐在他们对面，看着他们。她盯着他们的一举一动，她希望苏珊再长高些，如果可能的话，约瑟夫也一样。

“苏珊，吃点肉，这种炼乳不会给你什么营养……”

“而且，会弄坏你的牙齿，”约瑟夫说，“那玩意儿把我所有的牙齿全都弄烂了，甚至，使我感到厌恶。”

“等我们有了钱，让人给你放个假牙齿桥，别人就什么都看不出了。”母亲对约瑟夫说。“我的小苏珊，吃一点肉吧。”

每当要让他们吃东西的时候，母亲就变得非常温柔。

苏珊被人再三央求，便拿了一块肉。母亲为约瑟夫准备了咖啡，约瑟夫在装配他的乙炔灯。他一把灯安装好，便点亮了灯，并出去走到阳台，看看能见度是否合适。

“他妈的，”约瑟夫说，“它死了。”

母亲和苏珊跟在约瑟夫身后过来。在乙炔灯的灯光下，这匹马躺在河边的斜坡上。它的鼻子轻轻地触到灰色的水，他大概一下子直挺挺地倒下了。

“你得走近去看看。”母亲说。

苏珊回到房间，她无法忍受瞧着快死的马。她坐在一把藤制的安乐椅上，把双腿蜷缩在身下，盯着乙炔灯。

“可怜的畜生，”母亲说。然后，她叫喊道：“怎么样啦？”

“它还在呼吸。”约瑟夫在院子里喊道。

“我们怎么办呢？”母亲说，“苏珊，到车里去把那条旧的方格盖布拿来。”

苏珊走下吊脚楼，去拿盖布。

“我不去那儿，”她冲着约瑟夫喊，“来拿走。”

约瑟夫走回来，拿起盖布，把它铺在马身上，然后，迎着到来的那些猎人走去。

“可怜的畜生，”母亲继续说，“这真可怕。”

平原上有许多孩子。他们老是歇在水牛背上。他们在洼地边上钓鱼。河里总是有不少孩子在玩耍。当渔船顺着河流南下时，也能看到船上有孩子。太阳落山，孩子们就回家躺在茅舍里，就在他们的角落里，直接睡在竹板条铺就的地板上。在山区的农舍周围，人们也会遇见一些在村外冒险的孩子，山羊，儿童和幼小的芒果树。还有许多流浪狗，从一个村到另一个村，它们一天要跑二十公里，为了尽量能在垃圾堆里找到一些吃的。这些瘦骨嶙峋、腿长长的狗，是偷家禽的贼，马来人用石头驱赶它们，或者就把它们杀了吃。这些狗是孩子们天生的伙伴。哪里有孩子，哪里就有狗，孩子们并不驱赶它们。每个女人每年都生一个孩子，因此，孩子就像水稻、像［字迹不清］，像老虎，像雨，像洪水，像瘟疫。孩子们在广袤的平原上生出来，有着不计其数、成群结队的孩子，女人们开始在肚子里怀着，接着在背上驮着，然后就放他们离开自己，从来没有一个孩子妨碍他的母亲去插秧，秋播，步行到离这里六十公里远的朗镇，购买那一年的缠腰布。孩子还太小的时候，她们就把孩子放在缠绕在腹部和肩部，类似吊床的兜里，背在背上，孩子在母亲身上挪动位置，吃饭的时候，母亲咀嚼米饭，然后，口对口地喂他们已经嚼烂的饭团。当这一幕在某个西方人面前发生时，西方人便反感地把头扭过去，母亲则付之一笑，因为，许多许多年以来，在平原上，人们就是这样做的，司空见惯，可不兴反感那一套。贫困笼罩着平原，当孩子死的时候，人们不会为他们哭泣，人们不为他们举行葬礼，直接把他们埋入土里，在平原上，孩子们就像森林里的野芒果，像红树的果实一样回归原野。每年都死去好多孩子，许许多多。他们死于过于青涩的芒果引发的霍乱，但是，又怎样阻止孩子们攀爬上芒果树呢？每年，看见大批大批的孩子待在芒果树上，然后，就死去一大批，到了第二年，其他的孩子在这些同样的芒果树下，取代了他们。还有很多孩子溺死了，还有不少孩子感染上狗身上的寄生虫，肚子里塞满了虫子，给憋死了。那些［字迹不清］下山，用藏红花粉涂抹孩子们的身体，但他们还是大量地死去。必须有一些孩子要死去。平原只提供它固有数量的稻米和鱼，以及［字迹不清］。假设孩子不再死去，那么他们就变得如同毒药，平原就会像被蝗虫侵入一般挤满了孩子，也许人们会不得已杀死他们。当有人问一名妇女她有几个孩子，她用手指计算死去的和活着的孩子，每次，都是死去的要比活着的多得多。所有这些孩子都是自个儿，或相互之间，学会了说话、唱歌、大笑、游泳、打闹。根本没有父母的帮助，一旦他们长大了，就像他们的双亲一样勤劳、快活、勇敢。

母亲的吊脚楼里原来总是有几个这样的孩子。她曾承担了不少孩子的抚养费用。通常，这是一些别人给她的孩子，或者是孤儿。一名女乞丐给了她一个已经感染上狗寄生虫的小女孩，如同那匹死马，这个小女孩因为平原的极度贫困，因为这平原上绝妙而致命的平衡而死了。母亲和苏珊为这小姑娘感到内心伤痛。在苏珊的一生中，那一天是一个不公正而又愤怒的日子。

母亲想要的，就是建起一座大堤坝来抵挡毁坏收成的潮汐。不仅仅为了她自己，而是为了整个平原，为了看到可耕种土地延伸出去，远到超出目前的界限，她很想看到河流两旁的村庄越来越多，看到运行在这条河里的装载着稻米的大帆船出海远行，直到暹罗。母亲屡次进城，去请求地籍管理局来了解一下平原的状况。管理局的代表来了，又走了，这已距今三个年头了。而海水就像回娘家一样来毁坏收成。在这个地方，母亲，她不知道该拿这些海水怎么办，她因为烦躁不安而日见憔悴。

约瑟夫在电影院里遇见了她。在影片放映的整个过程中，她都在抽美国烟，因为她身上没火柴，约瑟夫就为她点烟，也抽了几支她递过来的香烟。他们一起走出电影院。从那天起，约瑟夫就离开了嘉尔曼，八天八夜，约瑟夫没有在“现代旅店”再露面。

因此，母亲做完了她要做的事情后，不得不等八天，等着约瑟夫回来。母亲和苏珊都不会开车，于是，她们必须等约瑟夫回来送她们回平原。

最初两天，母亲不停地哭泣。然而，她吃了那么多药丸，整个白天都昏昏而睡。她不管苏珊，让她随心所欲，干她想干的事情。上午，苏珊在嘉尔曼家消磨时光，其他时间，她便到上城区去。

她已经开始习惯上城区了。她不再在那儿闲

逛。她大约五点钟离开旅馆，直接就走进一家电影院。然后，她离丌了第 家影院，直接走进第二家影院。之后，她就直接回旅馆。母亲给了她一点钱，加上嘉尔曼给的，这些钱够她买一张正厅前座的位子，不会被人注意。不再有什么羞愧了。苏珊非常想念约瑟夫。她相信，约瑟夫不再回来了，她知道她在兄长的生活里并不很重要。母亲对她也没有什么帮助。只有嘉尔曼跟她说话，问她做了些什么，给她钱。苏珊不喜欢嘉尔曼，但是，尽管如此，她还是接受嘉尔曼的钱。每天晚上，嘉尔曼都问她是否遇见了什么人，而苏珊则回答没有。第二天，嘉尔曼还是给她钱。苏珊对嘉尔曼不存丝毫感激之情。当她晚上回来的时候，嘉尔曼拥抱她，把她拉到自己的房间，问她是否遇到什么人，或者，是否见到了约瑟夫。嘉尔曼一点儿也不因为约瑟夫离开了她而感到伤心，但是，她想要的是让母亲安下心来。

“她还没起床，”嘉尔曼说，“约瑟夫做的事想必是迟早要发生的，但是，她就像个年轻姑娘似的，她不愿意理解他。”

苏珊离开了嘉尔曼，去看她的母亲。嘉尔曼的房间里没有床，但是，有一张铺满了手工绘制坐垫的长沙发。墙上，挂着绘有意大利喜剧的丑角和古代舞会上哑剧小丑的挂毯。在三面镜的梳妆桌上有一个放着假花的花盆。苏珊真的很讨厌这个房间，因为，她知道，就是在这儿，约瑟夫开始干那种事。

她知道那是怎么回事。约瑟夫曾经告诉过她，他光着身子与一个全裸的女人一起在床上。她见过裸体的嘉尔曼，她真不明白约瑟夫。而现在，他又一丝不挂挨着一个全身裸露的女人。这使得她与约瑟夫之间有了极大差别。

总是老样子。母亲醒了，穿着衬衣，躺在床上，在昏暗中等候约瑟夫。

“怎么，你见到他了吗？”母亲问苏珊。

“我没看见他。”苏珊说道。

她让苏珊到上城区去，因为，她希望苏珊会遇见约瑟夫。于是，母亲哭了，要吃药丸。

“你最好来吃晚饭，”苏珊说，“别吃你那些讨厌的药丸。”

母亲坚持要吃。她从来没有像这个时候那么害怕癫痫发作，害怕因此死去。无疑，是她整天独自待在房间里使她产生了这些念头。她这样等待约瑟夫，使得苏珊对她感到一种无声的愤怒。苏珊把嘉尔曼的话重复了。

“这是早晚要发生的。”苏珊说，“这不是你使自己生病的理由。”

母亲说自己知道这一点，但是，如此突然地失去约瑟夫还是很可怕的。

苏珊走到窗户旁，靠窗而坐，凝望着河流在人头攒动的城市那儿向远处伸展，宽阔而又明亮。母亲入睡了。苏珊想着她看过的影片。

她大概是在旅馆遇见了加尔各答的棉纱推销员。他是路过而住在旅馆里的。他正物色一名女子做妻子，他希望这女子是个处女，[年轻]，而且是个法国女子。

他向嘉尔曼吐露隐情，嘉尔曼立即就对他说起了苏珊。

这是个四十来岁的男子，曾经多次周游世界。

*** ***

有人告诉我说:“您的孩子死了。”就在分娩后一小时,我曾远远地看见这孩子。第二天,我问:“他长得怎么样?”他们告诉我:“他有一头金黄色,带点橙黄色的头发,像您一样,眉毛高高的,他长得像您。”“他还在那儿吗?”“是的,他在那儿一直待到明天。”“他冷吗?”R回答道:“我没有碰他,但想必是的,他很苍白。”然后,他犹豫着说:“他像天使那样好看,这也是由于死亡造成的。”我要求看看他。R跟我说不行。我请求修道院院长。她对我说:“这就不必了。”我没有坚持。他们向我解释过他在哪里,在待产室旁边的小房间里，走过去靠左边那一侧。第二天，我独自与R在一起。天很热。我朝天躺着，我的心脏很不好，我不应该走动。我不动弹。“他的嘴长得怎么样？”“跟你的嘴一样。”R说道。每个小时都这样度过：“他还在那儿吗？”“我不知道。”我不能阅读。我看着敞开的窗户，看着长在环城铁道线的护堤上的槐树的叶子。

晚上，玛格丽特嬷嬷来看我。“这是个天使，您应该感到高兴。”“他们会怎么安排？”“我不知道”嬷嬷说道。“我想要知道。”“一般死者这么幼小，就烧了。”“他还在那儿吗？”“他还在那儿。”“那么，要烧掉？”“是的。”“很快就会做完？”“我不知道。”“我不愿意把他烧了。”“这没办法。”第二天，修道院院长来了：“您想给圣母玛利亚献花吗？”我说：“不。”嬷嬷盯着我。她年已七十，由于安排诊所日常运营，而显得干瘪、消瘦，她令人厌烦，她有一个我想象是又黑又干的肚子，里面塞满了干枯的树根。第二天，她又来了。

“您愿意领圣体吗?”我说:“不。”于是,她盯着我。她的脸色极其难看,是一种恶毒的表情,恶魔般的脸:“这,不愿意领圣体,怨天尤人,就因为她的孩子死了。”她啪地摔门走了。有人叫她:“我的嬷嬷。”(这是我遇到的我真想痛打一顿的三四个人里的一个。痛打。这个词有点骇人听闻。痛打。这个词就是为她而造,为她那装满了黑墨水的肚子而造。)

天很热。五月十五至三十日之间。正值夏季。我对R说:“我不愿意有客人来。只要你在。”我总是面对着槐树伸长身子躺着。我腹部的皮肤紧贴背部,已空无所有。孩子走了。我们再也不在一起了。他孤独地死了。有一个小时,一天,八天了,单独死去,在我们共同生活了九个月之际死了,他刚独自死去。我的肚子沉重地又瘪了下去,扑通,回到原位,就像一块破旧的抹布,一块旧布片,一片裹尸布,一块石板,一扇门,这肚子已一无所有。它曾光荣地怀着这颗幸福的种子,在它美妙地隆起时，这潜入水中的果实（一个孩子，就是一个青果子，就像未成熟的水果一样，使得你嘴里满是口水）只在我肉体内充满黏液的，滑润、幽暗的暖热中生活，而生命的光却杀死了他，他在空间遭到孤独打击致死。他那么小，就已经这样单独地死去。“他在哪儿？”我问R，“他被烧了吗？”“我不知道。”人们都说“一出生就死还不是那么难以忍受。比长到六个月大再失去要强”。我没有回答他们。这难以忍受吗？我想是的。恰恰是他“刚来到人间”，生和死这样同时发生。什么也没有了。我什么都没有了。这种空虚很可怕。我没有孩子，甚至连一个小时的时间也没拥有过孩子，我必然就想象着一切。我一动不动，想象着。

这个孩子在那儿，正在睡觉，这孩子刚才笑了，他对着别人刚才给他的长颈鹿笑了。他笑了，而且笑出了声。有一阵风声和微微的这轻轻的笑声传到我耳旁。于是，我稍稍升起他的车顶篷，又把那个长颈鹿给他，为了让他再笑笑。他又笑了起来，我把脑袋探进他的车顶篷里，要接听他全部的笑声。我的孩子的笑声。我把耳朵放在这个贝壳外，为的是倾听大海的声音。一想到这笑声随风而逝就难以忍受。我抱住了他。我曾拥有他。有时，当他打哈欠时，我去闻他的嘴，吸进他哈欠的气息。我不是一个精神失常的母亲。我不只是靠这笑声，这气息而生。我需要许多别的东西，清静，一个男人。不，我知道生一个孩子的代价。“尽管他已死去，”我想，“我还是会拥有这笑声。”因为我已经失去了一个，因为我知道这可能消逝，我就是这样。我掂量着这样一种爱可能引起的所有的恐惧。有人说怀孕使人变好。胡说八道。自从我有了这恐怖经历，我变得坏了。总之，我确实有这种恐惧感，我老是有这种恐惧，总之，对我来说，信徒们怎么说与我无关。

***   ***

这是一个美好的下午。时值八月。啊，这个月，这个大家都知道的最炎热的可怕的月份，是一年中的核心——顶峰——这美的苦难——这个八月的苦难历程。单间公寓的阳台朝向山谷敞开——这规模宏大的山谷有一百公里长，三十公里宽，一千米深，在我们的阳台下，带着森林、湖泊、田野、林中空地而铺开——我们凌空观望山谷，广大无边，使得D说："我们的大地母亲青翠碧绿。"通常，风飞快吹过，我们在阳台宛如在风的刀片下，这刀片夜以继日地转呀，转呀。变得疯狂。我对D说："17世纪，在卡尔卡松[1]，刮三天风后，人们就关闭法庭。这会影响陪审员。”那天下午，风力减小，暂时平静。（在犯罪前和死亡前产生的暂时平静。）D 和我，我们在下面的庭园里，面对山谷，躺在一张席子上阅读。后来，读得够多了，D 就去看椴树下的蚂蚁，而我呢，我去把橡皮管装上地窖水龙头，开始往林荫小道洒水，然后，我脱掉衣服，往自己身上浇水，后来，我对 D 说：“来，我给你冲冲。”D 不愿意，我就接着给草地浇水，往墙上洒水［……］

1 法国西南部奥德省省会，位于图卢兹东南，奥德河东岸。

***　***

然而，他同我分开了。我与他交融在一起，使他成长起来。在我的血肉里浸润着他那新生的，但清晰的血肉，伴随着他的朝气、兴奋、纯真，伴随着为了到达水面而搏斗的潜水动物般的愤怒，以及独立性。在我体内的深处，他的独立要求是那样的强烈，不加掩饰，我像被这个存在的事实四马分尸一样直着身子，赤身裸体，就像一个在做爱的女人，那是他存在的事实。这就是生育中阳刚的感情。男性具有的任何公认的方面都不能达到这一点，尽管我们在男子气概里领会到某种恣意妄为。面对在我体内蠢动的这种绝对的自由，我粗暴地行使我的自由。我感觉到那种自由充满活力，而我的自由在周围包容着它，也是无拘无束的。

（现在我重新阅读这几行文字，他就在那儿，在我体外，几米远处，他在睡觉。他的自由不是那么完整，我也一样。我的生命同他的生命连接在一起，我的生命依附于他的直至最微小的细节。如果他死去，世界的美就消逝了，在我的现实中，将是漆黑的夜。换句话说，如果他死去，我便从这世界消逝。这就是为什么我对他的死的恐惧并不更甚于对死亡的恐惧。这就是为什么在我最受束缚的时候，我却是最无拘无束的。我的反抗，我的反抗能力从来没有这样猛烈。因为，这样一种爱，这样一种爱的束缚是在可能的范畴里，同时，这种可能包含着束缚客体的消逝，在这情况下，我希望上帝存在，来体现这种可能，而且可以亵渎这种可能。因为，我爱的对象比我更重要——不仅在我的心目中，而是他本身，他更加精细地嵌入这个世界，他的价值更高，这并不是我和对我来说非常宝贵的他之间的事，但对我来说重要的是他活着。那些没有孩子并谈论死亡的人使我感到是在开玩笑。就像在想象爱情的童男子，就像神甫。他们有虚构的死亡的经验。他们想象自己活生生地被死亡打击，而死者不可能拥有这样的死亡。而面对一个孩子，这个想法每天都冒出来，如果发生这样的情形，是因为您活生生地领略到您的死亡，您是个活死人。）

我原来害怕这太晚了，不管为了什么，甚至为了有这个孩子，这都太晚了。那时，我想到了比萨和佛罗伦萨之间的那个夜晚，想到了那个夜晚和我们在玛格拉峡口旅居的日子，因为，就是在那儿，八月中，在阳光里，在海滩上明亮的浮尘闪烁中，面对大海，平生第一次，我内心对死亡的感觉化为乌有。在这日光下，在这些色彩中，这缓缓弥漫，总是给我的生活涂上阴影的死亡的念头，一切都好像突然停止了，让我自由了。在我灼热的皮肤下面，我感觉到我的鲜血和我的器官一阵凉凉的颤抖，我真的感觉到了，因为我从水中出来，置身于阳光下，而同时，我也因为沐浴而变得非常凉爽，我感觉到从我的腋下冒出这凉爽的气息，有点微微地出汗，我感到我的肌肉因为沐浴而变得清凉，被我的皮肤严实地保护着，虽然皮肤滚烫，但我并不感到热。汗水开始从我的腋毛间流出，到我肋骨的底部，落在一个还在因沐浴而颤动的窝里（我注视时，看见我的心脏在我腹部的皮肤上跳动），已经饿了。就在那时，我的生活是如此明确，如此规范，在太阳下，不胜重负，然而，又是富有战斗性、充满渴望和持续不懈的，死亡的念头变得可以接受，因为现实和我自己一样无法逃避。于是，我暗想，只要我能沉浸于那样的时光，能感到自己如此有力，在这样的阳光下，我将能够愉快地渐渐变老。

当时，吉内塔叫我："来，和我一起去来个日光浴。"我们俩爬上了海滨的斜坡，深入芦苇丛中。其他人，埃利奥、罗贝尔、迪奥尼斯、安娜-玛丽、芒塔、巴蒂斯塔，就待在海滩上。芦苇是如此茂密，那儿几乎是一片寂静。吉内塔把毛巾铺在一片光秃秃的场地上，在芦苇丛中这地儿被遮掩得密不透风，她脱掉了泳衣。我也同样，我把毛巾铺在她旁边，然后脱掉了泳衣。我这是第一次见到吉内塔赤身裸体。我发现她很美："吉内塔，你很美。"她对我说："我不知道，但是，埃利奥跟我说过这一点。"她身材细长，很长，就像某些动物那样长，例如羚羊、豹子，像某种腿长、胁部凹陷、脖子长长的母犬，那些善于狩猎和赛跑的种类。她的腹部几乎是平坦的，稍微有点凸起，乳房结实，对她的身体来说，有点儿小，以一种我见到的只属于它们的方式挂着，四周边线以均等的力量挂着，仿佛它们长着很深的根，这些根一直延伸到肩部，到腹部的起点，到腋下，这些根四处伸展。她躺卧在毛巾上，双臂枕在脑袋下，几乎只能瞧见她褐色的乳头。双乳在胸侧刚刚隆起。她告诉我，她觉得我也很美，然后，我们都缄默不语。在芦苇丛上方，卡拉拉[1]的大理石采石场如雪一般的侧面闪耀着晶莹的白色。另一边，我们看到马切洛山峰，在伸向玛格拉河口的山岗上，马切洛山峰隐藏在葡萄园和无花果林里，完全隐藏于峰顶两侧深暗的松林里。埃利奥、罗贝尔、迪奥尼斯、巴蒂斯塔和吉诺在玩球，我们听见他们的笑声和酷热难挡的八月的海水那柔和的声音。我躺在吉内塔的裸体旁，一边听着埃利奥讲话的声音，我想起了他们的爱情，不是时间概念上的那种爱情，而是空间概念上的，埃利奥的这种爱情是怎样在这个女人身上扎根，并每天从她身上吸取养料。这是一种难以置信的爱情，可能会使我们感到恐怖，因为，总是这样在我们面前，每一分钟都在场，如此的存在，而且如此具有决定性，就像绝对存在那样令人害怕，因为它强迫你相信爱情，而不会使你的爱越来越少，

1　意大利托斯卡纳区城市，有装运大理石设施的港口。

因为，你没有体验这样一种伟大的爱情，你根本不会伤心，它使你期望从爱情得到比你直到那时希望从中得到的更多，使你感到惊叹（我认为，就是这个词，感到惊叹，也就是说，面对某个奇迹失去了理性），惊叹于这两个人，一个男人，一个女人，他们能够在对方身上找到一种如此全面，每天都那样活跃而又那么完整的兴趣，他们彼此成为对方全部的世界。埃利奥或吉内塔并非只沉醉于他们的相爱——根本不是，相反，这是些生活中非常忙碌的人，专注于不同的事物，但是他们是彼此的跳板，他们每天从那儿出发，拥有了只从对方身上得到的激情。有人对我说，在像玛格拉峡口那样的景致里，目睹到这样的爱情是非常幸运的。我相信这的确是好运气。

听见埃利奥的声音，吉内塔莞尔而笑。“就像个孩子。”她说。过了一会儿，她说：“我已经四十一岁了。”她腾出枕在脑袋下的一只手驱赶苍蝇，她褐色的手长长的，指甲发白。可看到她眼皮下的眸子盯着芦苇。因为她已经被太阳晒成棕色，她的眼珠显得比平时更绿——那种刮西南风时海水的颜色。“而埃利奥，他三十八岁。”她说。海风无法透过芦苇丛吹进来，热得可怕。吉内塔和我都感觉到汗水渐渐从眼皮处，从卷起的头发间冒出来，一直到收拢起来的膝关节，当我们舔嘴唇时，上嘴唇上面凉凉的带有咸味。吉内塔重又站起身来，在她的浴帽里摸索，从里面掏出两个半拉柠檬，给了我一个，她又躺了下去，我们在张开的嘴的上方挤柠檬。“天气很好。”吉内塔说。这不是单纯的实话，但我明白她要说的言外之意。我觉得对她怀有一份真挚的友谊，打算说出来。太阳以一种几乎令人无法忍受的方式火辣辣地晒着我们，但是，如此激烈的方式让人感到这灼热是一种快乐的疼痛。我们想着十五米远的海，为了不至于因为与沙地的接触而灼伤双脚，一会儿，我们会跑着冲到海里去。但是，我们还可以等待，还可以稍微忍受一下太阳的灼热。这是一种可怕的灼热，不可能在同一个地方长时间地忍受，我们时不时地翻转身子，我们用手摸摸肚皮、大腿，用手掌心使这些部位清凉些。我知道吉内塔在考虑她那比死亡更糟糕的即将到来的衰老，那时，他们爱情的光辉会减弱，而此时此刻，被这太阳的现实所征服，她认可这个八月的中午也是真实的。这放射般的现实是如此强大，成了朝向死亡的一次不可抗拒的休憩。如果死亡就在这现实的尽头，那么它是可以接受的。这就是吉内塔感受到的，那时，我自己也是这么感觉的。柠檬汁一滴滴落在我们的嗓子里，我们正饿得慌，这使我们更加饥肠辘辘。它使我们体会到饥饿的深度和力量。在被海水冲洗过的嘴里尝到了咸味后，柠檬使得空空的嘴里充满了唾液，在高温暑热里，这就好比一股清凉的泉水，而这柠檬就是此时此刻这样的阳光下最理想的水果。这些卡拉拉平原上的柠檬个头很大，它们的皮很厚，可以在阳光下保持新鲜，它们像橙子一样多汁，但是，它们味道很浓，一种纯粹的酸味，它们没有像我们那边的柠檬那样有那种新鲜的味道。

其他人继续在玩球，当其中一个人抓到球了，他们就叫喊起来，当他失球的时候，因为他失球，或者他拖延着传球给一动不动在等待而烫痛了脚底的搭档时，他们就叫喊得更响。埃利奥和巴蒂斯塔叫得最大声。迪奥尼斯，比较小声些，而罗贝尔几乎没有声音。芒塔也同安娜-玛丽一起叫喊。她们做裁判，为打球的人欢呼或喝倒彩。我们赶紧穿好泳衣，再也不能待在太阳下了；我们穿过芦苇丛到了海滩的最高处，吉内塔发出一声嘶哑而野性的叫喊，如同她每次在玛格拉河乘着小船从她住的河滨到达我们这儿时那样（一只狗来了，“直布罗陀”）。埃利奥转过身来：“嘿，吉内塔！”我们跑着去海里。吉内塔游远了。我，就在海边，划拉几下，我是游泳最差的那些女子中的一个。海水湛蓝，就在那儿，在我们眼下，呈现出一片湛蓝色，而且没有波涛，但有一阵极其柔和的海浪，犹如在深沉的睡眠中的呼吸。其他人都不玩球了，蹲在一块铺在沙滩上的毛巾上。我停了下来，不再在海水里向前游，我看着他们，我凝视着迪奥尼斯和罗贝尔。罗贝尔看着我，他眨了眨镜片后的眼睛，对我微笑着，微微抬起头，好像在说：“哎，你呢？你好吗？在海水里，你是那么娇小，游泳和生活，你都能应付，有时，我忘了好好地观察你，重新见到你，可真使我高兴。”我也一样，我注视着他，我想：“他就在这儿，因为他没有死在集中营里。”我知道，他明白，一年来，我每天都这么想。而现在，我想的是：“他现在在这儿捧腹大笑，他什么都不知道，我，我知道。”当他的体重只有三十八公斤的时候，我把他抱在怀里，帮他大小便，他发烧到四十一度，尾骨处可以见到一根根椎骨，我们六个人夜以继日地等待着希望的迹象，他并不知道所发生的事情。

他对一切都好奇。迪奥尼斯给他念《人道报》。他问我们大家是否都好。他不知道他正在渐渐死去。他是幸福的。他感觉不到在发烧，他说“我觉得自己更有力了”，而这是热度，他就要死于高烧，当他尝试拿起一只小勺舀粥吃，他的手难以承受这点分量，落了下来。而且，他有时觉得盖的毯子太沉，让他难受。而现在，他在这儿，在海滩上，阳光下，开怀大笑。当然，他是在意大利，他在晒日光浴，他在玩球，他是共产主义者，他在同埃利奥和迪奥尼斯谈论革命时期旅游事业在马克思主义语境下的合法化。当然，他吃意大利面条，他喝吉昂蒂红葡萄酒，他攀援圣·玛切洛山，没有人像他那样做。只有迪奥尼斯和我知道这些事情，知道他所做的，其他人并不知道，而他比其他人知道得更少。迪奥尼斯和我，看着他做这些事情，我们不断地回顾往事，在他背后，我们觉得很好笑。虽然这并不是迪奥尼斯和我之间的事，但是，在这一点上，我们之间十分默契。我们互相逗笑着说：“嗯？有过这样的事！”

这是唯一一件意见一致的事情。至于其他，并不是。还不是时候来讲这些事情，何况，我无法讲述清楚，因为，我不仅对什么都没有清晰的想法，而且，在这一点上，我的想法更少。那时，加深我和迪奥尼斯之间阴影的，就是他说他完全知道个中原因，然而他又不表明看法，他拒绝解释，认定我不诚实，因为，我同他一样知道“发生了什么”，却装作不知道。我不觉得这有那么重要，不觉得会使我们对这段旅居的日子留下了深刻印象。就是在当时，这也没有那么重要，至少我是这么认为的，但我不知道迪奥尼斯是否跟我想的一样。我们没有再谈及这件事，因为，我们回来后不久，我怀孕了。但是，关于这个迪奥尼斯有看法，这符合他的性格。他肯定有他的见解，而我不知道是什么。

孩子的到来暂时把一切都化为乌有。这天上午，在这炽热、强烈的日光下，我明确地感到，孩子是一个解决办法。不，迪奥尼斯说问题的解决办法只可能来源于组成这个问题的要素本身。然而，这天上午，我感觉到，为他设身处地想，对于迪奥尼斯来说，孩子就是一个解决办法，不管他自己怎么想。我并不想说，这个孩子会替代任何东西，特别是最初几个月的疯狂，和我们之间发生过的事。不。这是得到缓和的办法。在一对情人即将解体之际，在一切都破裂的时候，在生活中最为迟疑的时候，在爱情正自行消失，而且什么也不会让人感到谁将再给生活带来这份乐趣的时候，当你有四条腿和四条胳膊，却觉得自己残废了，缺胳膊少腿的时候，这时，这朵鲜花在你的肚子里成长。于是，人们不再为了知道是否存在而感到厌烦。人们因为这共同性而存在。于是人们可以自由地离开，并非因为这而体验死亡的那种致命感觉。更确切地说，我们是自由的。过去并没有被彻底消除。我们摆脱了过去。虽然，那时一切都进展得很糟，但迪奥尼斯对我有着同样的分量，在我身上，他的生死有着同样的意义，而且，我可能怀着四年前的激情看着他游泳。毫无疑问，是一种更强烈的激情，因为，我不是发现他，而是重新发现他，他在游泳，我对他的了解，使他仿佛自带光环一样，带着我所知道的四年来，在这一天这样游泳之前他所做的一切的光环。

有一天，我以为他溺死了。如同每年八月那样，刮起了可怕的西南风。甚至在70厘米的水深处，波浪都会把你摔倒。整个海洋都好像竖了起来，白茫茫的，布满了垂直的、三个人高的波浪。所有的人都决定不该去游泳，最多去一个在玛格拉河口防波堤遮蔽之下的平坦的海面，让浪涛拍打拍打。迪奥尼斯已经决定要去洗澡。他只是适度地信任别人，这是他的性格，纯粹是出于体贴，但从来不是心服口服。所有的人都坚持不去。迪奥尼斯最后终于让步了。

然而，他决定以后，却又为做出这样的决定而大动肝火。他满怀渴望地盯着大海。我知道他在想什么，他听任摆布，这是不值得的，而我，对于他来说，就是那妨碍了他的人，我是他随心所欲生活的障碍。只有大海波涛汹涌。阳光灿烂，一夜的雷雨过后，显得色彩鲜艳，空气清新。是一边看着大海，一边沿着海滩一直走向卡拉拉的马里纳的好时光。罗贝尔、安娜-玛丽和我，我们决定这么做。迪奥尼斯陪了我们一会儿，然后就坐在沙地上，他说，他决定待在那儿看海。这正好是在防波堤与卡拉拉的马里纳的中间，埃利奥、吉内塔、芒塔和巴蒂斯塔都在防波堤那儿。我们知道，迪奥尼斯打算利用不跟我们在一起的时候去安安静静地游泳。我们在离海滩二十米远的一长串岩礁前停下，海水全力地拍打岩礁，碎成浪花。岩礁上，一座真正的水汽筑起的墙在阵阵撞击声中消失、流淌。岩礁底部，海水拍打出如炮声般沉闷的声音，然后，喷射而出，在阳光中变成水汽。迪奥尼斯说他要待在这个地方看看。“你不会看这个看两个小时吧”，罗贝尔说。迪奥尼斯说会的，正是如此，他想要这么做，正因为看着同一个不断更新的景色，就会从好奇心过渡到兴趣，就是这样，看着。他说了这番话，躺了下来，决定留下。我们站在他周围，一会儿看海，一会儿看看他躺在沙滩上的身子。然后，我们瞧见他的身子在海里。完全就像一团火一样，海水把它吞噬了。简直不可想象他能从中脱身。看到汹涌的浪涛在岩礁上碎成浪花的力量，我们可以想象，这股力量就在他齐胸的高度，迎面而来，将他击倒，使他屈服，毫不留情，以一块巨大的水板的力量，直到死亡发生，然后，放开他，而他那时就像一段芦苇的碎片，又回到泡沫飞溅的交错的浪峰中。因为，那天上午，海潮有着超常的规模，如同在火焰中、在高高的炉窑里游泳，如同向一头愤怒的公牛、一群饿狼进攻，如同活生生地独自一人扑向行进中的钢铁铸就的坦克。然而，我们一言不发。看迪奥尼斯的样子，我们就明白他已达到这固执的极限程度，这使他丧失理智，别人要是稍微有所反对，那么当时就会使他毫不犹豫地不顾死亡，迎面而上。他嘴巴紧闭，双眼盯着岩礁，完全无视我们。在那个时候，我们是怨恨他的，期间，我们从未估量没有他这会是怎么样，一旦他被海水吞噬，整个点缀着阳光、果树和雪白的大理石的奇妙山谷，以及我们的生活会是怎么样的。然而，我们就待在那儿，表现出如此令人难以忍受，如此卑鄙而不可饶恕的道德上的低俗（那天上午，阻止他满足游泳的愿望，完全就好像我们阻止他同一位他怀有疯狂欲望的女子做爱，而这是以某种丑恶的形式主义为依据，譬如说，因为这个女人会使他沉沦，总而言之，就好像我们以保护他为理由，不同意他去冒险的同时，妨碍了他生活，而他不去冒险，他可能就没法再生活下去，诸如此类），以致我们不约而同地，一个字也不跟他说，让他明白，这样的沉默实际上包含着什么，我们到了马里纳。但说实话，我们并不确定他是否去游泳了。我对罗贝尔说："你认为他会去游泳吗？""他可没有发疯。"罗贝尔说。

我记不大起卡拉拉的马里纳了。在到达那儿之前，我们经过一座夏令营附近的阿尔法-罗密欧汽车厂。所有的孩子都站在一张长长的桌子旁吃饭。马里纳街上，挤满人的拉铃有轨电车纵横交错地行进，这些电车在两旁种有鲜花盛开的夹竹桃树的土灰色大街上，在被炸毁的房子前鱼贯而行。我所说的唯一的事情，就是这情景如同萨尔扎纳的赶集日那样，再一次与非洲十分相像。一些光着身子，身上蒙着一层白乎乎的灰尘的孩子，围着西瓜摊和棉布摊，没有一棵树，在满是尘土的白茫茫的场地上不见寸草，时值中午，坐落在浇湿的平台上的高级咖啡馆前面，张挂起大幅的白布帘子，一名流动摊贩在话筒里大声叫卖他那质地优良的橡皮圈，而那些黑眼睛、细长腿的意大利小孩互相抓来抓去，大声尖叫，或者就在货摊的阴影下，躺在尘土中睡觉。不时，一名少女从一所房子走出，其中有一个女孩从我们要去午餐的咖啡馆那儿过来，她青春年少，面色红润，棕色的头发，身着黑衣，艳丽而滋润，犹如水和夜的果子，有人把它从水里拿出来，还在滴落静夜凉爽的水珠，或者，就像萨尔扎纳那些凉爽的房子里的浓浓阴凉，尽管外面的阳光在烘烤着色彩、声音，升华成一片如焚烧后微白色烟灰的地面，含有一种赤道地区的海底植物的特质，在太阳灼热的照射下，只要看一眼就会使你充满凉意和欲望，使你感觉到这阳光的价值，在这阳光里，生出一个如此多彩、如此厚重、如此丰富、如此充溢着美的阴凉。当我们进入餐馆，少女那水汪汪的黑眼睛在帘子的阴影里静静地闪闪发亮，她站在那里，嘴微微开启，露出了牙齿，她的嘴犹如牡蛎那纯净的内部，湿漉漉的，她的嘴唇边犹如就要因即将造成的创伤而流血，使得嘴边微微翘起，光溜溜的，具有杀伤力，每个见到那嘴唇的男人都情难自禁，蠢蠢欲动，而她就待在那儿，完全像株植物，没有意识到自己的魅力，手放在快要倒塌的白色桌上，桌上有一盘流淌着油的西红柿，像姑娘的嘴唇一样红，那种太阳下山后，阴影里一片红光的冷红色。

我说马里纳与萨尔扎纳很相像，我说这个话，是在我以为迪奥尼斯已经死去、发冷、并随着浪尖漂浮的时候说的。我感到阳光在上空照耀着我的生命，但我的身体内却有一股寒流在流淌。罗贝尔买了一瓶吉昂蒂葡萄酒。他显得镇定自若。安娜-玛丽买了巧克力。我们在马里纳的主干道上。有轨电车一直在来来往往。我到大阳伞下的一家酒吧喝杯咖啡。咖啡很好，在这露天座感觉非常好。安娜-玛丽和罗贝尔手中拿着一瓶吉昂蒂葡萄酒和巧克力到我这儿来，我心想，这没什么必要，因为迪奥尼斯已经死了。他们喝了一杯辛扎诺酒，而我又要了杯咖啡，他们向我讲述了他们所看见的事情和他们要在杂货铺买些什么。他们如此翻来覆去地讲这些，以致我明白他们在试图让我对迪奥尼斯的情况放心，向我证明，尽管他们确实非常担心，他们也不会这样想事情。但是，我，我自忖，“他们之所以买了吉昂蒂葡萄酒，就是为了让我安下心来”，而我并不相信。我们乘有轨电车回去，到了最后一站，在一片松树林边，我们又到了海滩。我们朝右沿着一片橄榄树树林走了一阵，这些橄榄树很老了，树干扭扭歪歪，形状挺难看，粗壮、弯曲，但是叶子是新长出来的，纤细而轻盈。后来，我们就到了厚厚的芦苇篱笆那儿。没有风，太阳当空高照着平原，当我们情不自禁地回过头，卡拉拉山脉的所有的村庄，白色的一片，清晰地显现于山地斜坡的山谷上。我等待到达岩礁墙的时刻。大海依然很吓人，徒劳而痛苦地怒吼着。安娜-玛丽和罗贝尔在谈论马里纳和沿海地区的轰炸，特别是马里纳遭遇的轰炸。海滩上，到处可见脱离了海水，正奄奄一息的软体动物，它们在阳光下渐渐干枯，躺在黏糊糊的翠绿的小水洼里。处处都呈现出死亡的景象。空气中弥漫着死亡的气息，松树的芳香，碘的气味，雨水的气味，这就是死亡的气息。我瞧着远处的海堤，暗自思忖，我的生命一直延伸到那儿，此后，我也许无法回到旅馆。我们到了岩礁墙，迪奥尼斯不在那儿。海滩上有他身子的痕迹。“他会回到旅馆的。”罗贝尔说道。

但后来，安娜-玛丽和他不再聊天，他们在海滩眺望着远方。我已经停止生存。大家都了解这一点，都看到了一片空荡荡的海滩，然而他们期待在那儿找到某个人。每个人都看到了，没有人的海滩，没有人的海，就这些，太阳在上面，远处，有群山，阳光照耀下的明亮而拥挤的村庄，一望无际、果实累累的果园。谁不知道这些呢？没有人的海洋，空空如也的海滩，太阳以及其余一切。空空荡荡。在我们期待找到某人的地方，什么也没有，只有沙滩上那个身子的痕迹，和旁边的大海。旁边的大海。深不可测。一望无际的大海。我们把大海和沙滩上的身子关联起来，简直令人恐怖。难以控制的事情。想着这宝贵的身体不可避免地、冷酷无情地、非同寻常地消失在海洋里，在深夜，随着海水的起伏而晃荡，却要继续生活下去。这个身体，你曾经触摸过，爱过，在你的手指间感觉到过。那次死亡后的再次死亡。

迪奥尼斯不在我们离开他的地方，而是在稍远些，靠近海堤那儿。他说，他在沙滩上给自己挖了个洞，然后静静地等着我们，但实际上有点焦急，因为我们姗姗来迟。我，我没有比别人多说一个字。“你好”，我们说，迪奥尼斯便站了起来，我们沿着海滩走，后来走进一条从海滩到旅馆，途经犹太人集中营（应该讲讲的）的路。我非常平静，我发现，听着迪奥尼斯讲话，知道他就在这儿，在我身旁走着，我就没什么更多的要求，没有任何更多的。他因为我早上的态度还在对我板面孔，说到我，他就讲几句尖酸刻薄的话，但是，就好像他在遥远的地方，或者在上古时代说的那样。此外，我只听见他说话的声音，也许他会骂我只听见他的嗓子的音色，其实我只感觉到这声音的轮廓、分量和阳光下发出的声响。我好像是一个接收这声音的洞穴，不再是别的什么，我不再是尘世的，并非因为我曾经更幸福，而是我体验到某种类似宇宙瞬间的东西，一种类似修行的东西，你这么说也行，这时，生活中任何东西都没有对生活的看法本身更触动我，并不是它的世俗表现，可以说，迪奥尼斯成了意象，任何东西都不会使［这意象］变样。

就是这样，我明白了，因为他，我经历了这些，我完全依赖于他。并非因为我爱他，因为，说到爱情，这并不令人信服，因为激情顺应于死亡，服从自己的本能。不，我依赖他。而且这很重要。整个白天我都处于这个状态，而且，因某种奇怪的感染力，在我眼里，罗贝尔同迪奥尼斯一样是永恒的。中午，在葡萄架下，我让他们尽兴痛饮辛扎诺酒，他们感到很惊讶。他们表示惊讶，我则因他们的惊奇而发笑，他们像是小孩子，而我如同一名信徒那样，面对着没有宗教信仰的人，或者，如同某个相信永恒生命的人，面对着那些除了游戏什么都不放在心上的孩子。

罗贝尔从德国回来后，几个月都是这样。我瞧着他，感到十分满意。他在吃一块羊排，然后，他吮吸骨髓，眼睛低垂着，只是注意不让一丁点肉落下。吃完后，他又吃第二块，第三块，眼皮都不抬一下。他坐在客厅的一扇窗户旁，周围都铺着软垫，他的手杖就在身旁，长裤里的双腿就像拐杖那样摇晃，天气晴朗时，仿佛可以透过他的手看见阳光。他从很远很远的地方来，从那通常人们永远也回不来的地方来。啊，在他身后有一个痛苦的深渊，死亡就在他身后，他从那儿回来了，显然，他逃脱了死亡，他紧紧抓住那块羊排骨头，就像一个溺水的人紧抓住漂浮物一样，他还不敢松手，还不敢，最初那些时间，一点面包屑他都不丢弃。我看着他，大家都跟我一样，一个陌生人或许也会看着他，因为，这是令人难忘的场面，是缺乏理智的生活的场面。这被践踏、被碾烂、被侮辱的人生的场面，人们朝这样的人生吐唾沫，拍打，而且人们肯定它彻底地受到死亡的影响，然而就在身体内最深处，生命的小溪始终在流淌，干枯的树木并没有死，在它脚下有一颗芽。于是，就重新开始生长。重新开始的征兆，就是饥饿，固执、盲目的贪馋，就像怀里吃奶的新生儿。认真思索后，我相信，在美和力量的领域中，任何事情都没有像看见罗贝尔归来后的三个星期内第一次吃东西那样使我震惊。三个星期内，医生让给他喝粥，他发烧时，根本就不知道自己吃了什么。

所有的食物都只是贯穿他的身体，并没有供给他养料。一咖啡匙的粥就使他喘不过气来，吞下这口粥，他就直挺挺地躺在床上，我们搀扶着他，他竭力吸气。过了三个星期，医生说应该什么都给他吃，让他吃些固体食物。于是，他就开始感到饥饿，他一旦吃了，接着，他的饥饿又召来了饥饿，他的饥饿已变得非常巨大，令人感到可怕。我们让他独自一人在客厅昏暗处，和食物在一起，然后，在一种比无论什么宗教祈祷里更虔诚、更神圣的寂静中，他吃着。在这些时候，我们避免同他说话、使他分心，我们踮着脚尖走路。我们把饭菜放在他面前，不管他，而他就运转起来。在最初阶段，他对菜肴没有明显的偏爱，他好比一个饥饿的深洞，从他干瘪的内脏发出了大声疾呼，一个如此强大、喧哗的声响，一个他奴隶般谦恭而盲目地服从的法则，完全就像一株植物那样。医生说，既然他感觉饿，那就是生命又恢复了。我看着他。在那个我以为他死去的第二天下午，我瞧着迪奥尼斯在葡萄棚架下睡觉，温和而自在，仿佛镀了一层金色，富有活力。一个月来，我看着罗贝尔，无法习惯，但也并不厌烦。当饭菜上得不够快的时候，他就呜咽啜泣，他说我们不理解他。医生问，他饿吗？我们就笑。当他唏嘘说饿的时候，我们就躲起来笑个够。所有这些事情都深深影响了我，而这个早晨，当我醒来时，这些事显得很沉重，并不是因为我正好想到了这些，而是它们就明摆在那儿，充斥于我的身心——就像我的家具摆满了我的房间，即便我并不随时看见这些家具，这些东西就在那儿，完完全全地摆在那儿。我并不设想它们不存在，它们就在那儿。这就是我的生活；这是我不能与别人分担，也不能摆脱的事情。它们是在人行道的垃圾箱的轰鸣声中，在透过医学院的地基射出的亮光里，它们也在某个人孑然独行于寂静的街道上所包含的意义里，在某种程度上，它们进入了这寂静的街道。自从我见到罗贝尔归来后吃东西以来，自从怀有这种对死亡的恐惧以来，与这种恐惧相比，任何虚荣心、任何抱负、任何设想，都完全化为乌有了［……］。

在所有的城市中间，我喜爱那些城市，那些与萨尔扎纳、卡拉拉的马里纳、亚丁[1]和某些科西嘉的城市——博尼法乔[2]、彭韦基奥，还有土伦[3]相似的城市，这些没有树木（佛罗伦萨也一样，最惊人的就是在佛罗伦萨没有一棵树），公共场地滚烫的城市，从中午到下午三点，街上空无一人，大门

1　也门的城市，也是著名的港口。

2　法国南科西嘉省城镇。

3　法国普罗旺斯-阿尔卑斯-蓝岸大区瓦尔省省会、城镇和港口。

紧闭，完全一派死气沉沉。通常，这些城市都比较脏，散发出洋葱、马粪的气味，而且，因为是在海上，还有鱼的腥味。那里的房子都是古老的，建造得很差，简陋而破旧，里面挤满了人，进门处和走廊都发出了霉味儿，没有花园，在广场上，一个喷泉流出一股涓涓水流。那儿很少见到橱窗，它们镶嵌在窗户里，有便鞋、水果香糖、明信片、工作服。在这些城市里，一切都坍倒了，路面坑坑洼洼，公共场所的清道夫从一点睡到三点，全城只有一个清道夫，因为市政府没有钱，垃圾就在道路两旁的排水沟里漂浮。这些城市被下午三点左右刮起的海风清扫，于是，在空旷的广场上，灰尘在云中飞舞，这些城市的灰尘很细，带有咸味，散发出尿味，到处都是灰尘，神甫的花园里的黄杨树（城里唯一的植物）落满了灰尘，孩子们的脚上全是尘土。

八月底，下雨了，这些城市散发出夏季五个月的灰尘的气味，充满各种各样的腐臭味，如同任何别的城市散发并充斥着湿润的肉体的气味那样。这些城市并不适合娱乐，而是供周围乡村来贮备食物的市场。流动商贩和流动影院在城市四周闲逛。对我来说，这些城市是世界上最性感的。阴影的城市，阳光的城市，光影交织。具有对比的阴影。阴影是具有色情意味的。

我心想，这些城市正是清道夫加斯东所梦想的。

***　***

应该看看他是怎么吃的。这个男人吃起来就像从来没有吃过东西似的。也不像动物。什么也不像，任何种类都不是，甚至不是老虎，也不是食量极大的鲨鱼，张开大嘴，因为胃酸过度，吞噬了十二倍于它体重的食物量。不，他耐心而顽强地吃。

首先，他不能这样吃。我想说的是，他刚回来时，因为他的胃变得那么狭小，以致他的胃会在食物的重量下被撕裂，或者，要是他经得住的话，还能求助于心脏，但相反，在那瘦弱的窟窿里，心脏在扩张，跳动得如此之快，以致都不能数出它的搏动，而且，不能说它确实在跳动，它就像一头被追捕的畜生，受到惊恐而颤动。不，他一吃东西就可能会死。不过，他应该吃，他不可能一直不吃也不会因此而死。

难就难在这里。他饿了。他来到时，拥抱了他的朋友们。在他的套间里转了一圈。他微笑着。也就是说，他的双颊皱起来，稍微离开点下颌。然后，他又到客厅坐下。就是在那时，他开始盯着留在涡形脚桌子[1]上的水果蛋糕。然后，他不再微笑。“这是什么？”“这是水果蛋糕。”然后，“我能吃吗？”“等医生来吧。”但是，过了一会儿，又问：“我真的不能吃吗？”于是，他向我们提了一些有关他不在时发生的事情的问题。可是，这下完了，他只盯着蛋糕看。当医生来到客厅时，他正坐在沙发上。医生手扶门把，一下子站住，脸色变得苍白。但医生还是进来了，走到他面前，他没有像

1　十八世纪用于装饰的半边靠墙的小桌。

人们可能担心的那样再出去。

医生禁止他吃水果蛋糕。但是，他对我们说，既然他想吃水果蛋糕，那么毫无疑问，他还有一点希望。趁他没看见，我们拿走了水果蛋糕。然后，斗争开始了。与死亡作斗争。必须谨慎对待，细致、有分寸、有技巧。死神从四周将他围住，但是，但是，还是有办法与他联络上，这个与他联系的口子并不大，但是，他身上仍然具有生命力，尽管几乎就是一根刺（但一根生命之刺还是有色彩和名称的：生命）。死神突击了。第一天，39.5 度。然后，40 度。然后，41 度。死神在喘息。心脏像提琴的弦那样颤动。总是 41 度。但是，它在颤动。心脏，我们以为——心脏快停止跳动了。总是 41 度。死神在猛力地拍击。但是，心脏则充耳不闻。这不可能，心脏快要停止了。不。

医生说过给粥喝，用咖啡勺喂。但是，一咖啡勺的粥就使他喘不过气来——他紧紧抓住我们的手，使劲吸气，然后，重又跌倒在床上。但是，他把粥吞咽下去了。

我们一天喂他六七次粥。他一天要大便六七次。我们从他的膝盖和手臂下托住他。他体重大概三十七八公斤：骨头、皮肤、心脏、肝、肠、脑髓、肺，全包括在内，这三十七八公斤分布在一米七七长的身体上。我们把他放在便桶上，桶沿上放了一块小垫子，以使他不致受伤——因为，在各关节处，贴着皮肤活动的地方，皮肤感觉得到，并觉得生痛。（汤普勒区那位十七岁的犹太女孩肘关节把手臂的皮肤穿破了，关节不是在里面的，而是露在外面，可能由于她年轻，皮肤柔弱，她并不觉得疼痛，就这样，没有痛苦地，渐渐地形成了：关节露在外面，赤裸裸、干干净净地露在外面，皮肤边缘变得硬了，麻木了，没有形成伤口。她的腹部，她也不觉得疼痛，人们从她的腹部把她所有的生殖器官一个一个切割掉，每个之间间隔很长，为了更仔细地观察其后来过早衰老的情况。）一坐上便桶，他就一下子把大便拉出来，咕噜咕噜，声音大极了，简直想象不到。心脏忍住不做的事情，肛门可不行，它把内存物甩出来。一切都把内存物倾泻出来，甚至，手指不再留住指甲，也弃掉指甲，除了心脏继续约束住自己容纳的东西。心脏。还有头，惶恐不安，但高尚、孤独，它从那尸体堆里出来，它醒过来，它在回忆，讲述，讲述，辨认，要求。像平常那样，它通过颈部与身体连接，但是，这脖子萎缩得那么细小（用一只手就可以把他捏住），那么干瘪，我们可能要问生命如何通过它呢，怎么办，甚至一咖啡勺的粥都好不容易通过，会发生堵塞。（颈部下方，在脖子根部，有个直角，而往上，头部下面，在下颌骨下，就变得很狭窄。透过皮肤，可以见到椎骨、颈动脉、神经、咽部，仿佛在解剖的标本上，显露在变成卷烟纸的皮肤下——皮肤仍然遮盖着。然而，鲜血穿过这脖颈在流淌。）

他大便了。这是一种暗绿色的黏性粪便，冒着气泡。谁都从未见过这样的。有时，他大便后，我们扶他重新躺下，他筋疲力尽，双眼紧闭，排出这样的粪便后，显得疲惫不堪，我就把前额靠在他房间里关闭的百叶窗上（我等待他的时候，为了试图什么都不想，我把脑袋贴在煤气炉上），努力克制住因为看到从他的身体里排出了这样难以置信的粪便而产生的绝望。这粪便以及他大便的方式是非人性的。它比发烧、瘦弱、没有指甲的手指、殴打的痕迹，更使他与我们截然不同。虽然我们只给他粥，粪便还是暗绿色的。这金黄色的、稀薄的粥，这喂给粉红色嘴唇的婴儿的粥，从他身上出来的却是像沼泽泥那样暗绿色，冒着气泡的东西。你们是否见过冒气泡的粪便？那个就在冒气泡。马桶盖上后，我们听见表面破裂形成气泡的声音。这粪便像一口大大的浓痰，也是黏黏糊糊的。它一旦从他体内排出，房间里就充满一种淤泥的气味，不是腐烂、尸体的气味（在他身体里还有尸体的物质吗？），而是一种植物腐殖的气味，是过于茂密的林下灌木丛的枯叶的气味。的确，那是一种阴暗而浓郁的气味，犹如它从中浮现的那浓重夜色的反射——我们可能永远无法了解这茫茫夜色。（我靠着百叶窗，在我眼下，街上行人来来往往。因为他们不知道在这房间里发生了什么，我很想告诉他们，在他们头顶上的这个房间里，一个男人这样拉屎，粪便与他们所知道的是如此不同，他们也许会改变想法。）显然，他曾经在垃圾桶里翻寻吃的，吃过蒲公英，喝过机油，但是，这些都说明不了什么。我们在寻找别的解释。也许，他在我们眼皮底下吃着自己，也许，他正在消化自己的肝和脾。怎么知道呢？怎么知道这个肚子里还装着什么痛苦和未知的东西呢？

十七天，我重复做着这些事，粪便没有一点改观，同某种已知的东西没有相似之处。每天他排便七次，每一次我们就闻着粪便的气味，看着它，但无法辨认。我们小心翼翼地不让他看见，以免他感到恐怖。同样，我们盖住他的腿和身体，不让他看见，对此，我们无法习惯，这难以置信，难以置信，因为他居然还活着（就是这点难以置信）；人们第一次进到房间里来时，他们看到毯子下面他的形体，他们转过眼睛，不忍目睹。

这一切都是为了告诉你们他当时是怎样的。

十七天后，死神疲倦了。粪便不再冒泡，变成了液体，还是绿色的，但有了人的气味，是人的粪便（对我们来说，比初春的气息更加芬芳，我们终于辨认出这粪便的气味了）。

然后，有一天，热度退了。给他注射了十二升血清后，一天上午，烧退了。他躺在九个软垫上（脑袋那儿一个，前臂两个，手两个，胳膊两个，脚两个，因为，所有这些地方都再也不能支撑自身，承受自身的重量，必须把重量分散在羽绒垫里），一动不动，他听任热度离开他的身体。热度又来了，但又退了，又来了，稍微低些，但又退去，退得更低，一天早上，他说："我饿了。"

我们目睹这一神秘的过程。

有一天，医生对我们说："试试给他吃点东西。

开始吧。什么都行，什么都可以给他吃。”

也许是脾脏从他的身体或他的心脏脱离开来。然而，这究竟是什么呢？此时此刻，正在读这些而做鬼脸的人，那些我用粪便使他们恶心的人，我希望，在他们行进中，有朝一日，遇到一个身体就是这样通过肛门清空的人，我希望这个人是他们所拥有的更美好、更受爱戴、更令人向往的。他们的情人。我希望他们遇到这样的不幸。

***　***

这里，在罗卡，我认识老艾奥罗好几天了。我怕我又是独自一人。我愿意待在一个我认识某人的地方，哪怕只认识一个人。我有自知之明，我知道我会从一个我什么人都不认识的地方逃走，两天后，我就会回到巴黎。在罗卡，我已经认识了老艾奥罗。

“她知道您就要离开她了？”女孩轻声地问道。

我觉得把我的故事讲述给她听是自然而然的。这是一个很普通、很简单的故事，所有的人都可以听，都能够理解的。

“我跟她说了，但是她不信。”

使得我相信我已经做出决定的，就是我对此

所采取的谨慎，我所保持的戒备心。

“也许因为您老是对她这么说，却没有勇气这么做。”

“我从来没有告诉过她。四年来［字迹不清］，我都在想这件事。我这是第一次告诉她。”

“也许，您不会［字迹不清］这么做。既然，没有做，那么到最后一分钟，您也不会知道，您是否将付诸行动。”

她非常严肃。我们就像朋友那样讲话，而不像是一个男人在对一个女人说话。

“我会做的。”我说，“这很简单。事实上，我甚至没什么要做的。她收拾好行李，然后，乘上火车。而我，我就待在那儿。我想要做的甚至不用我动一根小手指。”

“那么，如果她哭呢？如果她恳求您和她一起乘火车呢？”

“这是个勇敢的女人。”我说，“她不会哭的。”

姑娘思索着。

“我明白了，”她说，“我明白她是哪种类型的人了。”

“而且，即便她哭，我也不会陪她的，我就待在海上，如果需要的话，待三天，就为了不见她。对我来说，这是个非常重要的决定。”

姑娘非常友好地瞧着我。

“跳舞吗？”她说，“这对您会有好处的。”

在这一带，女孩们都有着［大理石般的］胸脯。

“您呢？”我对她说，“您是干什么的？”

“我是女仆，”她说，“在一位作家家里当女仆。我同一名水手结了婚。很久前，我们就不再相爱，但我们无法离婚。于是，我接纳生活。”

她用这样一种方式看着我，以至于我明白，如果我想要跟她上床，她会很乐意的。不是为了让我高兴，而是因为她喜欢这样。

是她自己选择的地方。

“你叫什么名字？”

“康迪达，”她笑着回答，“好像这就是为我准备的一个名字。”

“为什么？你有很多情人……”

一瞬间，她变得很忧郁。

“我整个一生都将是女仆，”她说，“而我这一生都将同这水手一起生活。要离婚就得要许多的钱。那么，我还有什么其他可做呢？”

“如果有一个人比其他人更中你的意，你会守住他吗？”

“当然，我会守住他，我会用尽一切办法来守住他。”

“那么，当你做不到时，你就哀求，哭泣吗？”

“每次，我都哀求，哭泣，”她笑着说，“这[让我忙乎]至少两个月。直到我遇见另一个人。我总是需要有一个人。”

第二天，我很早起床，去了海滩。天气与佛罗伦萨一样热，但是，在罗卡这儿，这已无关紧要。完全相反。

我同雅克琳一起午餐后，独自一人到玛格拉河游泳。雅克琳动身去海滩。我游泳游了很久，直到一点钟。艾奥罗已经把他的小船借给我，我把它当作跳板用。我沿着对岸走，我看到了舞场和那个地方，康迪达和我，我们俩在一起的那个地方。我很高兴遇见了她。玛格拉河的岸边房子不多，而相反有一些照料得很好的大果园，每个果园都有一个小小的私人趸船。随着上午时光的流逝，河上的运行变得更加繁忙。船艇驶向四面八方。它们被篷布覆盖着，别人无法看见它们运的是什么。毫无疑问，是桃子和柠檬。

我兴致勃勃地游泳。同康迪达一起度过的夜晚对我很有好处，和我同卡车司机及艾奥罗的相遇有点一样。我一边游泳，一边又想起了她，康迪达，我暗想，我应该试试结识其他像她和司机那样的人。于是，自从司机同我谈起以后，我第一次想见见这个阿梅利卡娜。显然，这是一个轻佻的念头，很轻佻，让我完全变得放纵，然而，我也许能克制这一想法。但是，没有理由不按这个想法做。我又恢复了对别人的兴趣，正是因为这个，我想要见识这个所有的人都在谈论的阿梅利卡娜是怎么样的。

“我就到海滩去，”我对自己说，“这个钟点，所有的人都在那儿。”

我把小船归还给艾奥罗，然后去海滩。到了那儿，我立刻就看出她并没有在那里。因为，他们都说，她极其漂亮，很容易就看出她并不在那儿。

我最后一次看着她。在她的眼睛里，在她的［字迹不清］下，我看到了不安，的确，自佛罗伦萨以后，我就没有碰过她。“你好。”她对我说。

“你好。”她一言不发就走开了。我半闭着眼睛。我心想，也许，我该向她解释，但是，我又无法跟她说什么。当天上午，我已经给她解释得够多了。后来，天气突然那么热，以致我忘了这件事。

在玛格拉河水里泡过后，我感到凉爽了。我曾经在烈日下走到海滩，但是这种凉爽的感觉还持续着。我周围的一切，海水和沙滩，都在发亮，光泽如金粉那样强烈。我一直半闭着眼睛。当我睁开眼睛时，阳光照耀的色彩刺痛了我。我连续［做］了几次这个动作：我闭上眼睛一分钟之久，然后，我猛地睁开。画面是如此强烈，它们深入我的脑海里。闭上眼睛时，我把大海引入我的头脑里，有几秒钟，大海似乎占满了我整个人。直到昨天晚上都在折磨我的失败的感觉，已烟消云散。做出离开国家和雅克琳的决定是平静的，但我不明白，为什么那么多天里花了我那么多精力。

在这阳光下，陷入这些使我完全改变主意的色彩中，我非常确切地感到自己微不足道。

我开始出汗，感到自己的腋窝下在冒汗。

我清楚地知道，这不足以放纵自己。但同时，我想，必要时，我们能够满足自己的愿望。在这阳光下，我们会对一切表示满意，会接受一切，甚至死亡。我总是非常害怕疾病、病菌、死亡。在部里，当我注销一份身份证时，我就在它上方最后一笔写上日期，归入死亡档，然后，我就去洗手。哪怕这家伙死于几内亚，我也要洗手。为了洗刷掉自己身上死亡的气息。我又想起了这一怪癖，我笑了起来。我是个傻瓜，但我觉得自己挺讨人喜欢的。突然，我拍拍自己的大腿……友好地。应该庆祝一下这个时刻。我应该，我想，让我这个讨人喜欢的傻瓜高兴高兴。

我想要点什么东西。究竟是什么呢？

我想了又想——我的胃一直在咕噜咕噜叫。我有很强健的胃。我身体非常健康。

我突然发现我想要什么了。一杯开胃酒。某样能管住我的胃，让这释放性的咕噜声更强的东西。我寻思着，这费了我全部的精力，我想要什么样的开胃酒。

我把所有开胃酒都看了一遍。我在帕斯蒂斯茴香酒和辛扎诺酒之间迟疑不决。

我满怀着狂热的希望。我从来都不喜欢佩诺茴香酒。我曾经试过两三次尝尝，但是很不喜欢。相反，我非常喜欢辛扎诺酒。就这样，我突然明白，帕斯蒂斯，喝一杯帕斯蒂斯的无与伦比的乐趣，我还没喝就开始喜欢上它了。我站起身——啊，我中暑了，我想，这可以解释我新出现的爱好，同时也可以解释我从中得到的不相称的快感。

我的脑袋四处摇晃，然后，我用双手捧着脑袋。怎么知道中暑了呢？除了这个想法，我自我感觉很正常。我哪儿也没有不舒服。

“你必须镇静下来，”我对自己说，“正在想方设法弄懂你身上发生了什么的时候呢，这样可不行。”

我没能找到原因，我又恢复一动不动的姿态，因为茴香酒的想法而沮丧。

雅克琳来到我身旁。

“你怎么啦？”

“没什么。”我说，“是因为阳光。”

她紧闭双眼的脸庞蕴含着时光，时光和其他的，清新和纯真。直到那时，我从未在凝视某些男人的脸庞时有过这样的印象。而且，我还要说，某些景色，某些城市。

不仅仅她的美貌。这不可能是别的。这样的美貌的确是非凡的、特别的，想必她可以用来获得许多对世界的了解。有人说她非常富有，可以肯定，财富就像河流流向大海一样，必然来到她那儿。但是，就这一点，自第一分钟，我就确定她过去是贫穷的。她大概永远不会忘记这一点。金钱丝毫没有搅乱她对这世界的看法。

我确信她怀着某种痛苦同意成为富人。财富

迫使她保持高度警戒。但是，现在，这样的戒备心对她来说已变得理所当然了，如同双重意识，这让她整个人有着与众不同的充实程度。我已经注意到这一点，在钱堆里出生的人都有一种共同的东西：对细节漫不经心，不注意细微之处。所有人都给我一点这样的印象：或多或少都开始行将就木。我始终［觉得］一个死去的工人的脸庞不比一个活生生的富人更显得死气沉沉。

这个女人是一道风景。她的美不是一种自然的美。她大概当时或很久前变成这样的。所有的人想必都有自己的故事，然而她，由于她的美貌，她一定另有一个故事。这很好。他从她那儿脱身，不仅摆脱了她的脸庞，也摆脱了她那颀长、赤裸的身躯，一种被唤醒的内心的安宁与女人的冷静没有本质上的不同，但是，它令人想起经验丰富、头脑聪明的男人的宁静。

***　***

当我醒来的时候，我并没有立即去看闹钟。我没有睁开眼睛。但是，我的窗户是敞开的，我听见有人沿着街道行走，某个用快速而规则的步子走路的人。后来，当这个人走到街的尽头，另一个人又走进这条街来。当第一个人的脚步声消失了，第二个人的脚步声渐渐响了起来，一直到脚步声经过我的窗前，因为，在这个时候，在这空寂无人的街道，直到另一个人离开了这条街，这脚步声是唯一的，响亮的声音非常突出。

这时，我明白，早晨来临，人们已经出门上班了。

圣日尔曼德普雷教堂的钟声响了六下。我睁开眼睛。晨光灰白。我不知道太阳是从哪一边升起，但应该是从医学院的另一侧。透过那些钢筋混凝土的屋基，射出一道光。这既不是色彩，也不是日光，就是一道光。我们也许可以说它是灰色的，穿过灰色的钢筋混凝土柱成了灰色。其他的都在阴影里，而我则在我的床上，我在房间最靠里的浓浓的阴影里，我看见显现于远处的医学院，犹如一幅屏幕。我既不能重新入睡，也不能再合上眼睛。我们有时就是这样，莫名其妙地醒了，然后，就不能再入睡。我凝视着医学院，我一边盯着它，一边聆听着。大街上，脚步声此起彼伏。这些脚步声不断地侵扰着寂静，它们完全充斥于寂静，它们完全占满了从圣日尔曼林荫大道到雅各布大街那有回声的空间。我还听见了一种清脆的声响，水倾倒的声音。是一条天沟在排水。下雨了。不是大雨，而是流量均衡的绵绵细雨。我想起了那些路过的人在雨下行走。我把脑袋从枕头上抬起来，然后，转向敞开的窗户。这样，我就能听见雨声。这是非常轻微的声响，柔柔的，密密的。我聆听的同时，我注视着：这是在灰色光线下，一种柔软、轻微的声响。总是有行人路过。

我不能再入睡了。突然，我再也不能入睡了。我比白天任何时候都更加清醒。我回忆起自己曾经在清晨这样醒来，这总是一种特殊的觉醒——在被睡眠洗涤过的，一动不动的身体里，不用担心起床时间，这觉醒状态在清楚地流动，人们在思想、感觉、聆听，就像透过窗玻璃看着自己和外面。女门房把垃圾箱从楼内小院一直拖到街上——垃圾箱在大门入口处的石板地上发出沉闷的声音，猛力地隆隆作响，到了街上，声音变得如金属般的清脆，有一阵停顿，因为女门房让垃圾箱从门口滑行到人行道。在灰色的亮光中，声音如金属般清脆，毫无生气。

这时，我就立刻想到福塞太太，我的女门房。我经常听见她把垃圾箱拉出去，不是每天，但尽管如此，也许一星期一次。这是她讨厌的活儿。我听见她说话时，就想象得到她因为用力而绷得紧紧的阴郁面孔。她说这是艰难的工作，超出她这把年纪的能力，她已六十九岁了，如果房客能够像他们应该做的那样，每天把他们自己的垃圾桶清空，那么这个桶就不会那么重了，但是，他们不屑于做，他们只是在垃圾桶满到不能再放任何东西的时候才出空它。我想起女门房经常让我考虑这一点，我曾对她说，归根结底，既然所有的房客都不是每天清空他们的垃圾箱，想必结果是一样的。但是，这一点，女门房不可能理解，或者，她不愿意理解。依我看来，我认为这主要是她的精神状态。令她难以忍受的是，在院子里，离她门房如此近，有一个装满了因为放了几天而发臭的垃圾的桶，要把它拖走，她在拖的时候要闻那一股瘟疫般的气味。她说，看那些穿戴如此讲究的房客，考虑到大楼的房租，他们是如此富有，人们永远不会相信他们令人恶心到可以容忍在自己家里有正在腐烂的垃圾，而且还存放好几天。于是，每天上午，当我的女门房拖垃圾箱的时候，她就辛酸地重又想起，或者，不如说她又再现（从重新产生的意义上说）她觉得唯有她一人了解的人性的一面，因为只有她了解这一点，而又不能得到任何人的赞同，这就使她更加悲伤。并且，由于她的境况，她不得不承担这项令人恶心的任务，必须如此，否则就会被辞退，总之，她不得不清空这些垃圾，这些垃圾因为那些房客喜欢只趁他们高兴时才清空而发臭，每天早上，这使她重新感受到对自己处境的厌恶。这个垃圾箱她拉了四年，她就抱怨了四年房客们对她的这些行为，一想到他们够瞧不起她的，竟然不做她认为无足轻重的小事，每天清空自己的垃圾桶，她根本就无法克服所感受到的对那些行为的足够的反感。

这天上午，我听见她的声音，想象她那因为用力和厌恶而绷紧的脸，她必须移开垃圾桶，她正在拉垃圾桶，这时，我想，这是一张因执拗和坚定的自尊而令人震惊的面孔。因为，我再说一遍，她对此从来无法习惯。在这灰色的亮光里，在这经久不停的雨中，这天早上，这情景对我来说非常明显。这是狂暴的时刻，恐怕这个词不准确，我想，说一个强有力的时刻也许更合适—— 一个有力量的时刻，因为是纯净的、初生的，太阳还没有升起，但即将升起的时刻，这件大事即将来临的时刻。这就是时间的力量所在：因为，它是希望的力量，它具有希望的全部特点，因为，它含有比第二天将兑现的更多的承诺，而且，随着时光的流逝，这希望在紧随而来的夜间将重又搁浅，但是，既然它没有生成，那么这希望是完好无损的，并对即将来临的那一天充满了未知，而且，在人的内心保持着灼热的生命之火。

应该可以说说这些事情，而且要说得如此清楚、如此恰当，以至于也许以后试图这么做都是无用的，虽然，我在这里说的事极其荒谬，因为这就意味着可以存在一种成功，有了它，所有其他成功，哪怕它要有效得多，也因为第一种成功而自行消失，但我学会了观察和聆听事物，并只把“别人”的重大事情与事件相协调。这个孑然独行、步速很快、住在这条街上的男子，更彻底地引起人联想，他是比戏剧舞台上一位悲剧中的主角更真实、更感人的存在，我以某个集体性的立场在倾听，我独自一人在听取整座苏醒而纷乱的城市，因为，作为一个具有特殊经验和感觉的特别的个体，这个男人与我无关，但是，作为我们俩都是其中的这个集体的成员，有同样的权利。奇特的是，这个在走路的男人是无关紧要的人，我是个无关紧要的在聆听的人，而这样隐姓埋名，默默无闻却与一种非常强大的力量一起存在，并使我充满快乐—爱—希望。

什么都没有发生，就这样：一个人走过人行道，而我正在这个时候睡醒，大梦初觉，精神焕发，无所事事，就这样，他的脚步声在我的身躯上越过，嵌入了，并使我这个傻瓜的耳边充斥着它们的回声。这是常有的事，如同垃圾箱的隆隆声。尽管我认识福塞太太，但我发现她超脱于我们之间可能有的特殊关系，她是无关紧要的一个老妇人，每天早上六点钟，尖酸刻薄地抱怨，拖着垃圾桶的可怕的老妇人，她把那张满是皱纹、怒气冲冲、表情蛮横的脸庞歪向这个垃圾桶，她做这些是为了在六十年的工作之后，至死都能有口饭吃。六十年的服务之后，今天上午，她还要在雨中拖那个垃圾桶，独自一人，不为人知，隐忍住不公开喊叫自己的不满。应该可以这样描述：清晨，一个在空寂的街道孑然行走的人，而你刚睡醒，晨光刚刚穿过了钢筋混凝土建筑物，同时，年迈的女门房拖着一个装满了发臭的垃圾桶，从院子拉到大街上，你听见垃圾箱的声音和这个人的脚步声，而你正躺在床上，在温暖中，自在地休息。

***　***

[……] 如此完美的存在，以至于可以替代你、在你的位置上生活，有时，我希望这样，然而，后来，人们放弃了写作的虚荣。我知道迪奥尼斯会说什么，我这段时间读了太多海明威的作品，往后我把我的文章给他看，他就会说："这段时间，您在读海明威的书，是吗？"然后，他不管我，听凭我灰心丧气。我要对他说："我的确读了《非洲的青山》。但是，您知道，我写的那个——您认为我不可能有朝一日也会写得一样好吗？"再说，垃圾箱的故事，如果说有故事，它是属于我的，这是一个停滞的、缓慢的故事，它使我获得一种完全不同

于海明威的主人公身上所闪现的乐趣和悲伤。有一天，我会用一句决定性的句子来回答迪奥尼斯，那一天一定会到来。我花了四年在寻找这句话，但我没有找到。总是他对我的事情一锤定音。关于这一点，也许需要多说说，解释一下我相信迪奥尼斯确定的说法，仅仅是迪奥尼斯的说法，而且不是迪奥尼斯相信我的说法。对于我们认识的某个人，我从来没有对他说过任何确定性的意见，因为，我认为，不能针对某个东西说任何确定的话，这东西由于它的流动性随时都可能否认你的断言。然而，关于罗贝尔，这是一种无休止的诱惑，迪奥尼斯本身对此并不逃避。因为，罗贝尔在生活里，以及他最细小的动作，最简单的一句话，不论他深刻的思想还是他在街上闲逛的方式，都含有那样的和谐，以致别人不可避免地要探究其秘密。有一天，我说罗贝尔以向性运动方式行事，我对这说法并没有什么不满。但是，迪奥尼斯说这说法还不充分，他也在寻找。关于罗贝尔的事，总有着不可抵抗的魅力。

我们应该可以保持沉默，但我们又本能地力求表达自己看见他进食、刮胡子或仅仅是睡觉时的激动。

夏天，我的女门房，福塞太太，每天早上，照样把大垃圾桶拉出去。但是，夏季的这个钟点，天已亮了，我住的大楼对面那家“修道院”家庭式膳宿公寓的老板娘正站在门口。于是，她们就交谈起来。这个时候，街上安静极了，以致我醒来时，从我床上都能清楚地听见她们说的话。总是我的女门房先开头：她并不是向她问好，而是抱怨垃圾桶。老板娘就说：“真是，这太过分了。”金斯伯小姐一成不变地回答她，的确，这太过分了。夏天，由于有金斯伯小姐在场，福塞太太的痛苦比较能忍受，因为，在这关键时刻，她在金斯伯小姐身上找到了共鸣。在她诉苦之后，她的声音变得温和些了，通常，她就说到白天的天气会怎么样。她说：“天空云层很厚，会有雷雨。”或者：“天空晴朗，天气会很好。”金斯伯小姐表示同意。或补充些细微的修正，她说：“到了中午时，云彩会消散的。”或者：“不一定是好天气，这边的天空云层挺厚的。”她想必用手指指着提到的那一侧，不过我不知道是哪一侧。

有时，清道夫比往常稍微早点来清扫圣伯努瓦大街，或者福塞太太比平时晚了，正巧他正在五号附近扫地，当福塞太太和金斯伯小姐在门口交谈时，在福塞太太的要求下，他也参与谈话。这时，谈话就变得更加普通、更有哲理性了。谈论的是他们各自的职业，以及带来的利与弊。清道夫说他干的这行在冬天很艰苦，特别是下雪的时候。福塞太太则简单扼要地说，清道夫的职业毕竟是个职业，而她干的却不是一门职业。她告诉他，当他结束了工作，那就是结束了，在工作时间以外的时间里，他可以干他自己愿意干的事，而她不一样，从来就没有个完，甚至夜里，她还是女门房，她总是被铃声吵醒，她不能休假，因为，即使，必要时，她找到某个人来替她照看门房，但没有人负责代替她清空垃圾桶，当个门房看起来很简单，但这是一种令人讨厌的处境，尤其关系到垃圾桶，等等。她生活中的每一分钟，白天、黑夜都是门房。她说不清。她从事的不是什么重要的工作，但她夜以继日处在门房的地位。她昼夜不停地密切注意楼梯上的脚步声。如此严密地同她的人文状况叠合的境遇，认真考虑一下，这境遇如同噩梦一般，与“另一个”如此完全地吻合。顽固的想法。厌恶。噩梦如令人作呕的黏液。解脱不了。

关于这个问题，她从未详尽解释清楚。金斯伯小姐很少参与清道夫的谈话，她不赞同其中的政治观点。因为，他们各人站在他们各自的地方交谈，也就是说，在门口和大街中央，他们高声谈论，他们的声音清楚明了地传到我耳边。夏天，当玫瑰色和橘黄色的阳光穿过医学院的脚手架显露出来的时候，这些声音混合着水泥人行道上路人的脚步声的回声一直传到我这里，这些声音使我进一步麻木在我的困倦中，或者，像光之箭那样穿透了我，使我淹没在如此强烈的亮光中，不能再入睡，哪一种情况取决于是什么日子。

当福塞太太说到今天天气会怎么样的时候，我在睁开眼睛前就知道了天空的颜色，我知道早晨来临了，对我来说，这一在福塞太太的声音下破晓的时刻是不可替代的。福塞太太就像她看见的那样把事物讲述出来，她叙述得简明扼要，而她的声音则比公鸡的叫声更加响亮，更加有预见性，预告一天大事的来临。公鸡每天早晨本能地、形而上地鸣叫。福塞太太，她使我心烦意乱，因为，她以一个深思熟虑的成熟的人生经验，仁慈地讲述人的一天的遭遇将会是什么，但是，总的方面来说，她毫无办法。

去年，在她公寓的园子尽头，金斯伯小姐养了一只公鸡，我曾听见它叫过好多次。就这样，我能够把它报晓的响声与福塞太太的做比较。有时，清道夫会对天气将是怎样的状况提出自己的看法，但是，他是用那种看破红尘的语气说的，而不是像女门房那样严肃。虽然清道夫还年轻，但是，他把对天气会怎么样的看法变成了一种不可避免的宿命观。无论天气好坏，他的时间表都不大会有变化，他打扫圣伯努瓦大街、整条雅各布大街，我想还有波拿巴特街。对福塞太太来说，这是不一样的，尤其在夏天。

如果天气好，午饭后，她就坐在门前的一把椅子上，在足足两个小时的时间里，她把旧毛衣拆了，然后，又耐心地重新编结，一边同住在这条街上她认识的人打招呼。我们曾经谈到这清道夫。有一阵，他那稳健的步态，英俊而显得机灵的面容，以及他举止中我不知道什么高贵的东西，给我留下了深刻的印象。我们每天互相打招呼。他用那把大扫帚，动作大而又规律，傲然挺立在大街中央，鸭舌帽斜在左耳边上，《人道报》醒目地露出口袋，他干活既从容不迫，效率又极高，甚至在不得不绕过他身旁的大卡车经过时，他也从来不会中断自己的活儿。有一天，我问福塞太太清道夫是否加入了共产党。她告诉我，对此她一无所知，但是他的论调也许会让人这样认为。我不知道是一个什么样的机会，我跟这位清道夫交谈起来，我巧妙地向他提出这个问题。他对我说，他在感情上是共产主义者，但是，他并没有报名加入，因为，他讨厌政治，而且，他永远不会加入随便哪个党派，他太自由、随意，不愿受约束。他神情尴尬地告诉我这一切，而我几乎没有预料到这样，以致我不知道回答他什么。我失望地走开了。从那以后，我们互相握手致意，但从来不涉及他是否改变想法这个问题。在我眼里，他还是非常高贵，但是，自从我知道他那种从容不是高度自觉的，并上升到某个原则的高度，不是一个有觉悟的工人，而是一个看破红尘、天真幼稚的男人的洒脱，我就不大相信他的潇洒大方，这个男人在玩弄个人主义，他不愿意自己有任何约束，除了那他并不喜欢却在忍受的工作的约束，这份工作使他一天比一天脾气更坏，不可能把他提升到请愿行动的高度，也救不了他。我曾经试图把这一点解释给福塞太太听，告诉她，像清道夫那样一个男人，在他整个青壮年时期，既然他一直是清道夫，就应该成为一名共产主义活动分子，或者应该尝试做些别的事情，换一份职业。福塞太太对我说，的确是很遗憾，她不做什么说明，但却是诚心诚意的；她感到很遗憾他不是共产党，但是，我觉得她并不信服。

再说，友情的纽带把她同清道夫连接在一起，在我同她谈论时，她在寻思，我说的这些话是不是有某种对他的诽谤，我很清楚地看到这一点。她对共产党毫不了解，这也是真的，而且，她大概明白我怀疑她那位朋友的共产主义感情。他为她劈柴，当她生病时，是他替她把垃圾桶拉出去，作为补偿，福塞太太时不时给他一盒烟。既然福塞太太抱怨房客时，他好好聆听，他好像也并不是没为她做任何实际的事，福塞太太把他视为一个善解人意的可靠朋友。有一天，我对她说，这样向清道夫、金斯伯小姐，还有我抱怨，对她无济于事，她应该加入六区的门卫工会，只有在那儿，她的抱怨才能得到反响，然后，如果别的许多人也像她那样，那么工会就会找到对房客们产生影响的办法。她花了点时间考虑，但她报名参加了，从那以后，就成了最勤奋的工会会员之一。自她与其他门房有了共同的忧虑和烦恼，而且她们都愤愤不平以后，她的精神状态就更好了。

这天早晨，我既没有听见金斯伯小姐的声音，也没有听见清道夫的声音，只听见垃圾箱在石板和人行道上的声音。因为，当时还是冬天，福塞太太没有人可讲话。我想象她停下脚步，看看下雨了，希望清道夫会来。然后，她大概就回家了。我无法再入睡。有一次，我听见垃圾桶的声音，我试着再次入睡，但是，我的眼皮重又自动地抬了起来。透过医学院和圣日尔曼德普雷教堂，以及……的脚手架的光线越发清晰。第一场弥撒的钟声传来了。我已经想好，除了我工作和家务的日常必须做的事情，白天要做些什么。我应该开始更换客厅的窗帘，把罗贝尔房间里的圆桌换掉，换上餐厅里的桥牌桌。我希望罗贝尔有一间安静的房间，而且很舒适，他可以在里面自在地工作。我想，我要看见罗贝尔高兴，迪奥尼斯也一样，特别是这两个人。然后，大家都高高兴兴的。我觉得，如果罗贝尔有这张方桌子在房间里，他就能适意地在那儿工作，而他整个白天工作得好了，晚上，他就会高兴。为了别人的幸福，尤其是为了罗贝尔和迪奥尼斯，我这样不遗余力，我感到心情很愉快。大街上，一直有人走过。

不久前的一个夜里，一个男人和一个女人在我窗下走过。正是深夜。他们在唱歌，我不知道是什么歌，但是，我觉得好像有一次曾经听过，在我的一生中，仅仅一次听见过，也许是在某个幸福的时刻。这是一首节拍明朗的曲子，有着古老小调的节奏和音调。然而，这是深夜，在那个时辰，可是睡觉的钟点，却有两个人在唱这首歌。世上，只有他们在用温柔的、用心的声音唱。他们不是像醉汉那样怪声高唱，他们聆听自己的歌声。只有两个相爱的人儿，而且还沉浸在开始萌生的爱情之中，才能在这深夜，在这个被遗忘压垮的人类陶醉于梦乡的时刻，这样独自咏唱，他们有充裕的时间全神贯注地歌唱。在这空寂无人的深夜，在这白天黑夜两个侧面的交接点，这歌声响了起来，这是一朵突然从冷酷的黑夜中长出的小红花。抵御死亡的歌曲鼓励你克服困难，勇往直前。我整个肉体开始在呼叫，我渴望一个男人，那一对男女早就走远了，我还是因为对男人的渴望而无法入睡。我孑然一人。我想象，一个男人可能会回来。一个陌生人。尤其是一个陌生人，就像街道那样陌生。为什么？毫无疑问，出于纯粹的考虑。为了使其他人的爱，那些刚走过的人的爱，使我感到幸福的这个时刻所产生的感觉不是杂乱的。陌生人也许完全进入我体内，会一动不动、默默无言，而我，也一样，一动不动，心满意足，充满着我原先没有的东西，一个男人的生殖器，满得像一杯酒，通过这插入我身体，把我钉在地上的阴茎，与他人联系，与世界联系。

我们静止不动，我们所向往的，就是这样的静止不动。

两个人一起走了过去，他们一边在雨中疾步而行，一边在互相交谈。我寻思，如果每个人，每天早上，都能这样听一阵街上的声音，他或许会由于现实的力量而有所改变。不久前，我早上六点乘坐地铁，地铁里，所有的人都在读《人道报》。工人的命运和它归属于共产党，这两者之间有一种巧合，如果他们意识到这是与单纯的物质事实（像统治我们社会的重大社会法则一样具体）一样真实、一样明白无疑的一件事实的话，如果他们观察到这种巧合的话，那么这就会令人思考，使许多人感到气馁，足以使他们对想象而不是看到现实感到厌倦，并且在他们身上造就一种自然而然、毫无偏见地接受这一现实的意向。我暗自这么思量，也许应该说得简单明了，但是，这太困难了。我聆听大街，聆听脚步声，我听见了垃圾桶那阴沉的隆隆声，根据一个阶级的命运，福塞太太以为自己必须每天早上要拉这个垃圾桶出去，特别是那天早上，如此孤独地在雨中，我感到自己触及一种活生生的现实的核心，这一现实控制了所有的事情，控制住我的身体，控制住我那如事物般清晰明了的思想。

那时，我肚子里的孩子动了。在街上确切的现实里，在这些工人经过期间，胎儿动了。在我的孩子一动不动待在我肚子深处时，我没有忘记他，因为，人们能忘记自己活着吗？然而，正当他动的时候，他恰到好处地融合到周围的现实中去。正当我因为对重新入睡感到厌烦，毅然朝天躺着，耳朵也完全脱离开枕头，这时候，他动了。他开始在耻骨上方略微有点蠕动，于是，我就把双手平放在我肚子这个部分，为了感觉到他。他把我的手拱了起来，在那里面如此欢快，像起早的人那样四处打探，我情不自禁地笑了。我心想，他是否会睡觉，因为，有时候静止不动，有时候则有活动，乱钻乱动，很不耐烦。我试图用我的手来感觉他的形状，但是，我只感觉到他的轮廓，尤其是高度，从肚脐下一点一直到耻骨那儿。他在我体内的深处，几乎贴着我的背，在这暖和的水池里，他尽情地玩耍，每天都在长大，变得强壮，每天吸吮一点我的血，每天体验到他更大的力气，直到那一天长成了，成熟了，他一动不动，处于庄重而严肃的状态，以便穿越把他同阳光分开的我那肉体的通道。我已经有过一个孩子，我知道这个时刻非常可怕，他将低着脑袋，在我的子宫里挖洞，挺进，直到他长到足够大，能整个身子在那儿通过的那一刻。在那时候，他不再躁动，他的心脏因为用力而跳动得更快。我知道，因为，我曾经有过孩子，这是一种极度的痛苦，这痛苦在三个月后等着我。这天早上，尽管我感觉到他在我的手下活动，就在我幽暗的肚子里，还不能从这柔软的皮肤壁离开我，而我则想起了分娩，想这条可能形成的通道，这个出口，我无法想象我的肚子那么封闭，它那么安静，它如此怡然自得地容纳着我的孩子。这是一件非常奇妙的事情。当然，它被体验过，被叙说过，被描述过，但是，尽管如此，它仍然是奇特的。

但是，这天早晨，无论我觉得这件事多么奇妙，它还是在整个破晓时发生了。同样奇特的是，听到最早在人行道行走的工人的脚步声，没有回音的垃圾桶的声音，均衡的雨水流动声，知道日光即将难以觉察地升起，把这一切都隐藏在它那千变万化的方方面面里。但眼下，它的某几个方面——早上的工人，孤独一人，在人行道上疾步而行，福塞太太对被迫接受的境遇而产生的憎恶正发出嗥叫，引起旁人的注意，在我肚子里的孩子——都是孤立的事情，给我以波朗[1]称之为“世界完整性的幻觉”，以致我感到可以用手指来触摸，好像在我的手指下感觉到一种抽象概念。我的手放在我的肚子上，工人行走着，随着他脚步的有规律的节奏在走动，这些都发生在因受压迫的无产阶级的垃圾箱的隆隆声而变得昏暗的寂静中。

我很想描绘这个时刻的欢乐。这不是一种兴奋，一种精神刺激。欢乐并不来自在这些事物上面升起的太阳，而是来自在这黎明中开始的事物——就好像有一个明显由事物组成的早晨。在孩子们成长期间，在被压迫的无产阶级的反感越来越强的时候，人们去工厂劳作，并准备摆脱约束。不管怎样，这是一个通向未来的时刻。这并不是因为我是共产党人，但这个早晨，在某种意义上，我看见了，并明白了这一点。至少，我不这么认为。怎么知道这一点呢？我觉得，这天早晨，不论别的什么

1　波朗（Jean Paulhan，1884—1968），法国作家、批评家。

人，也许都看见了下雨，听见了脚步声，听见了垃圾箱的隆隆声，感觉到她的孩子在肚子里也这样躁动，会找到大自然这些各种各样的表现之间紧密联系的主要纽带。

然而，也许这是因为我是共产党人，但我相信，不管是谁都会同样感受到这些东西。迪奥尼斯会跟我说我们不说这个，说这件事是错的。别说这件事了。我会说，我是属于共产党的，但这并不意味着我就是共产党人。在比萨到佛罗伦萨的途中我把这些告诉小卡车的司机，当时，我坐在他身旁。我一半英语、一半意大利语地跟他说这些事。到了佛罗伦萨，我就告诉迪奥尼斯，我已经告诉司机了，这一次，他认为我有理。我们到一家咖啡馆去喝一杯吉昂蒂酒，有迪奥尼斯、罗贝尔、司机、一名泥瓦工和我。在比萨，我们被泥瓦工“确认”了，他也是一位同志。我们在等卡车，他也在候车（他是比萨复修工人队里的一分子，每星期六，他们都回佛罗伦萨）。当小卡车到达时，他走去对司机说有几位法国“同伴”，必须带上他们，因为每周六晚上从维亚尔雷吉奥来的卡车都满载。于是，当我跟司机混得更熟的时候，迪奥尼斯和罗贝尔结识了泥瓦工，他们俩告诉司机和泥瓦工自己也是其中的同伴。时值八月底。司机开始说起德·加斯贝利[1]。每当他说出“加斯贝利”时，他就松开方向盘，举着拳头威胁，然后在方向盘上叩打，那时，汽车就急弯了一下，我们听见遮盖卡车的篷布在风中发出噼啪声。这名司机是托斯卡纳人，二十五岁，相貌很英俊。他告诉我，他是国际主义者，说对“你和我的佛罗伦萨同伴，我一视同仁”。当我们走过村庄时，他走得很慢，让我能看清用粉笔写在墙上的文字，“共产党万岁”“共和国万岁”，万岁的第一个字母V倒写着。我每次都仔细地读，我告诉他，在法国，我们也是用同样的手法。他谈论德·加斯贝利，我对他说戴高乐，以及我们摆脱

1　德·加斯贝利（Alicide de Gasperi，1881—1954），意大利政治家。曾于1945年至1953年间任总理。

困境的方法。他很开心，我们两个国家之间任何相似的东西都使他兴奋。

当我们进入阿尔诺河谷时，在河流的上方，天空呈红色，这片托斯卡纳丘陵地带，世上唯一以这样方式被人居住的地方，人们无法想象是一片未开发之地，在一个个村落和长条形修道院之间，松柏树时不时显出轮廓，修道院的门是圆的，因宽角屋顶而显得低矮。我问司机："你是佛罗伦萨人吗？"他告诉我："不是佛罗伦萨当地的，但是是托斯卡纳地区，就是这一带的。"我观望着。阿尔诺河在它深暗色的堤岸之间泛出绿色，绿得像青苔，汽车在公路上疾驶，还没有打开前大灯。天气凉快了，暑热已快消失。正是我们到达阿尔诺山谷的时候，天凉快起来了，我们认为这丝丝凉意是从河中升起，是被橄榄树林和阿尔诺河那生满青苔的高高的岩石堤岸抹上的一道虹色。佛罗伦萨就在公路的尽头等待着我们。我急不可待地想看到佛罗伦萨。司机每隔十分钟就对我说："还有二十分钟，一刻钟，你就会看到了，还有菲耶索莱[1]。我们正好经过了这城市！”

我不知道为什么我说起了这名司机，说起我们第一次来到佛罗伦萨的那个傍晚。为什么我不会说呢？在这意大利同志身旁的那个时刻，同这个早上一样清澈。当然，那时感觉不同，但这个早上，我又想起了那个时候，如同想起了旅居玛格拉河口的那段日子。我想起它是因为听见了雨声，双手放在肚子上，无意中触到了我的孩子，我想到了我的死亡，更确切地说，想到在我这个年龄的死亡。我三十二岁了，这个早上，三十二的数字后面跟着这个字“岁”，对我来说，好像一切都那么明确，这个字紧贴着我。晴天霹雳。这是与我有关的数字。我已经活了三十二年。我经历了那些时刻。描述它们是无用的。

1　意大利托斯卡纳区城镇和主教区。

当我听见这声音时，我感到它本来就是平常的。这是每个早上都会有的，每天的每个早上，一年中的每天的每个早上，我，我只是很少听见，声音传来时，我感觉我并不是每天都听见，但每天都有，我就这样听着，很平常。我想能把这完美地说明清楚。在一辆经过你身旁的机车的如暴风雨般模糊的声音里（唯一使你变得无力，使你心力交瘁的声音，在这声音下，人们成了虱子），所有的机车都经过了，你感到在这世界上有成千上万辆，它们存在着，但你听不见，在电光火石的一刹那，你置身于世上的机车世界，置身于你那充满了机车的世界，这些机车开往四面八方，吼叫着，风驰电掣般行驶，携带了装载着大量正在旅行的你的同时代人的车厢。这次，垃圾桶同样使我感受到我的世界里的垃圾世界，这些垃圾桶满是菜屑果皮、空罐头，我的同时代人为了继续生存，保养身体，他们吃了又吃，咀嚼，再咀嚼，他们消化，吸收，再消化，他们维持着生活，以一种难以置信的坚韧的努力，以这样的广度和规律性，怀有延续人类的意志，这比那些人们作为例证提出的最著名的大教堂更令人信服，那些大教堂只是积累起来的毅力的记录，它们因为无偿的特性而令人惊奇，它们只是让那些听不见人类每天重复的吓人的嚼碎、反刍声响的人感到惊异。这嘈杂声，这喧哗声，通过垃圾桶的回声又出现了，这是让你置身于你的现状、置身于你的历史真实性的最完美的声音，这是友爱的呼声，因为，大家都在吃，而且不愿让自己看起来像你的敌人，你和他一样，继续活下去。在这地下层，其他的［努力］生发出这巨大的［成果］。

不久，她又出门了，同样的姿势，再次傻呵呵地打量 5 号门。我稍微探身窗外，看见 F 太太百叶窗还没有打开，而 G 小姐正好就是在端详着百叶窗，不过没有一点举动，也没有一丁点儿前往这百叶窗去的意图。我是否说过，对我来说，G 小姐就是愚蠢的化身？G 小姐是处女，她四十岁。不论谁看见她这样细心、这样认真地经营她的家庭式公寓，而且心满意足，喜形于色，不论谁目睹她幸福地节俭生活，幸福地自食其力，并树立起这份自信，都会明白 G 小姐是最适合被犯罪者盯上的猎物，并且认为她的凶手会因为这样的罪行而受到惩罚，这个想法可能会得出关于正义本身的最坏的结论。G 小姐是 F 太太手中的玩物。可以说，对于 G 小姐来说，F 太太是她生活中唯一一个向不理性、激情、缺乏逻辑打开的口子。

F 太太究竟以什么绝妙的借口使 G 小姐几乎免费供她吃，而且同意她无可争议地有权在 G 小姐最美味、最罕见的只为她自己做的菜肴里提取一部分？我不知道。但是，这是既成事实，G 小姐简直再也不能不同 F 太太分享她的甜点。每天中午和晚上七点 G 小姐的女仆穿过马路，给 F 太太拿来 G 小姐午餐和晚餐的一部分，细心地包在一块干净的布里。

“您的羊腿不错，但是，依我看，不够熟。”F太太说道。

“啊！”G小姐说，“真的吗？”

“既然我跟您说了，”F太太说，“我可不习惯说些无聊的话。”

我认为，G小姐再也不能没有这样的权威意见。G小姐逃脱了某个男人的霸权，由于愚蠢，却没有逃脱F太太的霸权，她每天在F太太的权威中寻找严厉和专横的审查。这审查不仅仅有关G小姐派人送来的菜肴，而且还针对G小姐的行为和最细微的构想。

清道夫情绪阴郁。两年来，清道夫大腹便便。他越来越胖。有一天，F太太悄悄地向我确认，但没有向我说明原因，他酗酒。他喝酒时，F太太远远地看着他。清道夫一走进圣伯努瓦街，离房子五十米远的地方，F太太正在自己的门口，她就打量着他，双手叉腰，摇着头。“喝酒了。”她回到门房，去拿来她最大的平底锅，里面盛满水，放在桌子上。然后，她继续忙自己的事，也许除了干活时速度快了点，没有任何地方显露出她的意图。当清道夫走近大楼时，她打开百叶窗，一动不动站在窗前，手中拿着这一锅水。清道夫惯常那样开始笑起来，但轻声地笑。然后，就吹口哨。他只是在喝醉酒的时候吹口哨。他总是还保持足够的清醒来扫马路，并且，轻轻地在 5 号楼前吹口哨，招惹 F 太太。他在扫一条梦幻中的马路，也就是说，好像在梦中扫除那样，在太阳下跳舞，没有真正地清扫什么。于是，他在 5 号楼跟前吹口哨，轻声地笑了，眼睛一直不离 F 太太那带铁条的窗户。到了窗前，他一动不动，口哨也不吹了，说道：“来吧。”F 太太把整整一锅水倒在他的头上。那时，清道夫纵声大笑。“猪。”F 太太说道。她已怒不可遏。但是，清道夫的笑声招引来了金斯伯小姐和圣伯努瓦餐馆的小伙计。他们同清道夫一起大笑。这时，F 太太也走了出来。“这下你尝到厉害了吧。”F太太说道。然后，她也笑了起来，她的笑声显得华丽、含糊、圆润，从来没有痛快淋漓地笑出来，是我从未听见过的最美的笑声。“让我尝到什么厉害”，清道夫打着嗝说。“让你尝尝喝多了的厉害，”F太太说，“下回，可是我的洗碗盆了。”他们一起大笑了好久，直到F太太回到门房，关上门，思考着清道夫染上的这坏毛病。

F太太和清道夫之间有一种不容置疑的默契。我不想为此冠以什么名称，我也说不上来。可以肯定，F太太只要再年轻二十岁，她必定会跟清道夫睡觉。她知道这一点，而且明确表示过。清道夫他也知道这一点，并明确提出过这事儿。她暗想他是这样对他自己说的，而［他］想，她是这样对她自己说的。总之，他们绝对两情相悦，他们意气相投。他们“相处融洽”。但是她已经六十岁，而他则三十岁。

[……] 这出无视戏剧最神圣、最惯用的规律，突然停止，又运转起来的戏是能够想象的最惊心动魄、最反常的时机之一。因为，如果说，F 太太在同清道夫酗酒的不良倾向作斗争，她不仅是为了拯救他而斗争，也是为了从威胁自己的最后期限中得以自我拯救。因为，如果清道夫继续酗酒，她不得不相信这最终将对自己不利，总有一天，他会杀了她。清道夫知道这一点。F 太太知道他知道这一点。鉴于此，她把一锅水倾倒到他身上，鉴于此，他们一起捧腹大笑。

凶手瞄准了他的受害者，但是，他的手枪卡壳了，没想到，受害者和凶手一起拿凶手在瞄准时的严肃消遣，拿凶手有时引起的笑料取乐，哪怕他们在最无防备的受害者面前是最厉害的凶手，没想到他们背着全人类“言归于好”，凶手原本预计子弹在正中心爆炸，而不是突然发生这样戏剧性的令人吃惊的挫折。受害者和凶手“颠倒”了，受害者变成了凶手的凶手，受害者在这方面作为凶手否认了他（一名手枪卡壳的凶手就像一个国家的总统在他的国民面前跌了个四脚朝天一样可笑），而且，受害者通过笑声控制住他，完全降低了他的认真、严肃的效果，而在笑声里，有着怎样的严肃性啊！

有一天，我那位德高望重、受人尊敬、令人感到可怕的母亲，在我面前，滚落下某个地铁入口处的所有梯级。而且，是屁股着地，而我，瞧见被人敬仰的她以这出乎意料的姿势，屁股落地地滚动，我突然无法抑制地狂笑起来。我母亲一边要求我帮她站起身来，一边叱责我。而人们则因为一个女儿居然这样笑她的母亲而感到愤慨。然而，最终，想必曾和我一样嘲笑过这副德行的母亲，不顾人们的愤怒，也跟我一起笑了起来。

***　***

圣日尔曼德普雷：教堂

圣伯努瓦街：圣欧拉里街：圣父街：圣子街

G 小姐：玛丽小姐

F 太太：道丹太太

1. 别把自己卷进去。

2. 关于 D 太太，避免恶意的措辞。

3. 这不是一幅简单的心理肖像，而是一则故事，一部小说。

4. 再现必要的垃圾桶。

5. 通过小章节来进行？

导线。

［酗酒］

街道？

D太太的优势。

惊奇，以及母亲跌坐在地。

我们取代我。

书写有关母亲的困难？有关D太太的呢？

偷盗黄油

偷襁褓

述说D太太和清道夫在街区里引起的恐惧，以及敬意

回到那天早晨没有听见声响的垃圾桶

D太太的葬礼

D太太的儿子和女儿

与G小姐的谈话，她告知我两万四千法郎的

存在

清道夫

从那以后，他声称，他必须要有一笔相当的款项，为了可以去南方——为了改变生活——可以放弃他那丢脸的工作——改变生活——成为幸福的人。总之，游戏继续着。这是一种高级游戏，游戏双方本身都不知道它的赌注。他明白她不会把自己的积蓄给他。她知道他明白。她永远不会松手。不仅因为这是她六年的积蓄（以前的积蓄，她已经分两次留给了她的丈夫们），因为，如果清道夫的健康需要这笔费用，她肯定会给的，而且是为了如同她所说的阻止他“滑落”，走向一种海员式的、靠不住的幸福，那种由懒惰、阳光、拒绝组成的幸福。因为，道丹太太本能地不喜欢幸福的人。在这一点上，会有许多要说的，她抨击她的房客们通奸，而且，小心翼翼地维持着那些家庭中所有可能发生纷争的时机。

D 太太和清道夫到了这种程度。除了偷窃，这段时间，D 太太开始写匿名信。她刚刚开始。她把匿名的威胁信件寄给那房客（正是被她偷黄油的那位）。因为她几乎是文盲，是清道夫加斯东草拟这些信件的。

“我之所以写匿名信，是因为我乐意，谁有什么反对的话要说？”

就这样，所有的房客感到自己，直到那时都是默认的拥有一个垃圾桶的权利，生活的权利受到了质疑。

他们中的某些人，无疑并没有对这场争吵有思想准备，只是感到自己没有受到［尊重］。但是，正是这些天真地感到愤慨的房客，D 太太对付起他们来最有成效。

因为，除了垃圾桶的法规，也许任何东西都永远不会减弱D太太的不满足，没有什么会缓和人们可能称为她固有的怀疑主义的东西。D太太的高贵，对，那就是，她毫不慈悲为怀的感情。当圣日尔曼德普雷堂区的修女们在圣诞节给她带来烤肉时，她一边捧腹大笑，一边看着她们。

“但我是不会去望弥撒的，我先告诉你们，”她对她们说，“这是我的习惯。”

当清道夫，[作证明]，在那儿和她一样大笑时，她就向他表示：

“何必管闲事？然后，还得给这些讨厌的女人装小孩样，这样让她们少管别人的事情。”

同样，除了她最可靠的朋友，唯一的同谋，清道夫加斯东，D太太不同意与人类妥协，哪怕是通过G小姐对她亲切关怀的那条渠道。正如我所说，G小姐对她，对清道夫，对他们俩来说只是他们同谋关系的惊恐的证人，只是一个玩具，也就是说，他们的受害者。因此，当加斯东吹着口哨，出现在大楼五十米远处，他喝了酒……

［……］何况，甚至最后一幕，完全没有改变加斯东对D太太的谋杀。因为，即便D太太关心清道夫，要阻止他最终成为杀害她的人，尽管如此，她并没有因此对他少些尊重，为了不愧于他的友谊，为了有利于支撑她与他之间每天的竞争，她终于放任自己的内在个性，放任她一直抑制的本性，就是通常被称为卑鄙的秉性。总之，D太太与清道夫同时充分地施展自己的才能。她已经终于到写匿名信和偷盗的地步。竟然偷盗，我不认识在这把年纪还能偷盗的人。于是，她一边为加斯东嗜酒的倾向，他那缓慢的堕落，感到惋惜，一边则怂恿他这么做。看谁在讲那些最亵渎神明的话，看谁在嘲弄最神圣的道德观、最闻名的权威，看谁做了最大胆的事情。总之，D太太想要与加斯东的罪过水

平相当。

他们说的话使整个街区的人战栗，而这对他们来说却是一大乐趣。

“开战。”[加斯东]说道。

对此，D太太回应道：

“德国人[……]”

尽管D太太的偷窃行为只被几个[字迹不清]知道，但他们难以觉察地倾向于使这些行为公开，他们试图越来越随意地做这些事情。

在各种隐秘的欢乐场面中，只剩最后一幕了，清除：小溪里的鲜花。换言之，是加斯东相信[字迹不清]他的职业能满足他的极大好奇心。无疑，他认为自己也能成为灵魂的清道夫，意识的清道夫，能收集到秘而不宣的隐情和那些人们只对清道夫供认的秘密。但是，唉，当他问G小姐：“您的视力怎么样？”G小姐回答说，她的视力尽善尽美。然而，他知道，根本不是那么回事，G 小姐的视力一天比一天差，但是，她对他隐瞒了这一点，她怕（也许并没有明确提起），她怕某天晚上，加斯东喝醉了，他知道自己的视力差得认不出他，由于他的政治观念，他会为了某种非常，真的非常可怕的目的，冒险走进她那体面的公寓。所以，甚至连 G 小姐的视力，清道夫获得的也是假的消息。由于这个缘故，他只能觉得自己同杀人犯、逃亡在外的人是一路货色。在这个意义上，他夸张了。

“皮埃罗死了。”他说到疯子皮埃罗时宣称，“不然他熟知所有的［字迹不清］身份特征。”

“一场真正的凶杀，喏，对于一个清道夫来说，这就是能有的最好结局。没有一次凶杀，人家不来问问清道夫的。对一个清道夫来说，这是唯一可供消遣的事。”

D 太太和 G 小姐瞅着他，当清道夫走远了，G 小姐伪善地说道：

“近来，他总是说这样的话……”

而D太太，仍然站在清道夫一边，回答道：

“像这样的男人，不是所有的人都能理解的。”

只要加斯东在场，谈话就采取更为笼统、更加富有哲理的措辞。涉及他们各自的职业，以及这份职业所具有的利与不利。

“清道夫，这至少是一份职业。”D太太开始说。

“永远不要说不知道的事情，”加斯东说，“要不然，说了也没用。”

因为，加斯东对自己的职业也不喜欢。但是，对此，他自有一套人生哲学。

“我们，”清道夫说，“我们俩的职业都是被人看轻的。”

“说实在的，您挺在行的。”D太太说。

拂晓时，圣日尔曼俱乐部已经关门，清道夫来了。

“我总是来得太晚，”清道夫说，“关门了，音乐也结束了。至于漂亮姑娘，好像有的是，围成一圈。就我所看到的，俱乐部里有人往墙上哗哗地撒尿。您真该去看看。墙壁都是黑色的，甚至让人觉得怪怪的。”

“是得撒尿啊，”D 太太说，“既然整夜都在喝酒嘛。”

“撒尿，这是为了清道夫加斯东。加斯东提升到跟这些先生一样撒尿。”

D 太太怀着骄傲和爱慕瞧着加斯东。加斯东同 D 太太有同样的语言能力。G 小姐低垂下眼睛。她觉得加斯东所说的一切都带有可疑和隐秘的意图的疑点。

“如果您用撒尿来判断，”加斯东说，“那一定得喝得很多。”

“撒尿，所以喝酒。”D 太太说道。

“您刚才说的，”清道夫加斯东说，“这使我想起了什么。有一位哲学家说过同样的东西：我思故我在，他认为这样。笛卡尔。”

“不如不说，”D太太说，“每个人都可以这么说。”

“什么‘卡’来的？”D太太［进一步提出］，“那个什么‘卡’家伙？”

“您怎么知道这些的？”D太太又问道。

“我爱阅读。”加斯东说，“我跟一个操作铲斗的小伙子关系很好，他把旧书给我，我给他烟头。”

“暂时，”加斯东说，“我们没有什么要说的。”

“对此，”D太太说，“我真不知道有什么可说的。再说，公寓里有一个作家，数他最脏。”

“这说明不了什么。”清道夫说道。

“不应该一概而论。”G小姐怯生生地说道。

“您，［和］您的戴高乐，”D太太说，“你们让我［烦透］了。”

虽然，D太太由于自身的机械性、有条不紊、单调乏味，严格地说，可以接近于这一点，但是，如果说在D太太身上只发现了这样一种从本质上说足够愚蠢的独特性，那也是不合适的。

D太太不可能赞同我们的［生活］情趣。如果她听凭自己可耻地妥协，哪怕只有一次，她也会同她天然的敌人，房客一起［背叛］。

D太太是个毫无顾忌的不顺从的人。

因为，D太太对于神有非常独特的想法（引文），对社会主义的未来的想法也同样特别（引文）。但是，尽管如此，D太太原则上对通常最被认可的习俗之一，最不可见、最微不足道、最无恶意的资产阶级社会的暴力，即垃圾桶的习俗，抱有怀疑。寄匿名信，使她对自己的这种特殊情况感到挺称心，这会把D太太（虽然我对此怀疑）造就成一个肥胖的、心满意足的、享有权威的女门房，她再也不会在圣伯努瓦街5号大楼里像现在这样发泄怒气了。所有的房客，不管他们的职业是什么，他们都混同一起，受到同等对待，甚至，完全一视同仁，在日常生活中，我看不出任何别的情况。确实，我不认为他们中的某些人受到质疑是件坏事，哪怕他们自以为拥有的每周五禁食的权利受到质疑。

［……］每天，她都同第一天一样完全彻底地拒绝，同样没有任何屈从，任何可能的赞同。F太太也许会因为取消垃圾桶的设立而死。她整天都给［随便哪个］房客为自己的害怕做一番辩解。她提出的理由很多，都是源自一种明显的恶意，这很正常。她的偏见使她失去了理智，她不能冷静地表达。通常，是房客最后一个清空垃圾桶。这成了大

楼里一项特别的必须做的小事。因为清空了垃圾桶，反倒被骂了一顿。人们清空垃圾桶是因为他有一个要清空的垃圾桶，人们有垃圾桶要清空，因为人们吃东西，只要活着，就会有垃圾桶要清空。就是这样，许多对这类事情没有思想准备的房客得知别人可以否认他们甚至公认的、正当的拥有一个垃圾桶的权利，那些满脑子［权利］的人发现自己受到同样［……］对待。

她与加斯东的友谊最意外的结果，就是他使她离开了自己的孩子，特别是她最小的儿子。她不再想见到他，他使她心烦。她曾经很好地抚育这个儿子，为了他，她做出了很少有人能做到的牺牲。她的丈夫把自己的工资喝酒喝掉了，而她为了［抚养］孩子，在工厂干了十五年。工厂干活之后，晚上洗衣服。她的女儿是邮局员工。女儿住在远处的一个省，很少来看她。

“关于这一点，我挺放心。”

然而，她的儿子是夏图那儿的种菜人。他每年新年、七月十四日、复活节都来看望她，而她一成不变地用这句话来接待他：“我曾经为他们做了那么多，我都感到厌烦了。我对他们的所有要求，就是别打扰我。”

她的女儿、儿子常常要她到他们身边“颐养天年”。

“即使我在你们家里像个王后一样，我也宁愿死在自己家里。”

有时，D 太太的那个儿子来看她。因为，D 太太有两个孩子。他在新年、国土解放日和复活节的时候来看望她。如同对房客们不满一样，D 太太也经常抱怨她儿子——同样隐隐约约——同样可怕。

“孩子，都是些坏蛋，”D 太太开始说，“连最好的也总是那样，无一例外。”

儿子在门房落座：

“马上就要开始了。”D 太太的儿子说道。

“要是你没有准备好听实话，你就回到你来的那儿去。”

“并不是他不好，”D 太太对房客们说，“但不得不说，他等我死呢。我跟他又没有什么话要说。”

而且，她总是补充说：

“我不喜欢通心粉。”

这句话，表面看来毫无理由，轻轻带过，却是针对她的儿媳，儿媳是意大利人。

“得看看你究竟有什么要责怪我的。”儿子说道。

***　***

我在寻找一位已经照管过孩子的妇女，而且要有最严格的证明材料（如果可能的话，一个四十来岁的女人），上午九点到十二点管家务，下午从四点到六点带孩子出去，除去周日。

以此为条件

一间带电气设备、家具齐全的保姆房

四千法郎

早餐

和午餐。

***　***

再也无法入睡。

圣日尔曼德普雷俱乐部的开张扰乱了圣伯努瓦街。整个夜间，只听见摩托车的轰鸣声，喇叭声，车门砰砰声。凌晨三点前简直无法合眼。我们注意到在圣伯努瓦街上，有一座养老院几乎就在圣日尔曼俱乐部附近。看到，譬如仅5号楼里就有十一个小孩。而且，我们得知，另一家“塔博”即将在“两个天使”胡同里开张。在这么一条狭窄的街道上将会有三家夜总会，而且［字迹不清］。难道就不能把圣伯努瓦街变成一条禁止通行的街道吗？并且要求［字迹不清］在停车道都预先设好的圣日尔曼广场举行吗？而且，那里，由于广场宽敞，声音不会那么难以忍受。

***　***

社会党对区议会选举表示反对。它逃避普选，即劳动者、家庭妇女、中产阶级的选举。它害怕。而这一定有原因。因为它不愿意显示出它的恐惧，它就背叛、出卖，造就告密者。在讨论区议会选举的会议期间，它把马达加斯加国会议员“交”了出来。

为了欺骗自己人，它是这样着手的：尽管只是事关选举，它却转移话题，先要求推迟对马达加斯加议员提起诉讼。两位众议员、［维奥莱特］、抵抗运动社会民主联盟和独立的［字迹不清］，站起来说国会不能禁止司法部门的［字迹不清］。因为被明摆的事实打脸，社会党党员立刻收回他们的请求，不再多说。于是，由于他们的可耻行为，请求被取消。

接着，社会党认为自己事先通过一项［字迹不清］的倡议，已经体面地重树形象，把马达加斯加议员出卖给了反动派，他们［投票］反对区议会选举，而赞成在一九四九年三月的二轮单名投票。

他们已经过于冗长的斗争再加上这一新的可耻行为之后，五名社会党众议员和博物馆馆长，我们区的市政参议员保尔·利维，递交了辞呈。我们为之喝彩。上星期日，我们把这一创举与统一社会党和日益增多的“好挑剔的”社会党人聚集起来。希望“在底层”的群众的声音越来越被他们的领导听见。

***　***

我们在圆桌旁感觉不舒服，手肘无法安放，我们不能把手肘支着休息一下再写，而我们写的时候它们是腾空的，如果我们没有马上发现这一点，我们就想：“我不知道怎么了，我觉得很累。”这是因为手肘没有搁在桌上。

Autres textes

其他文本

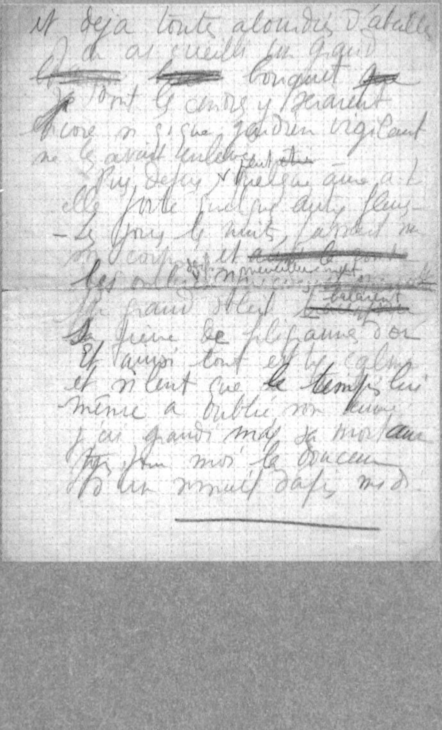

1921 年，玛格丽特·杜拉斯叙述她父亲之死的文本（第 443—447 页）中的最后一页。

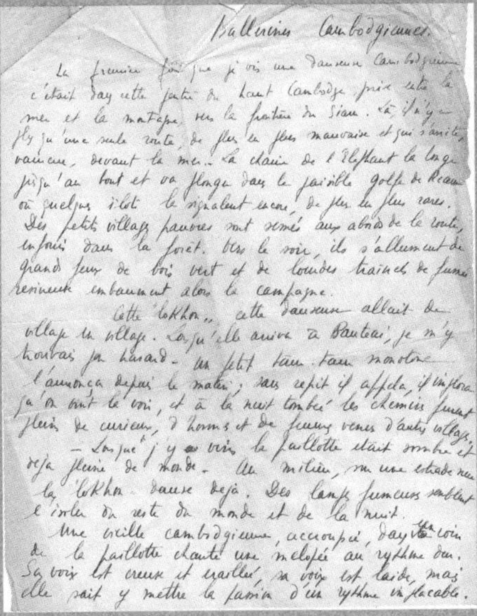

Ballerines Cambodgiennes.

La première fois que je vis une danseuse cambodgienne c'était dans cette partie du haut Cambodge prise entre la mer et la montagne, vers la frontière du Siam. Là, il n'y a plus qu'une seule route, de plus en plus mauvaise et qui s'arrête, vaincue, devant la mer. La chaîne de l'Éléphant la longe jusqu'au bout et va plonger dans le paisible golfe de Réam où quelques îlots la signalent encore, de plus en plus rares. Des petits villages pauvres sont semés aux abords de la route, enfouis dans la forêt. Vers le soir, ils s'allument de grands feux de bois vert et de lourdes traînées de fumée résineuse embaument alors la campagne.

Cette "lokhon", cette danseuse allait de village en village. Lorsqu'elle arriva à Banteai, je m'y trouvais par hasard. Un petit tam-tam monotone l'annonça depuis le matin; sans répit il appela, il implora [illegible] la voix, et à la nuit tombée les chemins furent pleins de curieux, d'hommes et de femmes venus d'autres villages.

— Lorsque j'y arrivai la paillotte était sombre et déjà pleine de monde. Au milieu, sur une estrade nue la "lokhon" danse déjà. Des lampes fumeuses semblent l'isoler du reste du monde et de la nuit.

Une vieille cambodgienne, accroupie, dans un coin de la paillotte chante une mélopée au rythme dur. Sa voix est creuse et éraillée, sa voix est laide, mais elle sait y mettre la passion d'un rythme implacable.

《柬埔寨女舞蹈家》（第 449—453 页）手稿本的第一页。

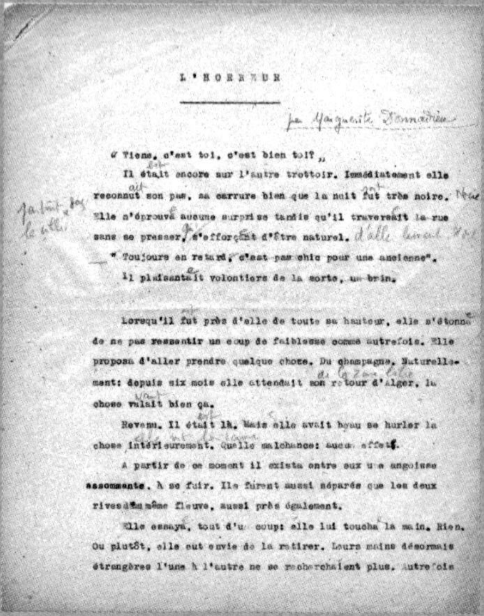

L'HORREUR

par Marguerite Donnadieu

« Tiens, c'est toi, c'est bien toi? »

Il était encore sur l'autre trottoir. Immédiatement elle reconnut son pas, sa carrure bien que la nuit fut très noire. Elle n'éprouva aucune surprise tandis qu'il traversait la rue sans se presser, s'efforçant d'être naturel.

" Toujours en retard, c'est pas chic pour une ancienne".

Il plaisantait volontiers de la sorte, un brin.

Lorsqu'il fut près d'elle de toute sa hauteur, elle s'étonna de ne pas ressentir un coup de faiblesse comme autrefois. Elle proposa d'aller prendre quelque chose. Du champagne. Naturellement: depuis six mois elle attendait son retour d'Alger, la chose valait bien ça.

Revenu. Il était là. Mais elle avait beau se hurler la chose intérieurement. Quelle malchance: aucun effet.

A partir de ce moment il exista entre eux une angoisse assommante, à se fuir. Ils furent aussi séparés que les deux rives d'un même fleuve, aussi près également.

Elle essaya, tout d'un coup: elle lui toucha la main. Rien. Ou plutôt, elle eut envie de la retirer. Leurs mains désormais étrangères l'une à l'autre ne se recherchaient plus. Autrefois

《恐惧》（第 462—475 页）第一页，署名“玛格丽特·多纳迪厄”。

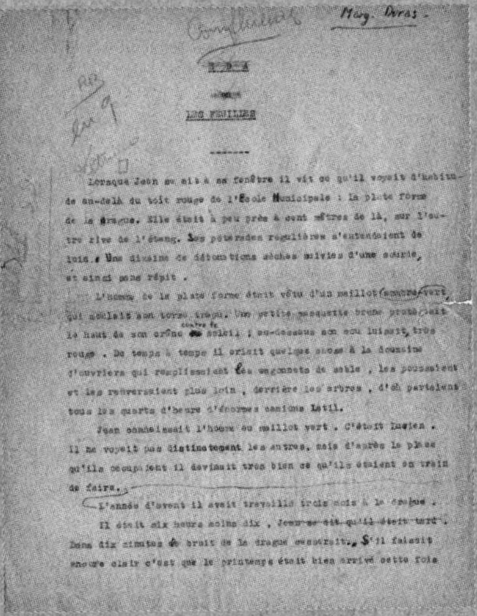

Confluences

Marg. Duras

E D A

LES FEUILLES

Lorsque Jean se mit à sa fenêtre il vit ce qu'il voyait d'habitude au-delà du toit rouge de l'École Municipale : la plate forme de la drague. Elle était à peu près à cent mètres de là, sur l'autre rive de l'étang. Les pétarades régulières s'entendaient de loin. Une dizaine de détonations sèches suivies d'une [illegible], et ainsi sans répit.

L'homme de la plate forme était vêtu d'un maillot ~~[illegible]~~ vert, qui moulait son torse trapu. Une petite casquette brune protégeait le haut de son crâne contre le soleil ; au-dessous son cou luisait, très rouge. De temps à temps il criait quelque chose à la douzaine d'ouvriers qui remplissaient les wagonnets de sable, les poussaient et les renversaient plus loin, derrière les arbres, d'où partaient tous les quarts d'heure d'énormes camions Latil.

Jean connaissait l'homme au maillot vert. C'était Lucien. Il ne voyait pas distinctement les autres, mais d'après la place qu'ils occupaient il devinait très bien ce qu'ils étaient en train de faire.

L'année d'avant il avait travaillé trois mois à la drague.

Il était six heures moins dix, ~~Jean se dit qu'il était tard~~. Dans dix minutes le bruit de la drague cesserait. S'il faisait encore clair c'est que le printemps était bien arrivé cette fois

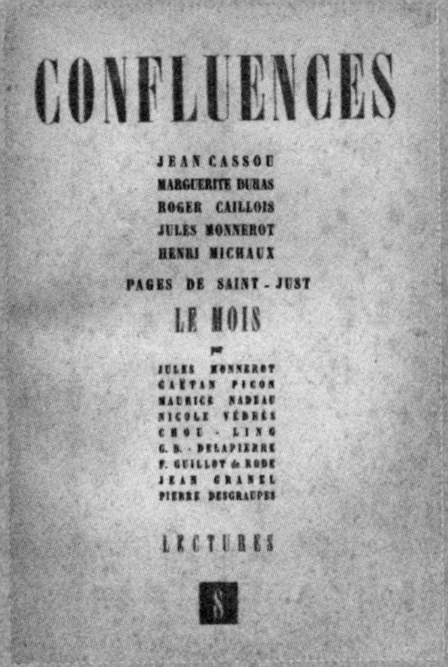

CONFLUENCES

JEAN CASSOU
MARGUERITE DURAS
ROGER CAILLOIS
JULES MONNEROT
HENRI MICHAUX

PAGES DE SAINT-JUST

LE MOIS

par

JULES MONNEROT
GAËTAN PICON
MAURICE NADEAU
NICOLE VÉDRÈS
CHOU-LING
G. B.-DELAPIERRE
F. GUILLOT de RODE
JEAN GRANEL
PIERRE DESGRAUPES

LECTURES

以《树叶》作为标题，1945 年 10 月发表在杂志《汇合》（由勒内·塔威尔尼埃主持）上的《艾达或树叶》的打字稿第一页。

我们汇集在此以《无限的童年》（玛格丽特·杜拉斯）为标题，玛格丽特·杜拉斯专门叙述她的童年和家庭成员的四篇自传体文本，如同后面的六篇虚构叙事作品一样，是与《笔记》同一时期撰写的（其中几篇甚至可能在战争开始前不久）。它们都是未曾发表过的，除了短篇小说《艾达或树叶》，曾于1945年10月发表在杂志《汇合》上。

前四篇文本是“当代出版纪念馆”里玛格丽特·杜拉斯遗赠藏书中最早的：我们可以把它们推定为大概是1930年底。用铅笔写在折成四层的纸上，并没有誊清，有时很难解读。每个文本都表明了她家庭历史的内在的、持续的影响，尽管她渐渐获得了职业上、金钱上和情感上的独立（她1937

年结束学业，开始工作；1939年嫁给了同年遇见的罗贝尔·昂泰尔姆）。这些短文中的最后一篇描述1921年她父亲去世的情况，是玛格丽特·杜拉斯唯一一篇已知的专门叙述这一事件的文本。

随后的六篇无疑是晚些时候撰写的。这些有各种自传性倾向的短篇小说，是玛格丽特·杜拉斯早期文学写作的一个组成部分。它们都是打字的，它们的草稿证实了重写的工作。第二部作品《玛格丽特嬷嬷，是您吗？》，完全是手写的对话体，还是构成了一个例外：它是围绕那篇叙述她第一个孩子早夭的作品的某种变体，那篇作品收入在《米色笔记》里（第308—312页），后来又以《这样一种爱的恐惧》为标题发表在杂志《女巫》（1976年）上，然后收在《外面的世界》集子里。

在这些虚构的文本里已经出现了一个会令人想起玛格丽特·杜拉斯早期出版的两部小说[1]的宇

1 《无耻之徒》，1943年，巴黎，普隆出版社；《平静的生活》，1944年，伽利马出版社。

宙（请看《被偷的鸽子》），以及后来她的作品的某些主要题材（《恐怖》或《圣经》里描述的爱情及其消退，《艾达或树叶》里的死亡和厌倦……）。

无限的童年

我希望在我的童年里只看到童年。然而，我却不能。我甚至看不到任何童年的迹象。在这个过去的经历里，有某种已完成的、完全确定的东西——对于这一段，任何欺骗都是不可能的。

我根本理不清头绪。这是我觉得一生中最枯燥无味的时期，除了其中有几年，好像是个歇脚的地方似的，在那儿我为我的一生汲取了力量。没有什么比我整个童年更清晰、更真实、更不理想的了。没有任何的梦想，没有一点传奇和笑谈使童年带有梦幻的光环。

我什么都不想解释。就这样，我和两个同样经历这些年月的兄长就是这样。这童年折磨着我，然而，却像影子一样伴随我的一生。它并不是以它的魅力吸引我，因为，在我眼里，它几乎没有魅力，而完全相反，以它的怪异吸引我。它从来没有制约我的生活。它曾是孤独和隐秘的——在很长的时间内，顽强地守护自己、隐没自己。

当我觉得它像一次被遗忘的——并不明朗的事件打搅我、困扰我的时候，我就随着在我身上吹拂的风讲述它。

我没有养成多年的习惯，也没有来自这些岁月的温柔，没有这温柔的节奏，没有它从时间中挣脱出来，而变得富有魅力的那种缓慢。不，所有这一切，我丝毫没有，我没有自家的房子、没有熟悉的庭园、没有谷仓、没有祖父母、没有书籍，没有看着一起长大的同伴。这些，什么都没有。您会想，剩下什么呢？还剩下我的母亲。我为什么要隐瞒呢？

正是因为她，我想要讲述这个故事，这个从来不为人知的、惊人的秘密，这个秘密很长时间曾是我的欢乐、我的痛苦，我总是找不到头绪，我常常逃离了它，然后再回来。

对我们来说，我的母亲曾是一片广阔的平原，我们在这片平原久久地行走，见不到它的边。我根本没看见她伴有这种温柔和警觉的光轮，当人们注意到这些回忆的时候，这种警觉总是伴随着回忆。再说，这不是一种回忆。这是一次永不完结的久远的行走。

我不知道她作为女人、年轻女孩、妻子的生活是怎么样的。我认为她是我们的母亲。就这些。

在此，我停顿一下，因为我想我可以说说这母性曾经是，现在一直是什么样的——但我觉得词语是无法表达的。为了理解它，我愿意远离它，暂时把它始终包容的这一现状撇在一边。那就是：想必她在我们之前就是不纯洁的，这不纯洁源自人类如此之多的没有被神圣化的激情。这就是我所能说的。

我们三个来了，我们是她生命中的盐，是这片从此以后肥沃、富饶的土地的盐。

她从我们身上体验这份激情，没有一点克制。她积极主动地体验这热情。没有那份耐心，没有那种像恩惠一样洒在母亲身上的短暂的休息。

她独自一人，怀着激情，有着永不满足的力量，她的双肩总是那么美丽而沉重地承担着。

我们年幼时就参与她的生活。我们是她的朋友，我相信，从她那里，我们有了这现实感。她的现实就是我们的梦想。我们受她培养，像其他孩子一样充满着幻想。我们分享了她所有的不幸和欢乐。

*** ***

我们来自远方，总是从远方来。在我们的生活中，以及在那些一年一年匀称而缓慢地流逝的岁月里，出发与到达不停更迭。我的父亲是远东地区的公务员。没有必要明确说明，甚至会不利于对我们的童年做出评判。到处有生命在成长，有孩子诞生、生活、寻求自己要走的路，［字迹不清］——一些人在封闭的［单独的］大花园里，另一些人则在厨房，在朴实无华的套间里，还有一些人在干燥、暴露无遗的人行道上，然而，在人行道上，人们可以挖掘隐私，甚至也许还有秘密。我们成了客车车厢和港口的常客。［我的天］，结果是没有任何特别的发现。孩子们有植物的天赋，只吃这片土地上供给他们营养的东西。他们把剩余的留下。我们有着和所有其他人一样纯粹的惊奇之情。对一般情况，我们并不了解，对世界和旅行毫无概念——因为，我们只是按照每天的现实状态而生活。

我总是从一种好奇的角度来看我们的状况。老是面容憔悴、神情疲倦，[字迹不清]早上，到达一些奇怪的、无法形容的车站，挤在一起，依偎着我的母亲，同样的躯体伴随着同样的困倦，犹如同一枝上的果子，胡乱堆放着。妈妈温柔地照管我们，不加区分地把我们裹着，总是乱糟糟的。

我们在很长一段时间里都长得很小。一段无穷无尽、难以置信的时间，我觉得永远无法估量。我们三人，我的两个哥哥，皮埃尔和保尔，以及最年幼的我——我觉得自己没有用过什么名字——是的，我们很长时间就是几个很小的小孩。然后，有一天，我们中的一个，年龄最大的皮埃尔一下子使我们感到很陌生。突然，他超出了范围，从我们纯粹的青少年时期的深处冒了出来，向着更光明、更准确的前景。毋庸置疑，这对我来说非常残酷，因为，我感觉到，我另外一个哥哥最终也同样会被打动，留下我不管，任凭我在我第一个果园里，不知所措，承受着黑暗的重负。

后来，其他的一些情况把我同这个［我所憧憬的］和热烈渴望的世界隔绝了。直到那时都使我们不分彼此的［生活］不久就消失了，被可恶的分离所取代，这种分离一直渗透到我们最小的事情。尽管我为了我的状况做出极大的努力，我还是被排斥在外，孤独地和我的童年在一起。

这是我［理解的］某些难忘的时日。

在金边的一个大花园里，我们非常自由、随便。我们的父亲是一所中学的校长，我们就随着这个学校的生活节奏过我们的生活。

学习勤勉、比比皆是的学生并不了解我们，他们生活在我们周围，并没有扰乱我们。我们还正在懵懂无知的年龄，校园的热情，即便那么令人兴奋，也没有感动我们。但是，我们知道，将近午餐时，学校就空无一人，忽然间，就成了我们可以进入的地方。

午休开始了，与我们心照不宣似的，形成一片如此幽深、如此长久的寂静，给予我们充分的自由和空间。世上没有任何东西能打乱这段浑浑噩噩的时间，而这个，我们完全感觉得到。我们狂热地饱尝这份自由，而这狂热在上午漫长的等待中已经有所抑制了。

*** ***

我的兄长相貌俊朗，是一种与优雅毫无关系的俊美，甚至在青春年少时他就已经是十足的美男子了。

不是那种简单的美的预示，而是一种全面的和谐的完美。就像多纳太罗[1]的年轻的圣约翰那样，仪态如此高雅，以致人们不可能把他看作一个普通的孩子；人们暗想：他在胜利时太冷酷、太疯狂，不能不成为这样一个人物。然而，爱抚和亲吻不能

1　多纳太罗（Donatello，1386—1466），15 世纪最伟大的雕刻家，意大利文艺复兴初期写实主义创始人。主要作品有《大卫》《圣约翰坐像》《圣马可》《圣乔治》等。

满足他。

[因此]，我的兄长这样漂亮，以致我相信从未见过更[……]的这样的美，难以形容的黄绿色的眼睛，眼神迷茫，使得脸部轮廓清秀、优雅，以至于任何表情都不会弄乱脸部的线条。

原先，很长时间，他一直是英俊的，无疑，现在还是那样。但是，一层薄纱遮住了他的忧愁，在薄纱后面，他的本来面目总是沉湎于更秘密的生活。

***　***

她把我们送到她父母家，以便自己独自一人，动身前往普拉托里埃待半个月。我想，她在那儿会找到两名仆人，他们正在等她，并会接待她；他们把钥匙、房产使用权，连同他们自己都交给她。这是唯一近距离了解我父亲最后日子的人，他们怀着绝对的尊敬和忠诚谈起那段日子。

他们就这样以一种罕见的细腻向我母亲详尽描述我父亲生命中最后几个月的情景。这几个月过得非常平静，而且令人惊讶地甜蜜。尽管我没有体验到这些时日，但我感受到它们的光泽和甜美：秋日的公园，最后的潮气从特鲁山谷升起的时候，喧闹、充满阳光的生活气息离开了公园，公园里一片静谧，犹如教堂里最后弥撒之后的唱诗班一样悄然无声。

我的父亲身体虚弱，非常虚弱，他因虚弱而死。他的病痛本身并不严重，但渐渐地使他衰竭，耗尽了他。生命就这样渐渐消失，如此小心翼翼，没有任何撞击，如同一股缓缓的水流，这时，死亡像睡眠一样来临，就像一种正常的疲劳一样，慢慢地使得生命入睡。这就是我父亲当时的情况。

初冬的某个下午，我的父亲在睡梦中死去。硕大的公园也沉睡了，它的寂静犹如一股魔力进入了房间。我的父亲如此萎靡、虚弱，无疑，这份寂静足以使他完全入眠。

在宽敞的空房子里，一切想必都十分安静，房间几乎还沉溺在最后时刻的无限中。

窗子朝向椴树林敞开，大幅的红色窗帘把残留在事物中复苏的东西掩藏起来。

几声来自永恒的鸟鸣声几乎是对我父亲最后的生命呼唤。因为我父亲迟迟不叫唤他，仆人就主动来了。他敲门，敲了好几次，明白了他从一开始就在等待的事情发生了。

他们知道在这种情况下应该做什么。他们非常认真、细致、庄严地做着这一切。

我的父亲去世了，他们就是这个地方的主人，然而，他们只是极其审慎地利用这份自由。他们不离开所在地，因为，他们知道在我母亲到来时，他们肩负着在那里接待我母亲的使命。

我的父亲只有他们。他死时，只有他们在身旁。他们给他穿上黑色大礼服。他是如此瘦削，如此之轻，简直可以说是个孩子。昂利让他躺在大床上，然后走去通知村里的小伙子们，他的主人已亡故。让娜就待在床边，直到傍晚，而且整个夜里也待在那儿。她以奴隶的身份守护着死者，任何东西都不能解除她这一身份。

一切都按应该做的做了。

第二天，他们把我父亲埋在普拉托里埃隶属的小村庄的墓地里。

许多并不认识他的好心人陪伴着他的灵柩，因为，他们知道他远离他的亲人，孤独一人在此。

他现在还在那儿。我的母亲一直想把他的遗体运回我们的公园。位置选在一簇簇龙头花的阴影里，但是，事情一直拖着，而普拉托里埃再也不属于我们了。

在把房产卖掉的时候，我曾经回到过那里。我在洒满阳光的长长的大路上步行。那是四月里一个阳光明媚的日子。天气出奇地好，所有的初绽的蔷薇花都盛开了，已经被蜜蜂沉甸甸地压着。我采集了一大束蔷薇花，如果某个细心的看守没有拿走的话，这些枯槁的花儿也许还在那儿。

然后，从那以后，也许某个人带来了一些别的鲜花。白天，黑夜，在他的遗体上流逝而去，紫杉树的阴影在灿烂的阳光映照下，轮廓清晰得惊人，掠过他金丝加工的碑石。于是，一片岑寂，一切是那么舒缓，时光本身都忘记了自己的作品。我渐渐长大了，但是，对我来说，他的死亡始终像午后的酣睡那样甜美。

叙　事

柬埔寨女舞蹈家

那是在上柬埔寨的夹在海与山之间，临近暹罗边境的部分。那儿只有一条越来越难走的公路，这条路通到大海前为止。象山山脉沿着公路伸展，直到尽头，然后扎进宁静的雷阿姆海湾，那儿还有几个小岛使人注意到这个地方，小岛也越来越少了。若干贫穷的小村庄散落在公路边，隐藏在森林里。临近傍晚时，这些村庄亮起了灯火。湿木燃烧的熊熊之火和散发出树脂味的一股股浓烟使田野里香氛缭绕。

这位“lokhon”（洛空）[1]，这位女舞者从一个

1　柬埔寨把宫廷舞蹈和民间舞蹈都叫作洛空（Lokhon）。

村到另一个村。当她到达班台时，我碰巧在那儿。单调的小达姆达姆鼓声从早上起就通报她的到来，鼓声不间断地在呼叫，请求大家来观看。夜幕降临了，路上站满了好奇的人，站满了从别的村庄来的男人和女人。

我到的时候，草屋里光线阴暗，但是已经挤满了人。中央，在一个光秃秃的台子上，女舞者已经起舞。一些冒烟的灯仿佛把她同其他人和黑夜隔离开来。一名年迈的柬埔寨女人蹲在草屋的角落里，唱着一首节奏沉重的悲哀的歌曲。她的嗓音低沉、嘶哑。她的声音并不悦耳，但是，她知道如何用一种让人无法抗拒的节奏来表达激情。有时，为跟上这个节奏，无法吟唱，她就喊了起来，而她的叫声听起来很绝望。这一回忆对我来说，始终是一种幻觉：

姑娘在跳舞；她还很年轻，但是她的美显得很成熟，已经做好年老色衰的准备。

她身穿已失去光泽的假的绣金衣服，化妆得

很糟糕，用石灰粉抹脸。她的双肩裸露着，双臂也裸露着。她大概在太阳底下走了漫长的一天，因为她的胸脯晒得黑黑的。手臂的皮肤白皙而润泽，沉重的手镯仿佛咬住了皮肤。

她不会跳舞，她是个异教徒，一个假 lokhon。她向所有的人献舞，她献出她的青春，她什么都不会保留，跳舞结束后，夜里其余时间，她献出自己的身体。没有人会想要一个女仆，她只在夜里跳舞。白天，她在沟里睡觉，或者与那同她相依为命的年老的女歌手一起在大路上行走。

多亏了她的舞蹈，我懂得了高棉舞，几个世纪以来，这种舞蹈以它的魔力养育了一个民族，而且孕育着一种［庄严的］礼仪，甚至在这个阴暗的茅草屋里和［字迹不清］。

她和那个老妇人一起开始。最初唱出的音符低沉而忧郁，但是，我们立即感觉到这些音符在召唤其他的更遥远的音符。

舞蹈开头很有分寸，就好像她在确切的时刻

极其专注于舞蹈的生成。她以鞋后跟的咯咯声开始；然后，她往上伸展，扭动着，缓缓地，直到胯部。她好像撑大了，强烈地活在胸膛里，胸膛立即变成一个无比珍贵的密封的东西，舞蹈力图从那儿逃逸而去，尽管还没有得到满足。

胯部停止不动，双腿分开，双脚熟练地固定住。那时，双臂和上半身突然领受到神的恩宠，服从舞蹈的必要性。柔软的双臂仿佛因为承受不住所接受到的气息的重量而低垂下来。有时，两条手臂活动的方向相反；一条向后推住，在防守，另一条则放在前面，手掌朝上张开，在哀求。手，那神圣的手，仿佛被过于沉重的分量折断了。她身体僵硬，极其痛苦。

一旦开始起舞，她毫无疑问就即兴发挥。人们想到被自己的舞蹈束缚的宫廷舞蹈家的终极关注，舞蹈是选定了她并支配着她的第二生命。而她，她是自由的，她把她的生命随同自己投入完美的孤寂中。

就好像她脱离了身体在伸展，突然，对［限制在］如此窄小的空间，对不能超越自己走向更远而感到厌倦。

然后，猛然间，舞蹈停止了。

女舞者又恢复她那纤瘦、疲倦的娇小身躯。她停下来休息，气喘吁吁，因炎热而微微出汗。每个人都怀着一种下流和残忍的好奇心打量她。她第一次脱下衣服，她华丽的裸体呈现在即；男人们则对由于疲劳突然袒露在他们面前的裸体充满渴望。

她大概跳了一整夜的舞。小达姆达姆鼓久久地发出轻声呼唤。鼓声只在黎明的清凉进入疲惫不堪的茅草屋时才停止。

天一亮，她又动身上路，因为，她就是那种在哪儿也待不住的人。

风雅的宫廷女舞者嘲笑她的舞和她的境遇，根本不理解她也是被选定把没有学好的舞蹈的启示带到遥远的乡村。

***　***

“玛格丽特嬷嬷，是您吗？……”

“玛格丽特嬷嬷，是您吗？”

“是我。”

“我的孩子在哪里？”

“在产房附近的一个小房间里。总之，是个小停尸间。他在那儿。”

“他怎么样？”

“是个漂亮的小男孩。我们把他裹在棉布里了。您很幸运，我有时间给他行了洗礼。嘿，这是个天使，他将一直升上天堂，他将是您的守护天使。”

“既然他已经死了，你们为什么把他裹在棉布里呢？”

“这是惯例。这对来此地的父母来说更好。现在已凌晨两点，您也许该睡了。”

“您有什么事要做吗？”

“不。我只想待在您身边，但是，该睡了。大家都睡了。”

“大家都睡了吗？”

“是的。我给您带来了［安眠药］。”

“您比你们的院长更体贴。您去帮我把我的孩子找来吧。您让我和他一起待一会儿。”

“您不是当真这么想的吧？”

“我真的这么想。我很想让他在我身边待一个小时。他是我的。”

“这不可能。他已经死了。我不能把您死去的孩子给您。您要对他做什么？”

“我要看看他，摸摸他。如果您同意的话，十分钟也行。”

“没什么可做的。我不会去的。”

“您怕什么？”

“这会使您哭泣。您会生病的。这种情况下，最好别看。我熟悉这种情况。”

“您是怕你们的院长。您什么情况也不熟悉。”

“睡吧。您的小天使会守着您的。”

“死了很多吗？”

“半个月前。死了一个。因为是……”

“因为是什么？”

“因为是个患侏儒症的，总之，是个小畸形儿，于是……”

“怎么？”

“于是就没有抢救他。但是，他自己苏醒过来了。他想要活下去，可怜的小宝贝。”

“然后呢？”

“于是，有人就把一条毛巾塞进他的嘴里。但是，这可怜的小宝贝想要活下去。这很难。”

“那么，那时候，那母亲呢？”

“人家告诉她说抢救他了，人们做了力所能及的事了。”

“谁做了这些？”

“是我。”

“您之前给他行洗礼了吗？”

“当然。我总是给他们行洗礼的。这样，我们就更加确信。”

“您给他行了洗礼，然后，您杀了他。”

“我给他行了洗礼，我把他一直送上天堂。这样更好。”

“您为什么笑？”

“因为您显得很吃惊。”

“我想您有理由做这些事情。但是，使我吃惊的是，您对此也那么有把握。”

“当我们把上帝放在心里，我们总是有把握的。您应该同我一起祈祷，然后您就会入睡了。”

“您记住，我可不在乎您的祈祷。既然您已经杀了一个孩子，您就能够把我的孩子带来，放在我的床上，待一会儿。”

“我甚至不知道他是否在那里。”

“您说什么？”

“我们并不把他们保留很久的。”

“你们把它们怎么处置？”

“我无权告诉您。睡吧。”

“说。”

“您真要知道？在我们这儿，会把他们烧了。现在，您知道了。睡吧。”

“您还没有睡着？”

“没有。他不再在那儿了吗？”

“我不知道。我没有去那里。但是，已经过了两天了，我不大相信……”

“那么，您焚烧他们？”

“别人烧的。很快就烧了。在一个电炉里。”

“您为什么告诉我这些？”

“您问我来的。”

“您也许可以撒谎。这是因为我告诉您我不在乎您的祈祷。您永远也不该说的。”

“我同情您，因为您不相信上帝和他的善行。”

“相信他的善行？”

“尽管您的孩子死了，但这意味着上帝把他召回身边。这是好事。”

“我要您离开这房间。”

“是院长嬷嬷。醒醒。”

“什么？”

“神甫在这儿。您要见见他吗？”

“不。”

“您不愿意领圣体？”

“不。一旦我睡了，就让我睡吧。”

“请您称呼我‘我的嬷嬷’。这里，您是在修道院里。怎么，甚至不见神甫，甚至不领圣体？”

“什么都不要。您替我把窗帘拉上。我已筋疲力尽。我要睡觉。”

“这些别人给您带来的鲜花是怎么回事？”

“您为什么这样大声喊叫？”

“您不需要这些鲜花。您至少要把它们奉献给圣母玛利亚。”

“为什么不需要这些鲜花？”

“既然您的婴儿已经死了，您要这些鲜花做什么？甚至都禁止您会客了，怎么？我让人把花儿拿走，放到我们礼拜堂的祭坛上。”

“我不愿意。”

“您真的不愿意？既不愿意领圣体，也不愿意见神甫，甚至不愿意献一束花给圣母玛利亚？”

“没有必要叫喊。我不愿意。”

“您居然敢抱怨？这家伙甚至不愿意给我们的圣母玛利亚一束鲜花，而且，还抱怨？这家伙抱怨她的孩子死了？”

“我不抱怨。出去。”

“我是院长嬷嬷。我什么时候高兴，我会出去的。您不抱怨？那么，您为什么整天在哭泣？”

“我乐意。”

“嘿，我刚才在您的桌上瞧见了什么？一个橙子？谁给您这个橙子的？”

“这是我的餐后食品。是玛格丽特嬷嬷给的。”

“您以为我们有橙子像这样浪费吗？眼下这种情况？”

“出去。”

“我们这儿，橙子是给当妈妈的人的。给有孩子的妈妈。奶孩子的妈妈。我们不是把橙子给所有人的。您要知道这一点。”

***　***

恐 惧

“瞧，是你，真是你吗？”

他还在另一侧的人行道上。尽管夜色很黑，但她立刻听出他的脚步声，辨认出他的宽肩。她没有感受到任何惊喜，他正不慌不忙地穿过马路，竭力显得自然。

“总是迟到，这对老朋友可真不好。”

他通常就这样稍微开开玩笑。

当他叉着双脚站在她身边时，她很奇怪自己

不像以前那样会感到一阵眩晕。她提议去喝点东西。香槟。当然：六个月来，她在等待他从阿尔及尔归来，值得这样。

回来了。他就在这儿。然而，她徒然地在内心吼叫这件事，真不走运：毫无作用。

从这一刻起，他们之间就有了一种令人厌倦的焦虑，互相躲避。他们犹如同一条河的两岸那样分开，同样也是靠近的。

突然，她开始尝试：他触摸她的手。什么也没有。或者确切地说，她想要把手抽回来。他们的手从此互不相干，不再互相寻找。以前，他们激情高涨，就在他们桌子下面紧紧相扣的渴望的双手里表达出来。如今，他们的手缺乏活力，毫无感觉。她一小口一小口地咽下苦涩的香槟酒。她微微而笑。力尽所能地在一张化了妆的脸上露出微笑。他则扭过头去。她为什么无缘无故地笑？

但是，他并不认同这个女人那样的生存方式，这个女人因不必要的情绪而感到尴尬。他是个男人，一个男子汉。他需要点什么东西来挫败她的计划……他平静地、礼节性地对她说自己很高兴。很高兴又见到她，啊！这真令人高兴。什么样的大事，嗯？曾经困难重重。特别是，他母亲也在等他。是的……

其实，他在问自己，回到巴黎是否错了。大致的策略："我没有你的消息，感到很不安。你或许病了。我是来看看发生了什么，就是这样……"

他不加品尝咽下了香槟，像猫舔食那样。酒杯握在手中，他清楚地看着那清澈的液体。眼神显得极其愚蠢。和从前一样。但那时，她却认为是因为情欲使他目光那么深沉……

她不答话，由他诉说和哀叹。

某个东西已经抛弃了这个男人。某样东西远离了他，任凭他被遗弃，看来像是他的存在的理由。不再相信这些是多可怕啊。尽管并不愿意，但是她渐渐地任他沉沦。几个月前，只有这个男人在场使她感到满意。现在，这样的在场是那样无聊，她为此感到窘困。然而，她还是以她那灿烂的微笑继续鼓励他可怜地吐露心思，她的微笑使其容光焕发，如同一盏灯塔照亮了俄刻阿诺斯[1]痛苦的鬼脸。

然后，突然，她打断了他的话头："来吧。"

对于发着颤音，使别人流泪的这种沙哑而虚假的声调，他并没有判断失误。"你还是很漂亮。"对她来说，多可怕。恐惧在啮噬她的灵魂。啊，如果她缺乏勇气就好了。可是，不。那么，她或许是疯了？

她做了个得意的手势，喝完了杯中的酒，仿佛在为他的大胆而干杯。但并非恬不知耻。

他开始动感情了。他有他的原则，他自认为是不可避免的。感情，只是他很少利用的玩意儿。于是，他变得不可抗拒。她们就像苍蝇对蜂蜜那样受他的声音骗。这天晚上，他和往常一样。

1　古希腊神话中的大洋神，乌拉诺斯和该亚的儿子，忒梯斯之夫，俄刻阿尼得斯和众河神之父。

***

“你还记得我们的订婚吗？”

一个老笑话。

他这样说起了他们爱情开始时的情况：那是很有节制的，嗯？啊，他可没指望有朝一日会达到这样的程度，会这样“成熟”，就像他曾经如此巧妙、如此聪明地说过那样。

她要求他们到老地方去。但是……他在阿尔及尔当工长时挣了不少钱。在他刚才浏览的报纸上，他留意到有些地址——带有一应俱全的起居设备。得了，好吧，得了，她应该顺从的。她冷淡地断然拒绝。啊，真讨厌，他想，像个泼妇，她究竟怎么啦？

在出租车上，她一言不发。他觉得很尴尬。他吞吞吐吐的，这种情况很少发生。尽管他生性迟钝，向来麻木不仁，虚荣心强，然而，仿佛水涌进一艘遇险的船一样，这事情暗暗地，一点点，但从各个方面注入他的脑海里。车子靠里的地方，她呆呆地依偎在他身边，也许要他救助。啊！声音突然像瓷器那样碎裂了。他很为难，非常烦恼——他唯一感觉事物的方式。然而，他还是相信他的原则，想要向她表示感激。他笨拙地搂住她的肩膀，亲吻她的耳根，完全诚心诚意。因为，他极其心烦意乱。

他开始唱歌。曲子是几年前的，在他们刚恋爱时流行的：过去，他们上演的有关爱情的喜剧。啊，我的上帝！到处都使他感到痛苦。多么不公正。多么可惜！什么样的生活啊！她不再怨恨他。再说，她不能让他独自一人歌唱。她哼哼曲子。她那含糊不清，直到现在也是嘶哑的嗓音变得更加有力，甚至恢复了它以前的音质。毫无疑问，她就是这个小女孩，如同一个不考虑自己忧愁的女子那样纯洁而善良。

巴士底狱胡同。从前，他们老是在这个街区流连。

他想在出租车里再待一会儿。她不会误以为他只是为了这个事儿来的吧？他试图温柔地拥吻她。她挣脱了。当他触摸她的时候，她觉得自己变得很暴躁。他感到很窘迫，再也不说什么了。实际上，他感觉到一种焦虑，使他的动作变得僵硬。

他尽了极大努力也是无用，这是明摆的。他，如此强壮结实，尽管他什么都不想要，却没有力气继续。但是，他受到了触动，他不敢。和她一样，他等着她下决心。他先过去。这条死胡同肮脏、黑暗。以前，他们在那儿品尝当坏人的乐趣。那时，风伴随着呜咽声猛烈地刮了起来；她已经屈服于愉悦的前景，风一击打她的脸庞，她的意志力便消失殆尽。

***

他高高的身材出现在房间里，脱衣服时，勾画出大大的动作线条，而她则把自己的动作简练地嵌入这些线条里面。他不慌不忙，偷偷地盯着她。他对自己有点怀疑。

她脱下大衣，逐件把衣服全扒拉掉，飞快地弄乱了床，仿佛这是她生命攸关的问题。

“可是，她怎么啦？她怎么啦？”他暗自想道。

“来吧，嘿，得了，来呀！”一种真正的女孩的愤怒，一股难以克制的火气从她的嘴巴喷出来。

他待在她面前，茫然失措，一动不动，眼睛睁得圆圆的。

“咱们说一会儿话吧。”他哀求道。

她干脆自己来承担这事儿。

她嘲弄他。抚摸，欢笑，耍孩子气，礼节隆重地替他脱衣服，就好像臣子为国王宽衣一样。他，渐渐地全身冰冷。她不在乎他怎么样。不管怎样，他觉得这件事不清不楚的。啊，是的，不清不楚。渐渐地，他忍不住想要痛打她一顿。同时，在他们周围，一切都在破裂，坍塌，消失了。仿佛是世界末日。好像世界上所有的善和美一个接着一个都消逝而去。仿佛黎明发现他们在大街上……是什么，这种恐惧是什么？他们什么也不再说，什么也不想，只是，时不时地被犹如刀锋那般冷漠、尖锐的反思穿透。

她的脸上保持着可怕的微笑，一种被打垮的微笑。她一动不动。他也试图微笑。他脸色苍白。他想："现在，应该占有她。"这对他来说似乎是苦刑的结束。

***

"你什么也不跟我说？"

通常，最疯狂的话语会从他嘴里脱口而出。而且，总是老一套。那天晚上，她却想方设法要再听到这些话。那些话，以前有一种咸甜的味道，现在它们却像蜜蜂一样从他哆嗦的唇边逃离了。现在，他们也被谋杀了。他们的生命从敞开的脏腑喷涌而出。可怕的人物耸人听闻地络绎不绝，激起了恐怖感。

“天啊，跟我说些什么吧！”

不久，在那女人的嘴里就只有一些死气沉沉的片言只语。

他气喘吁吁，沉重的躯体弄疼了她。他们就好像迷失的人在寻找出路，在海上寻找光明，疯了似的划向岸边那样。

在力量最剧烈的时候，愉悦突然涌现。快感使他的双腿发软，使他的肚皮变成了火热的盆，从他悄悄地发出呻吟声时张开的嘴边冒了出来。

“真快乐，你给我的这份快乐……”

她则大声地说这句话。起先好像是辱骂，接着，则柔情绵绵地叙说。

于是，他们敢相互对视了。

有几秒钟，他们体验着不可言喻的爱情的特性。不论什么样的爱情。这就足够了。没有必要再装腔作势了，他们曾为此饱受折磨。她小心翼翼地重又睁开眼睛。他的脸显得忧伤、如释重负。她觉得他这样仓促毫无道理。

***

隔壁房间有人在说话：两个声音交替着，就像两只在交配的鸽子；寂静用一个黑色的圆圈把它们围住。

他靠在床上，脑袋往后仰着，这天晚上，他第一回抽烟。他如获胜者一般抽烟。他的确赢得了她。他不时地吹气，以便重新开始吸。他那还在兴奋的双手张开着。他用这双手抚摸了她，揉捏了她。这份淡淡的兽性，他用这双手杀死了它。至少，他相信这一点，他感到很满意。就像工作过后一样。

他低垂下眼睛，朝她微笑。

通常，他马上就睡觉了。这天晚上，他用一种他认为完全是多愁善感的语调，开始嘲讽地描述自己。他讲述他的不幸，艰难的生活，职业的烦恼。但是，立刻——她没有猜到……？她也许会放弃她目前的处境，把她秘密放在乡村抚养的小女儿领回来，然后，回来同他在一起。啊！她应该对他这个男子汉有正确的评价，他是严厉的，但是善良的、善解人意的。唉，她感觉到他在估量自己的影响，在斟酌字句。“转过身来，”他生硬地对她说，“你别睡。我们有六个月没见面呢！”

多么粗暴！他又用单调的声音重新说他的事。

越来越晚了。如同每个星期六晚上，旅馆客满了。人们不断地整理床铺，一次又一次。时而，有一些人从房门前谨慎地走过。时间不早了，他还在说。

***

早上，他还睡在她身旁休息。互相挨着躺在那儿，他们甚至睡觉时也相互回避。像前一天晚上那样，她慢慢地睁开眼睛。一缕刺眼的晨光穿过窗帘，照亮了床的上方。她在哪儿呀？啊，是的，是的！

昨天晚上，不是独自一人。她听见他在咕咕哝哝着什么："这角落里老有声响，没法安安静静地睡觉。"看他的脸部表情像是开始要打哈欠，他的嘴在说："亲爱的，早安。"

她装着在睡觉。他很快又睡着了。

"今天星期天，咱们好好利用。"这就是他自言自语说的话。

她环视房间周围。她用手心轻轻抚摸自己的脸，大概还有昨天的化妆的脂粉。有点油腻。

黎明时分。地铁在地底下如激流一般发出隆隆声响。欢乐的汽车喇叭声时不时像一道道色彩那样使得这晨曦之光更加灿烂。她想起初升的阳光倾斜着，大概已经把巴黎托了起来。第一次，她想起小女儿时没有伤心。

她默默地伸了伸懒腰，灵活地站了起来。在地上堆放的衣服里，她把自己的选了出来，安静地穿好衣服；他不会很快醒来。他那有规律的深沉的呼吸意味着他还要睡一阵。

***

六个月来，她一直在等待这次归来。在孤独中，她时时刻刻，点点滴滴，不断地编织、再编织，这次回来的种种。

而如今，它来了，这如此向往的一天……

动身之前，她踮着脚尖，轻手轻脚地跑到窗前。想要看看窗外，穿上适合凉爽、清新的清晨的衣服。但是，房间是朝向一个黑如烟炱的狭小院子，在这院子里，敞开的窗户已经吐出卧具的气味。下面，在这像一口黑色的井的院子中央，挺立着一棵类似棕榈树那样茂盛的植物。它只从这些散发情爱气味的房间吸收空气。它的棕榈叶轻轻地飒飒作响。

她久久地盯着他看，然后关上门，走了。

***　***

《圣经》

他二十岁。她十八岁。有天晚上，他在圣米歇尔旅馆的咖啡座与她搭讪。他告诉她刚上完一堂社会学的课。至于她，直到几天后，她才告诉他，自己是一家鞋店的售货员。他们开始习惯于在旅馆的后厅见面。一般来说，是在六点十分，在她离开鞋店后。她很高兴再见到他，就是结个伴，他很有礼貌，为人和蔼，她很高兴在回到自己的住处前，见到某个人，可以同他一起待到晚餐时间。她不跟他说什么，是他给她讲述事儿，他给她讲伊斯兰教和《圣经》。这并没有过于使她惊讶，虽然他不断地回到这个问题，这并不使她吃惊，没有什么使她吃惊的，她就是这样，生来就没有什么会使她真正惊讶。

第一天晚上，他跟她讲起了伊斯兰教。第二天，他跟她睡了，并且给她讲《圣经》，他问她是否读过《圣经》，她说没有读过。第三天，他带来一本《圣经》，在旅馆尽头的厅里，给她念《传道书》。他两只手放在耳上，声音热烈，按着一种礼拜仪式的节奏大声地念。这使她感到尴尬，她心想，他是否有点疯了。然后，他问她对此有什么想法。他读的时候，她并没有听得很清楚，因为听他念的时候觉得那么尴尬，她就说，她认为这很有道理，很好。他对她的回答感到满意，他告诉她这是一篇主要文章，应该学习。

他曾经在大英帝国博物馆里见过纳什纸莎草纸的古文稿，他同她谈起了这件事，他曾在玻璃柜前待了好几个小时，第二天和后来几天，他又回到那儿去，他永远忘不了这些时刻。在纳什纸莎草纸的古文稿上，他只看有关《出埃及记》的那几行。他对她讲起了《出埃及记》。“以色列的子民生养众多，他们繁茂、壮大，变得越来越强盛……布满了那地区……有人厌恶以色列人……”他对她讲起了所有的《圣经》，拉丁文《圣经》，七十人译的希腊文《圣经》，还有梵蒂冈的《圣经》，西奈山的《圣经》，希伯来语、阿拉米语、希腊语、拉丁语的《圣经》。

他从来不同她谈论她，也从来不问她在这鞋店工作是否高兴，或她怎么到巴黎来的，也不问她有何兴趣爱好。他们一起做爱。她，她喜欢做爱。这是她喜爱的一件事。他们做爱时，沉默不语。完事后，他重又开始讲述把一生都用来翻译《圣经》的圣杰罗姆的生平。

他瘦瘦的，有点驼背，一头黑色卷发，他有一双十分漂亮的蓝眼睛，眼睑周围是浓密的黑色睫毛，他面色苍白，一张富有表现力的嘴，苍白的嘴唇把牙齿裹在嘴巴里，圆鼻子，高颧骨。他并不特别干净，衬衫的领子不完全令人满意，他那凸出的粉红色指甲也是，他的指甲对他那纤细的手来说太大了，手指尖被剪成铲子那样。他胸部凹陷，驼着背。他把青少年时期的时光都用来阅读伊斯兰教和基督教的神圣的文献。他学了希伯来语、阿拉伯语、英语、德语，他还在东方语言学校继续学习阿拉伯语，其实，虽然他才上二年级，但他已经精通阿拉伯语了，她认识他的时候，他已经可以阅读《可兰经》经文了。

有时，他请她晚餐，但总是在价格便宜的餐馆。有一天晚上，他向她承认，他以分期付款的方式买了一本16世纪的希伯来语《圣经》。他的父亲很富有，但是，只给他一点钱，然而，他无法抗拒购买这本《圣经》的愿望，他已经付了三分之一的款，下个月，他就可以全部付清。他向往着拿到这本《圣经》的时刻。

自从他们认识的三个星期以来，他们从来不

谈别的，只谈《圣经》和伊斯兰教……他总是同她谈论上帝和上帝的观念一贯具有的对人类的永恒诱惑。她，她并不信仰上帝，她根本没有感到需要信仰上帝。她知道，有一些信仰某个神的人，是感到有这种需要的。她相信，她不会一辈子都待在这家鞋店里，她会结婚生子。她相信在这世上，她有自己的运气，这就是她信仰上帝的唯一方式。

他也不信仰上帝，但是，他并不为此痛苦。他父亲的财富，他也无动于衷。这笔财富很重要，是在直接实施一项汽车轮胎硫化专利时获得的。有时，当她问起的时候，他就说说他在讷依的房子和他们在奥斯高尔的产业。她知道，他们永远不会结婚。他甚至没有考虑这个问题。

她从未结识过像他那样的男人。他对她讲起穆罕默德，就像谈论一位兄弟似的，他向她叙述了穆罕默德的生平，同批发商的寡妇，然后同玛丽·拉·戈普的婚姻，他了解穆罕默德二十四位妻子的奇特的故事，在伊斯兰世界推行一神论的穆罕默德。这是一个伟大的思想，他用手中的武器和超人的勇气来捍卫这一思想。在她看来，这是一次奇特的艳遇，但是，她对此什么也不跟他说，有时，她受够了整天试鞋，她也不告诉他自己的心情，不，她把这些事情留给自己，再说，她也不认为这些事会使任何人感兴趣，她想这是正常的。末了，她渐渐习惯他的行为举止，当他用阿拉伯语朗诵《可兰经》全篇时，她就由他去说，她觉得这是一个挺好的男孩。他使她感到不安。

他给她买了一双袜子，他有他的可爱之处。但是，自从他们睡在一起之后，她就不快活了。一天晚上，她认为找到了原因："我并不适合他……"她暗自思量。她全部精力，她青春的生活乐趣都在与他的接触中变得贫乏和枯竭，她再也不知道该做什么。然而，她又感到荣幸，在某种意义上说，这是幸运的，她觉得和他一起学到了一些东西。但是，这些东西没有给她带来一点乐趣。她觉得她已经懂得这些，因为她不大需要学习这些东西。然而，她尽量使他高兴，晚上，她念《福音书》，因为他曾要求她这么做。基督对母亲说的话使她想哭。基督那么年轻就在母亲眼下被钉上十字架，这仍然令人愤慨。但这不是她的错，她不可能超出某种激情。她不认为他就是上帝，这个男人，她想这是个怀有雄才大略的男人，他的死恢复了他的人性，这使她念他的故事时不能不想起父亲的经历，她的父亲前年去世，在他退休那一年被翻斗车压了。他是很久前就开始的不公正的受害者。这种不公正在这世上从来就没有停止过，它通过人类一代一代继续下去。

*** ***

被偷的鸽子

布斯科老太总是这样匆匆忙忙地走来，仿佛她的时间不够用。

我们从布格瞧见她远远地，在欧渣树篱笆的那一边出现了，树篱把我们的土地和她的孩子们的土地隔开。一条窄窄的小径穿过这树篱，在那缺口处，有一个小山岗，她就像年轻女子那样轻快地上去下来。然后，她沿着一排朝鲜蓟，低着脑袋，总是迈着一样的令人可叹的步子，急匆匆地行走。好像她走得慢些就会跌跤。

由于在漫长的冬日下午总是俯身盯着自己的炉火，她的身子齐腰弯曲，她瘦削的双臂随意地晃来晃去，就像机器的摇臂；虽然她的双臂同样被已经伤害躯体的僵硬所波及，现在，它们好像还是太长了，可怜的布斯科老太。在她生命的末期，变得如此的矮小，她刚刚超出朝鲜蓟的高度。

每次，人们都说：

“瞧，那是布斯科老太。”

而且，每次，人们都像因为对某个事件本身的规律觉得意外那样感到吃惊。

早在到来之前，她就用她残存的一点声音叫出一句友好的话，这声音空洞而嘶哑。而你们就会高声地回答她，仿佛她已经聋了。

没有人放下手头的活儿跟她说话或听她说话，她来到你们那儿，自然而然地帮助你们，一边给你们讲点事儿，总是某个故事。

然而，有时，她把我拉到一旁，低声地对我说她不敢高声表达的事。

“跟我说说，依你看，你们什么时候动身？”

确实，她非常害怕我们在她死之前动身，因为她很爱我们。我们从远处来，从那么远的地方来，她真的不知道确切地从哪儿来，但是，在布格的松林里，吹拂着温暖的风，这风使她一身老骨头硬朗些，而且，对年逾七十五岁的她，在给予她最大限度的想象力和兴趣的同时，也给了她离开村子的唯一机会。她年轻时的女伴现在或多或少都肢体不灵便，很自然不能跟她结伴了。还应该说，布斯科老太，哪怕她那么老了，她也没有随着年龄而变得虔诚，这在乡村是件怪事。午夜弥撒很少见到她，因为她喜欢夜间，还有节日，于是，虽然大家挺喜爱她，但还是有点责备她。她是整个地区第一个大胆地来到我们这儿，而且同那些来到被弃置多年后的布格定居的人建立起友谊。

虽然她令人难以置信地无知，但她的心智还是成熟的，有一种单纯的好奇心。每个人都有点怕她，因为人们害怕那些目光敏锐、牢记一切的人，害怕在她的突如其来的想法里，在她不可思议的诗一般的想象力里，也对生活感到不安，因此，人们更喜欢说她是个爱说闲话的人，尽管她只是热衷于异想天开而已，不过，我的母亲比任何其他人给予她更多的尊重。

在我们其他这些孩子的眼里，傍晚，我们该回家时，她就跟着来了，她也就是那种一进来就关门的老妇人，把那好像她施了魔法的夜晚隔绝在外。只有她的眼睛在她被刻上一道道皱纹的脸上充满活力，脸庞上的每一条皱纹里都有条细细的黑沟沉睡着，使得皱纹更深了。但是，只有她这张我们能想象的奇特的脸庞显得衰老，我们觉得她永远不会死，因为，她很会顺应岁月。然而，她发生了一件可怕的意外事件，她大概愿意自己把事情跟别人说说的，但是，这事儿把她永远这么困住了。

正是因为这件事，她的儿媳，让娜·布斯科

大肆宣泄她的情绪。

路易丝可以说没有过真正的青春。她的青春在焦躁不安地等待权力中流逝，她的婚姻也没有归还她失去的岁月和欢乐。然而，在家里是她掌权，因为，她长久以来渴望行使她在娘家无法享有的某种权威，她就无理性地在她丈夫家运用。他们只有四个人：布斯科家女人，老太太，儿子和孙子让，真的有点不凑巧了。但那有什么关系！只要在村里人的眼里，从今往后，她被视为女主人就行了。

得看看她是怎样嘲弄布斯科老太的，她竟然把她当作孩子那样！但是，老太太真是太明智了，从来也不为此而生气，因为，她的儿子不敢站在老妈一边来反对他妻子，孙子当然也不会，他只有十四岁，有其他事情要做。她乐意对这样的监管逆来顺受，而这正是她的好脾气，她的好脾气是什么都不会磨蚀掉的，这使她儿媳的虚荣心受到触动，仿佛只有她，她能够使自己的地位受到怀疑。

一年一年地，她对老太越来越抬高嗓门。她

瞅着她的时候，眼神变得凶悍，脸庞像被不知什么样的绝望咬噬过。

得啦，瞧瞧这瘦小的老太太，那么和蔼可亲，那么单薄，竟要承受这样的恨意！

当有人问起老太太的情况时，她就虚伪地叹口气告诉你：

“显然，她老了，您没有注意到，她变得有点脏了，照有的人说，她原来是多么干净啊。”

或者，又说道：

“等让长大了，我们就把楼上的房间给他。”

她会用手指指着布斯科老太的房间，不过她从来没有去过。

但是，她白费工夫，在大家眼里，布斯科老太一直是这个地方的女主人。不过，她为了孩子们的利益，已经放弃了所有的财产，并且，感到很高兴，他们还给她留了一间小房间，并供给她食物。

三月的一天，让娜·布斯科刚做完家务，往贝勒格兰高地走去。

通常，她只是在星期天才抄这条近路去做弥撒。因此，大家在平时日子见到她感到很惊讶，特别是她走得很快，几乎不向任何人打招呼，生怕被人拦住耽误了。她直冲向前，穿过苜蓿地，取道横穿村子的大路；然后，她开始通过这条在我们的葡萄园之间蜿蜒的小路登上高地。

将近十一点，她到达俯瞰这个地区的土台。她的脸被风吹得通红，她有点喘气，因为在艰难地爬坡时，她走得很急。

“嘿！布斯科太太，什么风把您吹来了？”

大家称呼她的婆婆布斯科老太，那么这位，人们就称她为太太，因为在这地方，人们尊重她，但也因为她从别的村子来。

她并没有立刻说明是什么事让她来的。如果说出发前词语和句子在她脑袋里盘旋的话，那么在她行走的同时，这些词语和句子自己有了条理。现在，她有了，有了个绝妙的故事，顺着这条小路，她准备好这个故事了。她出乎意料地利用它。

那么，她去哪儿呢？要把种子带得尽可能远，把它种在最好的地方，就是种在贝勒格兰高地，那儿，闲言碎语就像吹拂的风一样，会把种子撒在至少三个与高地毗邻的村庄。啊，她就突然来这么一下，布斯科家女人，她可了解她的邻居们！

“你们知道我在阿尔及尔的堂兄弟们……”

她又重复说了一遍，因为，她的急切和劳累使她气喘吁吁。

“你们知道我在阿尔及尔的堂兄弟，他们应该今天晚上到。你们可知道，昨晚，我上楼前，我就给他们准备好一对肥肥的鸽子，是我养的鸽子里最漂亮的，别的我就不必说了！我把它们做了，‘收藏’在食品柜里，然后我去睡了。半夜里，我就听见下面房间里有声音；我用胳膊肘碰了碰路易，我们俩下楼了；我甚至还对他说拿把枪，你们知道，谁能料得定……这些晚上路过的铁路员工……”

两个贝勒格兰人全神贯注地听她讲；在他们眼睛深处，眼珠像煤炭那样在燃烧。

“我瞧见了什么？”布斯科家女人继续说，“我想我在做梦吧！路易和我，我们一声不吭，呆住了。老太太！真吓人，她坐在凳子上，狼吞虎咽地在吃我的鸽子，两只手拿着，就像这样……她变得那么厉害，我都认不出她了。过了好长时间，她才回过头来，她看见我们时，整个人都僵住了，我以为她会惊倒，但她恢复原状，然后跑掉了，跑了，你们知道，这老太太很敏捷，她急急忙忙上楼，关上了房门。”

“哦！竟然这样啊，”博兰家女人接着说，“可是，她直到现在，她的脑子还是很清楚的呀，谁能想到这样的事！”

但是，他，那个大个子贝勒格兰人则神情严肃，得体地说这件事。

“布斯科老太她这下完了，那玩意儿一下子就会来的。”

“不是我不给她，”这坏女人说，“但是，衰老迟早有一天让你晕头转向。有的老人是整天说话，有的就变得很凶。老太太，她的毛病以后就是偷东西，傻呵呵地吃，尽管她并不饿。好在，这对我们来说可能是最坏的了。”

有好几天，布斯科老太关在自己的房间里。对那些因为看不见老太太而感到惊讶的人，路易丝·布斯科一边笑一边慢慢地说道：“哦！老太太，她吃得够两天的了，那么一对鸽子……哦！并不是我可惜这对鸽子。”

她说得很大声，这样，这几句话就一直传到小老太太待的屋顶室……

布斯科老太感到羞愧……

她怎么啦？确实如此，就像她的儿媳说的，衰老使她昏头昏脑。她突然感到的对鸽子的那种越出常规的渴望，还有这种让别人把她当作野兽的狼吞虎咽的吃法。她肯定受到诅咒了，没有人不知道这一点；住在布格的人，村里的人，全世界的人都知道了……

哦，对于小老太太来说，死亡是多么令人愉快的事，死亡，不再思想就可以解脱了。

但是，不幸的是……

两天两夜，她傻傻地凝视着天空，云朵在她眼前飘过，快速地移动，就像从今往后村里的孩子们在她身后追逐那样。她也在凝视三月中旬那硕大的月亮，但却视而不见。

她坐在房间的中央，背更驼了，比任何时候都要衰老，她甚至不再敢动一动脑袋，生怕引起嘲笑，她每个动作都会引起的笑声折磨着她的耳朵……

据他的儿媳说，她又一次想要偷东西，但是，所有的东西都锁上了，设想一下！那个夜晚！于是，她很恼火，第二天，她只好下楼了。在下午那个空当，她趁家里没人的时候下楼了，如同一个因为饥饿而不得不走出洞穴的动物一样。

她又卑微地占了她原来的位置，靠近火那儿，并且，再也不离开了。因为，从那一天起，她再也不说话，而别人也不再同她说话。她的儿子从地里回来甚至不再费心向她问晚上好，而不久，她的孙子从学校回来也不再拥抱她了，因为，她变得很脏。

我的母亲，出于体贴，不再去看她，让她安静地死去。然而，村里却没有人能忍得住至少再来看她一次的乐趣。我母亲是唯一不这么做的人。幸好，她已经只盯住火看了……

她变得如此阴沉，简直同她的老伴一样毫无生气。她身上到处是灰，在她衣裙的皱褶里，在她的头发里，在她苍老的皮肤的所有皱纹里。

每当有人来到布斯科家，走进那又大又明亮的厨房时，她的儿媳必定要为这个角落自行辩解，因为老太太在这个角落里，她无法打扫。

“哎，您要是瞧见她的房间，”她叹口气，“真是一堆垃圾。”

她还是得等到秋天打扫这个地方。因为，这位布斯科老太花了漫长的八个月的时间才死去，包括夏季和春季的这八个月的美好季节。看来，她真是有意这么做的。但实际上，路易丝·布斯科只是更乐于把她所有的破烂衣服归置成一大堆，在院子中间点上火，旺火使整个村子充满了烟雾，她不时地用一根长长的火钩子把火拨得更旺。

*** ***

艾达或树叶

让站在窗前时，瞧见了惯常总看到的在市立学校的红屋顶那边的东西：疏浚机的平台。平台大约离那儿一百米远，在堰塘的对岸。机器发出的有规律的噼里啪啦的声音从远处传来。十来声尖厉的爆炸声响后，接着就是一声沉闷的巨响，就这样不间断地响。

平台上的男人身穿一件深绿色的运动衫，紧紧地裹着他粗壮的上身。一顶棕色的小鸭舌帽保护他的头顶免受日晒；下面，他的脖子汗津津地发亮，通红通红的。他时不时地对那十几个工人叫喊几句，那些工人正在往小斗车上装满沙子，然后推走，在远些的地方，树林后，把车翻转过来，每十五分钟，就有大卡车从那儿开走。

让认识那穿深绿色衣服的男人。那是吕西安。他看不清其他人，但是，根据他们所占的位置，他能猜出他们正在做什么。前年，他曾经在疏浚机上工作了三个月。

六点差十分了，让暗想已经不早了。再过十分钟，疏浚机的声响就会停息。如果天色还亮的话，是因为，这一回春天的确来了。时值四月。一直到最近，天气还挺冷。六个月来，大家都在等待好天气，现在还不是太早。这个冬天，让常常感到冷。有时也感到饿。当然，同艾达一起。不过，他回想起这些，并没有痛苦。

在学校屋顶的屋梁上还有这些习惯待在那儿的鸽子，迈着缓慢的步子在行走。每走一步，它们的胸部便鼓起来，然后，有规律地随着奇怪的咔嚓一声，又扁了下去。它们飞走了。又飞回来了。在学校的屋顶上，不停地来来往往。但总是老样子。这幕场景没什么可看的。他对此非常熟悉。这毫无趣味。甚至，如果他坚持下去的话，他最终就会觉得不舒服。一如既往。鸽子徒然地拼命摆动。像平常一样，他不再想看它们在做什么。

现在，天空一片灰色。

让久久地打了个哈欠。天空全是一片灰色了。夜幕降临。

让的目光落在学校的空空的院子里。

院子里，有栗树。

他就在那时注意到这些树变了。

片刻前，他还瞧见学校的院子如同整个冬天的那个样子。现在这些树在那儿，从地里冒出来了。有八棵树。

从这时起，这些树吸引住他全部的注意力。

它们已经全长出叶子了。所有的叶子在同一天，也许同一个时刻长出来了。也许这是一星期前的事儿。也许不到一星期。他什么都没有注意到。他说不清。他心想它们是怎么样的：它们是新生而纯洁的，是纯洁和新生的。

这些纯洁而新生的树叶，它们是浅淡的、鲜嫩的。

它们还在变大，全部一起长，直到夏天。每一根树枝从头到尾，每一根树枝的树梢都有叶子。到处都有，然而，每片叶子都在它应该在的准确的位置。它们还太幼嫩，没有完全张开，它们静止着，软软的，有点往里卷。每天，它们都会成熟些。经过刚过去的冬天如此耐心、如此小心翼翼地保住它们的养料之后，这些树每天都把叶子往外伸展些。但是，树木怀着一种爱，细心地放开了树叶。树叶每天都变得更加清晰，更加自我，更加独立。让对自己说，很快，它们就会敞开，在它们茎干顶端伸展、挺立。也许，一个月后，或者半个月后。他并不确知。人们都不注意这些东西，不会注意它们所花的时间。眼下，树叶还贴近地挂在树上，它们时不时地轻轻摇动几乎没有偏离。它们让人想起一些事情，一些让人难受的事情。它们的肉是如此富有生命力。比小孩的肉更有生命力，更纯洁，更不为人所知。透过它们的叶脉，在透明的厚度里，一股大概因为阳光而开始变得温热的汁液正在流动，在柔和的碎裂花纹里聚集一起。树叶渐渐长大，在运动中展开，这些运动如此缓慢、如此漫长，以致持续了几天几夜。

让感到自己很不幸："怎么？我怎么啦？"

他瞅着树叶，但是看不清，那么费劲。他在想这些，但很费劲："那些树叶，那么……那么有力量。不，那么朝气蓬勃，在那儿。现在……"但还是那么费劲。他试图专心些。但是，对什么专心？什么也没有发生。要对什么专心？然而，有些事情要做，这是肯定的。但是，什么呢？而这使他感到不舒服的脑袋，好像在把他拉来扯去，变幻不停，什么也干不了，文字、图像的机器。"一个女人被你压死了，你把她搞大了，她变大了，浑身是血，更好了。拳头在敲打门。什么门？是关闭的门，我们熟悉这扇门。他妈的，见鬼。敲啊，敲啊。用拳头敲打会弄伤拳头。令人痛苦。但是，百叶窗外面在咯咯作响，在风中发出声响。这是召唤。人们朝着敞开的地方而去。外面。墙把长满了成熟而热乎乎的西红柿的庭园围了起来，这些西红柿，人们用牙一咬很容易把它们看成血。”不。

让觉得自己身上有了一种灾难。他强迫自己想一些合情合理的东西，但是这东西立刻转化成恐惧……

“马上，哦，马上，这将太晚了，太晚了……”

我们怎么能经历而又失去了这段时光。

但是，让不知道怎么处置这段时间，也不知道为什么这段时间突然显得如此珍贵。

从他在六层楼的房间，他无法清晰地看见栗树的树叶。在他尽力思考这一点的同时，他感到要近距离观察这些树叶，这愿望使他产生了眼泪和口水。非常非常近地看它们。也许还把它们抓住。用双手抓住。事情不是不可能的：只要下楼，然后，进入学校的院子。是的，这不是不可能的。那么，也许，扯掉。我怎么知道？碰，摸，揉，一直揉，直到……闻，对了，闻：酸性的气味，雄性的和雌性的气味。所有的气味一齐成了一个味儿。一直闻到爆发，感觉到胸膛爆裂，因为嘴巴、鼻子太使劲了。

的确，这一景象，这些树叶，纯洁和新生的树叶，使得让想竭尽全力地沉溺于某种生活的满足感中，这种满足感是如此新颖，以致他看不到会把他带到哪里，或者说它是否存在。

既然他已经发现应该下去到学校的院子去，他就不再是不幸的了。想到他为了体验一下纯洁的新生树叶那种梦幻般的趣味可能做的事，他的身体和头脑都有点变得迟钝了：他觉得自己摆脱了文字和图像，它们已无法触及。他很好，终于自由了。可以下楼到学校的院子里去或者不下楼。

离他几米远的地方，幼嫩的树叶有点往里卷，总是静静地一动不动。一点儿也不知道将会发生什么。不知道让将会干些什么。

然而，他将干什么呢？下楼去学校的院子。然后，做些事情。当然，他不是无缘无故地下楼。

他任意地闻它们。而它们是无知的。这个词出现得太好了，充满了把整个瞬间、让的渴望和纯洁的新生树叶——还有让的过去，都聚集在一起的意义。这个词拯救了一切。在嗓子里重复这个词的同时，让的犹豫消失了。他没有就他即将做的动作加以任何说明，因为让并没有留意到这一点。他忘记了他只在看树叶。他极其激动。他感到一阵轻微的眩晕。

他闭上双眼。也许有十五秒。真不容易。他又睁开眼睛。它们就在那儿。一直在那儿。就在那时，他觉得自己摆脱了从艰难和平稳的童年起，头脑里就有的那种阻止他干蠢事的东西，他想大声叫喊起来。在他这样变化的期间，只有一个想法是坚定不移的。这想法很愚蠢，因为，如果他必须向不论谁，甚至向艾达承认这一点的话，他会对这一切感到羞愧。幸好，刚刚发生的和即将发生的只跟他一个人有关。他就要下楼了。

他从容不迫。第一步，他会摘下一片叶子。然后，是的，这正是应该做的，他会把叶子面向太阳放着。现在没有太阳，但会有的。叶子就待在他放的位置。它任人摆布。然后，他会发现这样挺好。可以说，这是预先想好的。

时间在流逝。

下楼的确切时间让人等待。按着顺序。然而，树叶从让的眼睛到学校的院子渐渐消失了，又奇怪地出现了。树叶越来越近，越来越靠近他的眼睛，渐渐变大了——并没有变大，而是，大小不变，却变得越来越确切、越接近，它们消隐在那儿，在让的眼睛里，他无法使它们离开那儿。当他成功地做到时，它们已经远去，立刻就远去，他经过艰苦的努力也无法使它们再次进入眼前。于是，在让的眼睛和纯洁的新生树叶之间有一些使他感到如此尴尬的差别，以致他突然怀疑下楼是否有用。

到达学校院子之前，必须下楼梯，过马路，走过一条通常并不通往那儿的小径。

他想他可能会站在树叶前，那些极其纯真的新叶子或许也跟往常一样是愚蠢的，而且完全是无动于衷的，毫无趣味的。

完了。

他就好像经历了一场大难之后一样。他心想："我要生病了。"但是，他开始活动身子，并且使劲地呼吸，他不知不觉地又变得平静了，思考别的事情。

他开始想艾达。

艾达就在隔壁房间，病得那么厉害，而且，病得那么久。

他也许应该去买那个别人跟他提起过的药。她大概已经在等着这个药。但是，他口袋里没有很多钱。于是，他心想没有必要下楼去药房。艾达不会好了。他之所以至今为止买了所有人家向他们建议的药，只是为了让艾达快乐，还有，因为很久以来，无论他和她都对这些药的效用不再抱有幻想了。然而，当让把药带来给艾达时，她就会向他微笑，而他则感到很幸福：她明白他想做个温柔体贴的人。可是，这个晚上——是因为注视那些纯洁的新生树叶太久了吗？——让艾达等着倒也没有使让感到不快。对她不体贴了。确切地说，对她不好了。他寻思剩下的钱有别的用处，而不是去买那些没有用的药。譬如说，去拉·穆斯咖啡馆喝一杯。吕西安肯定会在那儿。让挺喜欢吕西安。他们甚至可以一起去转一圈。让有了这个想法，他认真考虑了一下，这想法并没有使他感到内疚。

这天晚上，他怀着某种怨恨想到艾达，是自然而然的。如果她不是病得那么严重，他完全可以在她身边，把自己因纯洁的新生树叶的景象而引起的困惑不安平息下去。但是，她的病情那么糟糕。糟糕得她不再换床单，糟糕得她几乎不再有勇气梳洗。的确，让甚至真的没想到回去看看她。

树叶是纯净的。它们是完美的，这些树叶。纯洁的，新生的。它们从未被用于任何东西，从未供任何人使用。总之，任何东西，的确，没有为任何东西，任何人所用，绝对没有人用过。

显然，他会去拉·穆斯咖啡馆。吕西安会在那儿。他已经睡了。终于，他像是睡着了。脑袋迷迷糊糊的。

的确，树叶并没有被用于任何东西，也没有为任何人所用。它们完全是纯洁的、新出现的。也就是说，只要有人会这么不诚实，而且，甚至不敢下楼到学校的院子里去，那么，事实上，树叶就不会被用于任何东西，也不会供任何人用。

让觉得有点羞愧、尴尬，而且为这种窘迫而感到羞愧。

他对此打定了主意。他暗想，如果他在疏浚机上工作，他就不会卷入像这样愚蠢的胡思乱想中。白天，有一部分时间他都是在阳台度过。也许正是看同样的东西时间太久了，人才变得疯疯癫癫的，会像向往女人那样向往树叶，甚至也许会有比向往一个女人更多的东西。

这是悠闲惹的事。总是这讨厌的无所事事。然而，让并不认为唯有这空闲是他不幸的原因。其证据是，当他在疏浚机那儿工作的时候，他感到完全同他什么都不干的时候一样不愉快——甚至更加不愉快，因为，那样他就没有闲暇无拘无束地思考他忧伤的原因，他失去了他唯一真正想要做的事，就像他们说的，那是他在这世上唯一的幸福。

对于艾达来说，这问题已不存在，因为没有什么使她悲伤。因为看到自己快要死去也没有败坏她的情绪。

为了给艾达治疗，让把自己所有的东西一点点卖掉了，不过，没什么用，因为，她的病情一天天加重。现在，在他们面前，确实再也没有值钱的东西了，让吃得很差。当然，当他们有活儿干的时候，譬如去年，他就吃得好些。但是现在，艾达病了，她几乎不吃不喝，钱用来做什么呢？正常情况下，羞于工作还可以自圆其说，但是，现在，艾达病了，不，没有什么比这更不幸的了，尤其是工作的不幸。

显然——但情况不是这样的——如果让有工作，如果艾达是一位精神饱满、漂亮的年轻女子，如果他们有钱，如果……等等，至少这个晚上他不会感到这样的烦躁不安，不会有这种关于纯洁的新生树叶的愚蠢的念头。他会到艾达的身边，会做得很好，毫无内疚。但是，事情并非如此，让并不坦诚：他知道，他工作的时候，就变得如此沮丧，任何东西都不能使他开心，无论艾达，还是每天吃美味佳肴，还是能够每天傍晚到拉·穆斯咖啡馆喝上一杯，都不能使他开心。不过，他喜欢相信自己比实际情况还要不幸，认为自己已经受够了这悲惨的生活——这也完全是假的，他越来越不厌倦无所事事的状态，因为他越来越少地去找工作。他不愿强制自己做任何经常性的工作，对此，艾达本人总是赞同的。邻居和父母关于这点的闲言碎语并没有触动她，她大概心中有数。再说，艾达通常不跟任何人来往，到她母亲家也只是为了去拿食物，所以别人说他们什么确实不会使她觉得尴尬。

让上一次的工作就是在疏浚机那儿。他认真地、有条不紊地推了三个月的翻斗车。的确，他起初可能以为这个工作适合他。首先，天气冷，力气活儿能使他暖和。其次，他从中获得真正的满足感，因为，他感到他推进和清空翻斗车的动作一天比一天更灵活、更自如。可惜，一个月后，他干得那么熟练，以致他自己毫无意识地做这些相同的动作。他感到厌倦了，想要做别的事。他离开了疏浚机，那时他已经成为一个好工人。大家为他感到惋惜。当然，艾达在这一点上鼓励了他，实际上，甚至替他做了决定，对他说他肯定很快就会找到合适的工作，或者带有这种意思的一些话。不过，跟艾达一起总是老一套：即使艾达说这样的话，让还是料到并没有称他心的工作。但是。艾达是那样机灵，那样善于说服人，以致他总是不大相信艾达说这些只是为了让他高兴。正是这一点疑虑使得让至今都能够不完全感到厌恶，能有很多时间待在艾达身边。

艾达总是觉得让有理由做那些他正在做的事。其他人一生中大部分时间都在工作，也没有什么错。但是他，让有理由什么都不愿意做。尽管他们从来没有谈论这些，但是，让猜想艾达确信强迫自己工作是没有用的，她比他更清楚，他自己可能永远不知道这一点。（除非有人乐于这样，其实这也许是其他人的情况。）

他，让，觉得自己被人理解了。绞尽脑汁是没有用的：当他对离开某个职位犹豫时，艾达就会对他说："为什么要继续下去呢？得了，你一点也不必勉强。"这样一件明摆的事迷惑了让，于是，他成功地离职。后来几天里，他们俩都感到非常幸福。他们在城里大街上闲逛，有时也一块儿愉快地喝喝酒。

只是在几个星期后，让寻思艾达为什么这样

纵容自己的懒惰。这些思索的时刻是他一生中最为哀婉动人的。这样的时刻常常发生在艾达到她母亲家造访的第二天或当天晚上。艾达不在，让就在想入非非中度过白天，等待艾达。这一般是在冬天。艾达在晚饭时回来，带着一周所需的食物。让去给她开门，因为这些食物，感到有些尴尬。但是艾达就说："晚上好，我的让。"她拥抱他，抚摸他，把凉凉的嘴巴伸向他。她的口气如未婚妻一样，讲讲这讲讲那。让的尴尬顿时就消失了。

尽管如此，这样的日子之后的某个夜晚，让有时会问自己，和他一起躺着的那个女人究竟是谁。

艾达的美貌，每当他再次感受到它，让都会产生死的想法。在所有可能产生死亡的念头的东西里，这是第一个。直到其他东西来临，就是，那个傍晚。

纯洁的新生树叶的来临。还有，这不是同样的东西。他躺在艾达的身边，也许想要逃离她。的确，如何坚持下去！于是，他回想起他对这个女人的所有的不满，所有爱她的理由。任何东西都不会使艾达悲伤，烦扰她，妨碍她，什么都不会使她惊讶。她对任何人不做评价，甚至对让，甚至对报端报道的凶手都不做评价。她既不是基督教的，甚至也不是慈善的，然而——比风更自由，而且只是为了开心而生活的她，她怎么可能是这样？她，她比一片纯洁的新生的树叶更美丽，更淳朴，更新鲜。

对于就睡在那儿的艾达的回忆在昏暗的房间里闪闪发光，使让的内心透亮。这亮光比大海上的月光更强烈。比照耀无穷无尽的事物的所有的亮光更强烈。如何安排这女子呢？怎样向她表达对她所怀有的感受？这个女人是他一生的幸运，死亡的幸运，能接受——他生活的幸运。为她而死，但是怎样为艾达而死，怎样，并且毫不伤害她呢？她确信，非常确信，不管为了什么事而死都是无用的，同样，在必要的时候阻止自己死亡也是没有用的。

真该看看这姑娘入睡的样子——静静地——就像一只鸽子。在以后一生中的每一天，她就这样睡，这些日子的每一天都是恩赐的功绩，而她并不知道这一点，她的天赋就是对此一无所知。那么，怎样度过这些日子呢？真该看看她在大街上怎么走路，感受过她的双臂围住你的脖子，见过她黑发的确切颜色，那么就会理解让在这个女人身旁可以忍受的是什么。“真邋遢”，让说道。然而，他感到对艾达是那么爱，以致他不能拥抱她，甚至不能触摸她。

让一边注视着纯洁的新生树叶，一边在回忆这些时刻。

他又一次忘记了艾达严重的病情。他大概一直在把艾达召回到自己身边，因为，他的思绪自然而然地朝向他再也无法重新见到的、从前的艾达那儿。那时，她美丽，总是纯洁的、清新的。对自己一无所知。以她一贯纯真、总是清新的方式什么都不知道。她那明显而毫不掩饰的秘密如同过去，如同树叶的阴郁的秘密一样不可捉摸。但是，过去，让可以到艾达的身体里。在那儿，感觉挺好，天啊，感觉真好。啊，艾达确实是让的女人，同时，是所有的女人，所有的，甚至跟那些和他一起欺骗了艾达的女人一样。而且，艾达是愉快的，只要她愿意，她就同任何人一样有趣。当她愿意时，她总是成为别人也许不敢希望的那样。现在，她确实是非常虚弱。

她现在很少显得风趣。非常罕见。让感到累了。离开了阳台。

疏浚机的响声停了。池塘里冒出一股难闻的水的气味。

艾达快要死了。这是肯定的。

让去躺在床上。他瞧着闹钟。六点过了十分钟。六点十分。长针折断了和另一根组成的线，慢慢地向右边倒下去。过一会儿，就不能再说六点多少了，而要说七点差多少，而这可能完全是两回事。让想起来：他走到阳台的时候是六点差十分。而闹钟现在显示六点十分。太蠢了，闹钟。尽管如此，还是愚蠢。很久以前，让买了这个闹钟。他没有花很多钱，闹钟走得好极了，准确而大胆。就是听着它的声响，让感到不耐烦了，他拼命地设定时间。让感谢它。这个晚上，让想要对某个如此忠诚为他服务的某样东西表示感激，这个闹钟现在，以后，而且永远同样忠诚地只为他一个人服务。

艾达快要死了。

因为这个闹钟只对他一人有用。艾达不在乎时间了。它之所以在走，是因为多亏了让前一天又给它上了发条。每天晚上，他都给闹钟上发条。有多久了？如果他不上发条，闹钟就愚蠢地在一个固定的时间停住，固定的、不变的，它会叫唤“让，救命”，固定住这个时间——固定住——时间被固定了，一动不动地待在那儿。呸！就因为它是用来干这个的。从来没有时间做什么事情。从来没有一无所有的时候。然而，一个闹钟是有用的；这是必不可少的。因为让不愿意想办法弄清楚的原因，不管怎样，他从来就无法决定把它卖掉。这就是证明。

艾达就要死了。

甚至没有决定卖掉它，放弃它，把它放在艾达的房间掌握用药时间，没有，让没有这样做。这个闹钟属于他，而且只属于他一个人。他很想能够抚摸它，放在胸口来温暖它冰冷而不为人所知的存在。自然，他什么也没做，因为，他清楚地知道这是不可能的。他想为所有的企图、所有充斥于他的孤独、他的不作为的失败而嘲笑一下自己。但是，他变得非常懒惰，都懒得笑了。

他用手慢慢地摸着头发，然后，一只手放在另一只手上面，枕在脑袋下。

艾达快要死了。这令人难以忍受。

现在天空已是深蓝色。微风开始刮了起来，顺着房间外墙而过，没有进入，因为在它经过时，任何东西都不能拦住它。因为，很久以来一切都在这个房间外发生，甚至风。一切都是在别处开始的。不在这儿。甚至这个，这死亡，艾达的死，死亡。

它们，树叶，在风中微微抖动，因为一种幼稚的、激烈的恐惧。纯洁、新生的树叶，它们还要生活下去，它们。

也许，一会儿应该考虑吃点东西。

但愿风吹过去，又吹回来。如果他高兴的话，春天也会过去。我们知道这是怎么回事。这不关我们的事。这不再可能对我们有丝毫伤害。现在，我们在做别的事情——风和春天之外的——别的不可能重新开始的事情。但是，终于让我们清静了。

艾达就要死了。嗯，是的，怎么，死亡。

显然，生活中发生了很多事情。各种各样的。譬如说：在遇见艾达之前，让曾经爱过露西，为时六个月之久。艾达不能妨碍他这一生中曾经爱过露西。

总之，这个时候，吕西安大概正在“拉·穆斯”的柜台那儿等他。吕西安也特别喜欢让。他当真是个无政府主义者。他老是说等哪天经理来的时候，他就把疏浚机炸了，而且曾经要让帮助他。“当然”，让回答道。是因为经理把工人的样板住房租给那些在疏浚机干满四年的工人。这一招让他雇用了好多只想拥有一所住房的人。这颗炸弹会把一切都损坏至少几个星期。他们会把它放在住房后面。吕西安曾对让说，经理不久就会来的，这次会是好时机。也许有机会把住房同疏浚机一起炸掉，也许让会冒着将疏浚机和经理也一起炸掉的风险。啊！这样就更好了。他想象自己被撕碎，被炸得粉碎。这个幻觉在他身体里汇集成一团混乱。这是真的。他的身体一直在那儿，几个月来——默默的，强壮的，完全准备好——白白地待在那儿。自从艾达病了以后，他已经几个月没有跟女人睡觉。透过裤子的布料，让感觉到他身体某种紧张的表现。他怀着友情怜悯它，发现它孤零零的。被遗弃了。但是，很棒。非常忠诚，突然坚硬了，并与艾达的肚子相适应。他想。

艾达快要死了。

像往常一样清纯。

艾达年轻轻地就要死了，刚刚开始生活就要死了。

他因为想艾达想得受不了了。他做不到。还想艾达现在意味着什么呢?

晚上，他要到拉·穆斯咖啡馆去。他会下楼。艾达也许快要死了。肯定。

天色昏暗。天空一大片一大片如泼墨般渐渐变得阴暗。很快，就全暗了。让待的那个地方已经是夜里。

让站起来，走向窗前。在他面前，再也没有一丝太阳的痕迹。同往常一样，他感到自在。一种习惯性的善良渗透到所有的器官，他的脑袋迷迷糊糊的。

艾达，艾达，即使她快要死了……

不早了，但他还是得吃晚饭。在艾达的床边，在他的小艾达，他心爱的女人床边。也许，过后他会去拉·穆斯咖啡馆转一圈，这不是不可能的。艾达睡得很沉。让咳嗽了，想把她吵醒。她是他的挚爱。她会问他:“让，你在这儿? 嘿，很晚了吗?”他要听她的声音，她的声音。但是她没有问，于是，他猛地走向艾达的房间。艾达就在那儿，但是，她大概已经死了。让走近。她也许会微笑。“哎，艾达，你醒了吗？”但是，艾达死了。让完全明白这一点，直到他能彻底地理解某件事发生了。他没有用手指去碰她。他觉得不可能触摸得到，而且也没有必要了。然而，他举棋不定。在艾达的床旁，地上有一个空位置，他也许可以躺在那儿。但是，他选择下楼到大街上去。

下楼时，他还认为，不是说他就会去拉·穆斯咖啡馆。但是，这是不可避免的。

《战时笔记和其他》与杜拉斯出版作品对应表

这里所提到的在出版的作品中被采用的段落并不一定是逐字逐句、一字不差的，而是与原始文本非常接近。关于更广泛的影响、接受和两者间的亲缘关系，读者可进行他们认为必要的联系。

括号内的页码指的是所涉及出版作品的最新版本，必要的话，可参阅袖珍版。

小说和叙事

《抵挡太平洋的堤坝》，1978 年，巴黎，伽利玛出版社，“Folio”丛书。1950 年伽利玛出版社第一版。

《玫瑰色大理石纹笔记》：第 14—23 页（第 24—30 页），

第 94—100 页（第 185—188 页），第 101—105 页（第 18—21 页），第 150—152 页（第 13—17 页），第 154—159 页（第 104—109 页），第 159—164 页（第 33—36 页），第 164—177 页（第 39—60 页）。

《米色笔记》：第 297—299 页（第 36—38 页），第 299—302 页（第 115—121 页），第 303—307 页（第 195—205 页）。

《直布罗陀水手》，1977 年，巴黎，伽利玛出版社，"Folio" 丛书。1952 年伽利玛出版社第一版。

《米色笔记》：第 355—359 页（第 84—88 页），第 359—360 页（第 89—91 页），第 360—364 页（第 94—95 页）。

《蟒蛇》，1997 年，巴黎，伽利玛出版社，《1943—1993 年小说、电影、戏剧》系列中的《玛格丽特·杜拉斯》卷。第一次出版是被收入在 1954 年伽利玛出版社出版的《成天上树的日子》里。

《玫瑰色大理石纹笔记》：第 12—13 页（第 387—395 页）。

《道丹太太》，1997 年，巴黎，伽利玛出版社，《1943—1993 年小说、电影、戏剧》系列中的《玛格丽特·杜拉斯》卷。1954 年，伽利玛出版社第一次出版，收在《成天上树的日子》里。

《米色笔记》：第 343—345 页（第 419 页），第 367—370 页（第 399—400 页），第 376—379 页（第 406—408 页），第 380 页（第 412 页），第 380—382 页（第 417—418 页），第 395—396 页（第 413 页），第 396—401 页（第 420—426 页），第 405—408 页（第 421、425、427 页），第 409—410 页（第 414—416 页），第 411—413 页（第 408—410 页），第 414—415 页（第 399—400、402—405 页），第 416—418 页（第 430 页）。

《痛苦》，1993 年，巴黎，伽利玛出版社，“folio”丛书。

1985 年，P. O. L. 出版社第一次出版。后又在 1997 年伽利玛出版社出版的《1943—1993 年小说、电影、戏剧》系列的《玛格丽特·杜拉斯》卷里重版。

《痛苦》

《"二十世纪新闻"笔记》：第 198—241 页（第 13—41 页）。

《百页笔记》：第 245—292 页（第 41—73 页）。

《米色笔记》：第 317—324 页（第 82—83 页），第 324—325 页（第 85 页），第 339—342 页（第 76—78 页），第 346—354 页（第 69—76 页）。

《中心地的阿尔贝》

《玫瑰色大理石纹笔记》：第 122—147 页（第 139—169 页）

《保安队员泰尔》

《玫瑰色大理石纹笔记》：第 106—119 页（第 171—192 页）。

文 集

《外面的世界》1984 年，巴黎，P. O. L. 出版社。1981 年，阿尔班·米歇尔出版社第一版。1995 年，伽利玛出版社，“Folio”丛书里再版。

《这样一种爱的恐惧》

《米色笔记》：第 308—312 页（第 351—353 页）。

《关押期间没有死》

《米色笔记》：第 325、339—342、346—354（第 361—366 页）。

《面黄肌瘦的孩子》

《米色笔记》：第 299—301 页（第 347—350 页）。

杂 志

《汇合》第8期，1945年10月

《叙事》：第411—429页《艾达或树叶》（以《树叶》为标题发表）。

《女巫》，1976年

《面黄肌瘦的孩子》

《米色笔记》：第299—301页。

《这样一种爱的恐惧》

《米色笔记》：第308—312页。

《关押期间没有死》（第一片段）

《米色笔记》：第325、339—342、346—354页。

《关押期间没有死》（第二片段）

《“二十世纪新闻”笔记》：第 224—226 页。

《百页笔记》：第 254—261 页。